追影记

陈德智 著

陕西新华出版传媒集团
陕西人民出版社

散文,就该是这个样子(代序)

孔　明

散文和人一样,是有着自己模样的。遗憾的是,当今写散文的人,多半都把散文写成了一个样子,读一两篇还好,读多了便感觉在哪儿见过,写的多半不是他自己的灵感,而是在重复前人和他人。这样的散文即使句子优美,却因为不是他自己的本来面目,就像整容化妆了的模特儿一样,难以让人亲近。一个人即使素面朝天,那是他自己,让人一眼就能认出来,那他就把人活成了!

入冬的时候,特别是疫情肆虐西安的日子里,我有幸读到了一个人的散文。这个人叫陈德智,名不见经传,散文却传神,读一篇是一篇的叙事,各自独立,又相互关联,总有一脉贯通,就像一江春水,有无数溪流注入,不约而同;又像一轴画卷,由一组画面无缝对接,浑然天成。说是神来之笔,那神从何而来?不思量便脱口而出:"情也!"亲情、友情、乡情,如魂附体,化作灵感,揪住方块汉字,从笔尖汩汩奔涌而出时化成娓娓道来的文字,便是陈德智的散文了。他是胸有成竹,下笔千言,便成就了一片竹林吗?他是心有灵犀,又有灵动,通灵而一气呵成,便成就了自己的散文吗?读这样的文字,让人很容易生发听书般的陶醉,故乡的一草一木都勃然鲜活了,故乡的人物生灵都霍然复活了。恍若隔世,那一世的人生图画竟然是那个样子,过来人可能感同身受,似曾相识,或会心一笑,即便那是苦笑;新一代可能一脸茫然,一头雾水,无法理解,觉得那更像天方夜谭。

我就是过来人,几乎与陈德智先生有过同样的经历和记忆,尽管比起他来,我得为自己庆幸,他那样的人生有一半我可以想象,另有一半就超出我想象了。就只凭一半的想象，我与他的散文发生心灵共鸣就再自然莫过了。他笔下的水，那是他散文的魂，弥漫在叙事里，让人能读出眼泪。水是那样的神奇，又是那样的离奇，曾经挖一个坑就能聚集一池清澈，后来竟渐渐地干涸，水源竟渐渐地远离村庄，远离人烟。他问："水去哪儿了？"是天问，天在明知故问。唏嘘，一声叹息！他写到"饿"，对"饿"的记述令人难以置信，却又令人不能不信以为真，因为那是他的亲身经历，他差点为此而被放弃活的机会。当我读到他被蒲篮扣住的时候，我近乎窒息，掩卷良久，不能继续阅读他的文字。我有一个姐，属虎，可能与他一般年纪，也是在那个年代，因为感冒引起脑膜炎而夭折。小时候，每提及此事，我母亲必伤心落泪。他写到驴，驴推磨真是抓心，把人一下带回到了那个"推磨"的时代。记忆里，我也有过类似经历。我们那里磨面用牛，也是把牛眼蒙起来，我觉得好玩。他写到狼，写到那个"狼附体"的女孩，令人为她的遭遇难过。我们那里常见有"鬼附体"之事发生，"狼附体"，莫非那狼也是鬼？他给小动物立传，真是异想天开，令人开怀，却令人笑不起来。那些小动物，虱子、蚊子、臭虫等，曾经让人又恨又无奈，难为情，说不成。他笔下的那些情景，我都也曾耳闻目睹，上大学时我的身上还曾携带过虱子远行兰州。那是苦难的经历，也是苦难的见证，更是苦难的象征。那个年代的农村人，不认识那样的小动物，咋可能呢？为它们立传，亏作者想得出！在他的笔下，小动物们活灵活现，好像要从字里行间蹦出来，我忍不住要抓挠自己的头发，那里或许还留有它们活动过的痕迹。

　　陈德智的笔，等同他的心，心之所系，情感所依，笔走纸上，亲情自然越不过去。他写亲人，都那般亲切、自然，天然去雕饰，不拔高，不贬低，就是个写，如同电脑里的复制、粘贴，那借笔还魂而复活的亲人，就只能是他的亲人。他婆，他爷，他外爷，他的长辈，都活在他的心里。那一辈人是那一辈人的命运，身上自然烙印了那一辈人的时代遭际，令我们追念，更令我们感念，他们太不容易。他们应该庆幸，因为有一个孙辈姓陈，名德智，殷勤写散文，他们便不死而长生，与他的散文浑然一体。他们渺小得如同山里的一棵树，却长得端直，即使弯腰也向上，有着自己的姿势，未必给过子孙福荫，却遗传了自己的德行禀赋。《长辈》一文令我们深信，对长辈的念想，是晚辈的福音，没有他们曾经苦挨日月而拼搏，就不会有晚辈今生今世忆苦思甜的机会。传递这样的人文信息，使《长辈》有了不能低估的文学意义。在开卷第一篇《一条小河向西流》里，作者写到他的大舅爷，"在离家不远的一个叫阴沟的地方，与一只豹子不期而遇，在豹子凶猛向他扑来时，躲避不及，就势拦腰抱住豹子，人与豹紧抱一起，一齐滚下山崖，跌落于陈家沟沟底河滩，同时毙命。"这样的文字，虽寥寥数笔，却活画了一个无名英雄，活演了一个人间悲剧。骇人听闻的是豹子和人被同时抬回家，用豹子肉待客，英雄自然入土为安。这样的故事只能发生在山里，只能发生在上一辈人身上，也只能是上一辈人才如此有胆识、胆量，面对凶豹，不是怯弱，不是退让，不是坐以待毙，而是面对面迎击，真正演绎了视死如归的应有之义。

陈德智散文的突出特色就是太史公笔，尽显亲历性，尽见人生本色，尽呈原汁原味。那是他自己的事，自然刻骨铭心，唯因刻骨铭心，所以才绘声绘色；唯因亲历亲为，所以他人无法重复。他写《做活》，寻常农家，寻常农活，放在那年那月，寻常里竟有不寻常的咀嚼、回味。今天的同龄人读了那样的文字，不生惭愧，也必生些敬意。父辈曾经一面读书，一面还挣工分，为的是一家人能多分些口粮。穷人的孩子早懂事，早当家，那不是杜撰的，那是被逼出来的。那样的日子，便养出那样的儿女，过早地分担了人生的苦难，也就过早地被赋予了人生的担当意识，面对社会，走向社会，融入社会，无所畏惧，无须胆怯，只要力所能及，便不轻言放弃；只要机遇垂青，必要积极争取。他写《过河》，不仅仅有趣，更有岁月的回眸与回馈；他写放牛，有牧童般的真诚，不失诗意，却令人为一个时代，不能不讴歌，又不能不喟然叹息。

陈德智把自己的散文集叫《追影记》。顾名思义，他的散文就是"追影"：追忆那些影影绰绰的流年往事，追寻那些如烟似雾的少年乐事，追念那些音容宛在的老辈人事，追抚那些人世沧桑的岁月履痕与个人轨迹。他的每篇散文都是人生留影、青春投影、情感侧影、浮生掠影、年华缩影、岁月显影，一个"追"字，极尽人生百味，穷尽生命历程，"人有悲欢离合，月有阴晴圆缺，此事古难全"，可谓悲欣交集。悲中有苦也有甜，欣中有乐也有酸。都是人，过的可能是相若的日子，付出了相同的时光，经历了相同的洗礼，却感受到了不同的凉热，收获了不同的馈赠，发出了不同的咏叹。陈德智的《追影记》，便是他自己的咏叹，在他行文的字里行间，游走着向善的灵魂，穿插着多情的翅膀，寄托着真诚的思念，传递着向上的理念，使他成就了自己文字，还原了自己前世今生，呈现了自己一以贯之的人生修行与处世风范。这样的文字只能是他的人生，也只能是他的"雁过留声"。《追影记》是他集子里的一篇散文，那个影，就是指电影，记叙那个特殊年代的特殊经历，当时就惊心动魄，却乐此不疲，有了年纪后追忆，居然可以津津乐道了。他以此文篇名为书名，一语双关，亦幻亦真，给人无尽的命运遐想与无常的宿命归集。过往，早已变成了"电影"，如今也只能靠"电影"去捕捉迷离，靠文笔去剪裁、定影了。于此，可见作者用心良苦、匠心独具、慧心别有了。

每个人都是一部书，都在脑海深处，沉淀了许多记忆碎片。每一次打捞都可以转化为文字，有人成功了，有人不成功。陈德智的《追影记》可以说成功了，他不但有心，而且有自己的叙事特色，扫描世态不留空白，梳理世事细致入微，腾挪文字颇见功底，他的散文就"大珠小珠落玉盘"，被串联成项链了。读他的散文，我就有了一个强烈的感觉和认可：散文，就该是这个样子！陈德智的散文，当然也就成了陈德智的样子。我坦白：我喜欢他的散文！

2022年1月30日星期日

目 录

一条小河向西流	/ 001
过河	/ 007
水去哪儿了	/ 010
做活	/ 014
背脚	/ 018
推磨	/ 022
夺柴	/ 026
酒事	/ 030
饿意十足	/ 033
山中狼	/ 038
蜂拥而至	/ 041
小动物列传	/ 044
祛病	/ 050
盖房	/ 053
长辈	/ 057
杜家沟纪行	/ 062
几位匠人	/ 065
让梯田飞	/ 071
修路	/ 073

富农善贵	/076
偷仓库	/079
批斗	/084
监视居住	/087
知青部落	/090
窑庄一月	/096
理想自白	/102
读书	/105
追影记	/109
广播	/112
我去上学	/115
龙头记事	/120
尖刀班	/123
师范生	/127
初入公门	/139
山里三月	/149
那场大水	/154
西岔河畔	/160
再说步行	/170
方志今忆	/177
庚子岁末参访念庵故里记	/212
小寨西路	/228
两次远行	/239
两山之间	/247
愿生命不再历险（后记）	/263

一条小河向西流

幼时居住的巴山一带，处汉江以南，但凡这个地域内汉江的一级支流，都无例外向北或向西而流，注入汉江。

我家所在的三涧河，就是一条由东向西流淌的小河。

三涧河发源于以溶洞密集著称的马鞍山余脉。从源头的杜家沟垴出发，蜿蜒而流五十里，在县城下游十里的三河口汇入汉江。

三涧河得名，源于河流南坡依次分布的罗家沟、郭家沟、陈家沟、干沟等几条峡谷。三涧河的北坡，则不似南坡那样平缓且有纵深，而是坡面陡峭，沟溪短促，坡顶的山脊犹如一个法式长条面包（法棍），由东而西，直戳戳伸向汉江。

三涧河的水是灵动的，条条涓流，左接右纳，汇聚成河。河水在宽阔的谷底展开，曲曲折折，从容不迫，缓缓而行。河道两岸有错落连绵的稻田，蜿蜒的堰渠像是脐带，又像是风筝线，把稻田与河水紧密牵连。稻熟的时节，满河谷的"嘭嘭"板谷声，农人的欢笑声，与溪水的汩汩声交织在一起，一个江南水乡的图景跃然而现。

稻株弯腰、稻穗渐沉时，少年头戴草帽，手持弹弓，充作护稻人，巡回于几里长的田间。这个时段，防备的主要对象是一大群一大群的麻雀。这些麻雀以稻为食，赶了又来，散了又聚，此伏彼起。这时的护稻，打的是游击战、持久战，是真正的"麻雀战"。那稻田中插立的稻草人，早被麻雀们识破，丧失了阻吓的功能，只有靠"人防"了。

在二三里长巡防线上，散布着几十块大大小小的稻田，必须不停地上下跑，不住地吆喝，不停地用弹弓发射石子"子弹"，一溜烟，顾此失彼地奔跑，半天下来，累得够呛。这样的护稻，虽然辛苦，但意义重大。若不如此呵护，这些为数不多的成熟稻米，就会被种群庞大的麻雀叼啄殆尽。须知，生产队仅有的这点稻米如获丰收，全生产队三十余户上百口人便可每户分得一点稻谷，可以保证在过年过节时或者老人小孩过生日时，吃上一顿难得的米饭。因为，这是这一时期当地农人吃米的唯一来源。

在稻谷种植生长过程中，还有一个特别的工种叫"看水"。被派往从事"看水"的人，通常肩扛一把锄头，脚穿草鞋，挽高裤腿，从上游到下游，依次对稻田的主堰渠、支堰渠查看检修，除修复堰渠破损、堵住漏水外，还要清理渠道中的落石，畅通渠水。

夏天，三涧河的水最有吸引力。那连环不断的、清澈见底的水潭，是绝好的原生态浴场。洗涤风尘，练就泳技，水仗嬉戏，此时的三涧河，显然已成了欢乐谷，仿佛河水也在欢唱。

夏天的河水，也有凶险可怕的一面。每当大雨滂沱，倾盆而下，过度垦荒、缺少植被的山坡便土石俱下，浑黄的水帘挂满山坡。暴雨稍有持续，每条沟汊，细微小沟，都会垂下长长的、黄黄的瀑布。千百条金黄瀑布悬挂一涧两岸，直泄而下，吼声如雷，蔚为壮观。此时的三涧河水，变成了一头猛兽，黑色的狂流裹挟着巨石，轰轰隆隆，横冲直撞，冲撞飞旋，一往无前，触目惊心。凶暴的山洪每年都要吞噬掉若干条子民的生命，洪魔超快的流速，超强的冲撞力，像一台失控的"粉碎机"，使这些不幸者往往尸骨无存。20世纪80年代，三涧河畔的一所小学，涉水过河的何香娇等十二名学子，因中途突遇山洪，集体遇难，在三涧河人心中留下了永远的伤痛。

三涧河的山，并无名山。北坡直抵汉江的方岭，像一个长长的"法棍"。

"法棍"的背后，是高耸入云的云天寨，那里属于邻近的孟家沟流域，只可远观。"法棍"的中部有九女山，是直立的九道山梁，现今被直白地称为柴坡，已经看不出婀娜多姿的美女模样。"法棍"的颈背，有一处平坦的山梁，山梁上有不大的花海，有别墅和蒙古包，登临其地，至少可以环视三分之一的县地。这个山梁最近有了"万寿山"的称号，缘起于山上种有拐枣，山下有拐枣酒厂。只是，这个"万寿山"的山龄名称还不及十年。

三涧河的南坡，地域相对宽敞，因有几个支流大涧而略有纵深。稍有特点，可观的山头有两处。一为陈家沟垴大梁上那个平地凸起的小山，在平淡的群峦中别具一格。那里的灵气，源于山包垭口处埋着一位医术精湛、传说可以"驱蛇疗伤"的"马灵官"。不知起于何年，这里已演变为三涧河及附近地区人们去病痛、求健康的"几甲医院"。奇峰与神医的结合，印证了有仙则名，引人入胜，遂成一方形胜。

另一山为位于陈家沟与干沟交界处的马山。山形似马，有马嘴、马腰、马尾等与马对应的小地名。传说此马为一金马，山中有两位仙人不停步推着碾子，源源不断碾出金子。不幸的是，这个碾子不知何时被歹人偷了，这座马山也就变成了普通之马。早年，在马头处生长着两株千年古柏，传为此马的耳朵，远远可见。可惜的是，1980年被马山下的一人夜晚偷伐，后被公社没收，最后做了公社一位官员的棺材。"马耳"的被砍，神树的告终，宣告了马山的衰落。昔日的形胜之地，已很少有人提及。

三涧河汇入汉江的河口，位于县城下游约十里地的地方，涧流东西走向，一端伸入汉江，一端接近马鞍山，故而成为县域连接东区、南区的旱路孔道。在这个近郊孔道生活的人们，精神的支撑何在，不可详知。但从沿河分布的众多庙宇，也可略见一二。

三涧河口巨龙般伸入汉江的山脊上，雄踞着无梁殿。这是一座没有用一根木头的奇异庙宇，据传此殿为来自湖广的一位巨商所建。此殿建于汉江南岸刀削般的险要之地，无论上水下水，上行下行，行船者都可远远望见此殿。在对神明的仰望中，生活与生命的无常，或许会得到不小的慰藉。

追 影 记

在干沟与三涧河的交汇处，有座关帝庙，俗称"关老爷庙"，供奉的是掌管财运的关公。庙的旁边，是从三涧河谷底分岔出来的一条驿道。此驿道顺坡而上，直抵陈家沟垴，沿着山脊可抵神河等地，是县城通往南区的一条捷径。关公在此，可保旅人人财两旺。这座庙宇后来被改为铁匠铺，打制锄子等各类农具。同时，在庙的上方，设置了一个铸铧厂，有专业的模具师傅制作犁铧模具，设有一座小炼铁炉。每逢冶炼季，铁炉将各类磨损、损坏的废旧铁器融化成铁水，几十名工人手端铁釜，在模具中快速浇铸，场面十分火热。

在陈家沟汇入三涧河处的山脊"龙头"处，又有一庙，此庙是药王庙，因修路炸毁山梁，遗址无存，只留"庙上"这个地名。听说过去常在此过庙会、唱戏。

最后一个涧是罗家沟。罗家沟与三涧河正源杜家沟的交汇处，有一座大庙——玉皇庙，庙外建有戏楼。庙已改为学校，几经翻建，只有戏楼保存至今。此地扼三涧河通往棕溪、神河交通要冲，是物资转运、人员过往的必经之地，名气较大。

由此可见，三涧河内，凡逢沟口要冲，均有一庙一神。众神阶级、类别齐全，可满足各色信众的夙愿。遂使彼时的三涧河人和各色行旅之人的精神世界，有了多方位、全程式地抚慰，昭示了先人的人生智慧和生存法则，也彰显了古人自求平衡的生态学逻辑。

三涧河并不平凡，河里有鱼，山上有豹，地下有矿。

河里的鱼都是小鱼，俗称"鱼纤子"。它们游于浅水深潭，色白而体态纤细，只可捉来戏玩，不足以当作食物，故而它更像是三涧河人的一个小宠物。偶尔有体型大者，也不过像庐山上的石鱼那般小模小样，有贪吃者也拿它当作餐食。三涧河里，与鱼相伴的是数量较大的青蛙，个小色绿，背有斑点，长得很是秀气，它们声音清脆，歌喉如同声音甜美的小姑娘。三涧河里最大的鱼是一尺多长的鳝鱼，如水蛇般在深水潭中游走，只是本地人对这种鱼有点惧怕，以为它与水蛇同类，不敢贸然去抓。

这条河中的鱼类难以长大，是因为每逢山洪降临，还未来得及长大的鱼便被狠心的洪水冲进了汉江。这样，三涧河无意中又成了汉江鱼的种苗繁衍地。

早年，三涧河的山上有金钱豹，这是千真万确的事实。

20世纪60年代，住在我家附近的大舅爷，在离家不远的一个叫阴沟的地方，与一只豹子不期而遇。在豹子凶猛向他扑来时，躲避不及，就势拦腰抱住豹子，人与豹紧抱一起，一齐滚下山崖，跌落于陈家沟沟底河滩，同时毙命。大舅爷的弟弟、儿子将他和豹子抬回家，用豹子肉待客，安葬了大舅爷。年幼时，大人们曾无数次讲述这个惊险故事，并现场指认那个令人目眩的高崖。勇敢的大舅爷，成了我心目中的大力士、大英雄。

我还亲眼见到一事。1976年左右，我在三涧河内的龙头读初中，每日放学回家，都要顺路到位于何家院子的供销社，流连顾盼一下那些琳琅满目的商品。一日放学，我们沿着河道朝供销社的方向走，老远看见供销社临河边的房檐下，吊着一张有花纹的兽皮，连身子带尾巴不下两丈长，一阵惊奇。连忙赶到供销社院内，又发现收购门市部内立着一副大骨架。原来，这是一头金钱豹的骨头架子，很像后来所见的动物骨架标本。有人讲书般说，这头豹子是干沟的猎人向作哲打死的。一说是用枪打死的，一说是与豹子搏斗中用拳头打死的。后来才弄清，确实是用枪打死的，因为那副骨架的头骨处有一个明显的枪眼，不然也没法解释这位胆大的向猎人为何安然无恙。

这副豹皮和豹骨在供销社放置干燥了好几个月，才由供销社向上级社交售运走。此后，三涧河再无关于豹子的传说。

地下有矿，此言不虚。朝稍远处说，在上游的木厂有硫黄矿，此矿位于三涧河南岸的银洞沟，1958年8月，由地方国营硫黄矿厂组织开采，就地建炉冶炼。我幼时见到这个矿山时，已经闭矿，成排的冶炼炉有四五排，在银洞沟口内的山坡上错落排列，如大锅灶样的炉体、炉口，有黄澄澄的硫黄残留。银洞沟和三涧河里的水，因富含硫黄而呈白色，老远便能闻到刺鼻的气味，下游的河道中不时可见废弃的硫黄块。据说，这个地方因有硫黄，连蛇都退避三舍了。

追 影 记

为解决硫黄运输问题，当时动用了极大人力，从硫黄矿处，沿三涧河南岸半山腰修了一条公路，直抵三涧河口，可以行驶马车和人力车。这条公路应是全县最早的公路之一，长约二十里。今天，倘若站在三涧河南岸的新公路上，便会看见对岸山腰隐隐约约那条"线路"。当时的运输车辆，多为就地取材、手工打造的木轮车。至今我家的老房子里，仍有一张用硫黄矿运输车轮当作桌面，改造而成的小圆桌。它为一实心轮，直径大概一米，轮心处凿有方孔，用于安插轮轴。木轮周边刻有凹槽，以铁丝嵌入缠绕，用于加固轮毂。这张经历不凡的小圆桌，见证了一段火热的工业文明。

就近处讲，若干年前兴起开矿热。先在方岭赵家山下部的一条沟里，发现了铅锌矿，开了好长一段时间，矿车把三涧河的公路压损不轻。多年后，听说有一神秘人士，在"法棍"某处，探得一大型铅锌矿，但一直秘而不宣。近年环保政策一日紧似一日，看来，三涧河的这个神秘宝藏，恐怕要永远封存起来了。

三涧河水不长，地不阔，但不乏梦想。幼时，我常常仰卧在这条河旁的山坡上，看无尽的流云由东向西，俯瞰大地，飘逸而去，不禁向往云的灵动与自由；也曾在繁星满天的夜晚，仰望浩瀚无垠的星空，不禁生出身处何处，人生几何的幽叹。太阳、月亮来了又走，高高下下，生生不息，不禁让我对光阴产生莫大的敬畏。三涧河狭小而深邃的天空，是我目力极远的所在。这些，都给了我悲壮般的鼓舞。

过　河

三涧河的人把北渡汉江去县城叫"过河"。

"过河"干什么？当然是逛街买东西，看各种没见过的稀奇，还有那为数不多、昂昂直叫的汽车。

从我家去县城，有三十里地，步行来回需要多半天。从家里出发，先下一面坡，到了三涧河边，就沿着河道中的滩路而行，频繁过"列石"，不断跨越溪水。这滩路和列石每年都要随着洪水的冲刷而变动，新滩路是人们踩出来、拣出来的，列石是过往旅人渐次搭起来的。也有一场大水过后，路是沿河的生产大队组织劳力修出来的。其中，列石的搭支显然有古人"义路"的遗风。行走在河道滩路上，若有旅人停下脚步，搬动石块，在水流中支列石，路过的其他旅人便会不约而同地停下来参与其中，这是一种约定俗成的民风。

沿三涧河谷底的这条摇摆不定、布满列石的路，跳跃而行。行至无梁殿山梁之下，路转而上山，沿着一面斜坡攀爬，越过刀背般的山脊，举目一望，一条大河浩浩荡荡而来，浩浩荡荡而去，这便是有名的汉江。三涧河人瞬间投进了汉江怀抱。

五六岁时，父亲领着我"过河"去县城，这是我生平第一次走出三涧河。当我紧跟大人爬上无梁殿山脊，眼前出现一个巨大无比的水面，吓得我目瞪口呆。翻过山脊再往前走，道路转而沿汉江南岸逆流而行。望着身边这个绿色巨潭，一路始终心惊胆战，生怕不慎被它吞没。此后一连数次"过河"进城，都有这种感觉，好多年后才渐渐消失。

首次见汉江，我的胆量和表现还算好的。与我同岁的邻居青娃，随大人翻过无梁殿初见汉江时，吓得惊叫：妈呀，这么大乌潭！就蹲在地上，迈不开步了。任由大人怎么安慰劝导，他还是坚持不再前行，执意返身回了家。青娃的举动，让人们当笑话传了好多年。

沿汉江南岸的山坡，西行二三里，便到了小磨沟口。自磨沟口至县城对面的渡口，须沿着水岸沙地行走。白沙茫茫，沙丘延绵，沙路松软，一脚一个沙窝，极不好走，背负行李时难走更甚。

到了渡口。渡船是木船木浆，上下渡船须听从太公和船工的指挥，人多时要排队等候，人少时要慢慢等人到齐。除掌舵和拦头者外，划桨一事须由乘客担当。过渡次数多了，即使后山的人也学会了划桨。头几次坐这种木船，见船帮外是滔滔的江水，船内甲板下有水渗入，水多时由一人用木瓢不停地向外舀排，便十分担心和害怕。

不一会儿，渡船拢到北岸的大河洲。这大河洲是县城下面的一块沙滩，涨水时被淹没于汉江水下，退水后复露出水面。据说沙滩的底部被神灵用大铁链锁住了，因而这片沙滩从来没有冲毁消失，是过去旬阳县城的八景之一，叫"金链锁孤洲"。称其为"洲"，是因为这块沙滩靠近县城的边缘，有一条套河，套河发端于上渡口，终于旬河口，汉江的正流与套河把这块沙滩围成了一个沙洲，便有了大河洲的称谓。这个壮观的大河洲，像是县城跟前的一个大广场，有连绵的沙丘，沙积得多时，沙洲的中部会形成一道沙脊。下渡船后的人们，迈两步退一步，在这个大沙滩艰难行进，缓缓接近城垣，颇有一种朝拜的仪式感。涉水过了并不很深的套河，便是真正"过河"进了城。

进城一趟，来回六十里。除了背不动东西的小孩，大人们都不会空着手。进城的去程，背上背的东西通常是粮食和木柴。回程，有的去商业批发部背上一些货物，送到位于三涧河中部何家院子的供销社，顺便赚几个"背脚"钱；有的到河街下面的垃圾堆，翻捡一些县城人丢弃的铁丝、铝丝、酒瓶、罐头瓶、铁盒子，带回去另有用处。

背粮食，是去粮管所交"公粮"。由生产队组织队里的大小劳力，从家里

过 河

拿来大小不等的布口袋，到集体仓库"灌粮"。这公粮都是经过风车、晾晒去杂的上等好粮，名曰支持国家建设，实为城镇人口的供应口粮。按气力大小装好粮食，便扛起口袋，依次出发。大的粮食口袋竖起来有一人高，小的也不低于膝盖处，很像长长短短的"香肠"。一群人脖子上像是围上了项圈一般，俯首而行，跨溪流，过列石，上殿梁，过渡船，涉套河，上到城顶的粮管所，验粮、过秤、进仓，一个充满汗水与神圣的"支援国家建设"的义务和责任便告完成。

送粮时，最难走的路段，还是上殿梁的那面一里多路的长坡。撅起屁股一路上升，沉重的粮袋压得人弯起了腰，像一只只卷起的"尺尺虫"，衣背上满是花白的汗渍。一日，我参与送粮，一路跟随在一位叫雪的女子后面。这雪是城里下放来的居民户，又是家中长女，为完成家里的送粮指标，只好扛了一大口袋公粮，随大队伍艰难而行。到了无梁殿这一段，她的脊背衣服已经湿透，挥汗如雨。这个自小生活在城里、吃过"面面粮"的女子，能下此苦力，实在难得，也很无奈。多少年后，只要途经无梁殿，我的脑中就会浮现这位城里女子负粮爬坡的形象。

木柴是从自家自留杌里砍来的，背到城里出售给居民，用于做饭。也有自留杌里无树可砍，特意到后山"偷"来的。这种被称为"大柴"的柴火，是城里人的必需品，也是那个时代农村人可以自己支配、能"变现"的东西。由于四面八方的人都来县城卖柴，这柴价就一直低迷，缺乏"弹性"，长期维持在每百斤两块五的水平。由于柴的来源有限，除非到了非用钱不可的时候，才背柴"过河"。

我家一般两三个月才卖一次柴。我家厨房后面有一个柴房，专门用于储存"大柴"，积攒够一两人的背负量就可"过河"了。

有一天，我随父亲、姐姐背着"大柴"，过河去县城出售。到了好汉坡附近的一个院子，讲好价钱，开始过秤，我便坐在院子偏房檐下的石阶上歇息。忽然，这家的一个小孩从门里露出脑袋，呸的一声，朝我吐了一口唾沫。我坐着没动，也没有搭理，他也没有再呸。这"呸"的一声让我霎时明白，农村人和城里人是有差别的，中间似乎隔着条河。

水去哪儿了

春节前,照例按照县上的安排,分头去慰问退休的老领导。今年给我安排的慰问对象是原县政协何主席。何主席住在一座高楼的十楼。我们坐在主席家的沙发上拉起家常,何主席突然问我:你老家颜坡的那个大池塘还在吗?我一时答不上来,就问大致在哪个位置,主席说,就在大路边,颜子庙跟前的那个。我回答说:早已没有了,变成了耕地。主席说太可惜啦,我小时候从小磨沟去平定河,经常走这条路,对那个大池塘印象深刻。

何主席说的这个池塘,位于我家西面"后坪"这个地方,面积有两亩大小,处在一块坡地的跟前,池塘的四周长满了柳树,池中有水眼,直往上冒水。池塘水旱时用来浇地,平时的主要用途是饮牛,是一片好景致。

填埋池塘的时候,我只有几岁,亲眼见到了池塘毁灭的过程。当天,上了一大帮劳力,只用了一天时间就把这片如小湖般的池塘给填平了,池塘边成群的柳树也被连根挖掉。一个今天看来可成景点的小湿地就这样在"以粮为纲"的浪潮中消失了。并且奇怪的是,那股神秘的地下水从此也消失得无影无踪,从这里路过,再也听不见呱呱一片的蛙鸣了。

这件事之所以记忆清晰,是因为那天发生了一件事。填埋池塘时,把池塘边的一块老坟地也掘毁了,那些都是不知哪个年代的无主坟。其中在路下挖出一坟,棺木已朽,有几根腿骨显露,年幼不懂事的我随手捡起一块石头扔出去，正好砸在一段尸骨上，那个腿骨被砸出一个小洞。大人们都说砸不得，我也觉得闯了祸，有些害怕。过了几天，我的腿上就长了疮，拖了好长时间才好。大人们都说，这是鬼在捉拿你呢，把我吓得不轻。此事让我懂得了活人、死人都要尊重，千万不可冒犯。

我家与邻居王家，在院子东边土塄坎下，共用一处水泉。这个水泉有两眼泉池，像一对圆圆的眼睛，泉上边是密密的茅草，像是泉眼的眉毛，"眉毛"上还长着一棵梓树。这两眼泉，水质清冽，水量不大，两眼泉加在一起能装四担水，正好够两家饮食之用。至于饮牛、洗衣其他用水，是舍不得用这泉水的，常常要去院子西边不远的水沟。这条沟发源于院子背后的马山，沟道如一条直线，直直从山顶落下，路途没有人家，沟水倒也干净，水量不大，流起来悄然无声。这一左一右两股水，便成了两家的"生命之水"，最多的时候，要供两家十余口人使用。遇到大旱时，泉水、沟水水量太小或断流，就要下山去三涧河里挑水吃，把牛赶到河里去"饮水"。

但是，到了20世纪80年代初，情况大变，不管雨多雨少，那两眼泉不出水了，那条沟也经常断流。经过仔细查找，这股泉水下移到了双眼泉下面的崖根处，离原址足有三百米。在那里挖了一个窝，成了一个新水泉。但这里地形太陡，从家里到这里挑水无路可走，"滚坡"的风险太大。这眼泉"跑路"，应是水从地缝中漏走了，说明不知不觉中地层悄然发生了变化，这眼用了不知几百年的水泉便告终结。

几乎在同时期，除了下中雨大雨，西边沟里的水也干了，洗衣、饮牛没了水源。也向下找，这条沟的下游，沟底是清一色的光石皮，一个接一个的石窝，在最上部的那个石窝，有一小股细流流出，几天才能流满一潭，勉强可供洗衣饮牛，只是路途有点远，还要走一小段崖顶险路。

这条水沟出现断流，是因为山上的树砍得所剩无几，连马山上那两棵千年古柏也遭砍伐厄运，山体已存不住水了。这条沟的顶端，有一道横向生长的石塄，传说是洪荒时代的一个渡口，名曰"渡船塄"，渡口之下，是一片汪洋。这个传说和想象实在格局广大，振奋人心，也阻挡不了这个诗意般渡口脚下这条小沟的快速"缩水"。

追 影 记

这条沟钻出渡船埂下一片小树林后，在我家附近的地里冲出一道深沟，沟的两旁长了不少树丛，对边沟土坎起固定作用。但自从土地分到户后，沟两旁地的主人都一味想扩大耕种面积，把沟两边斜坡上的树砍了，在斜坡上种上庄稼。于是，沟两边的土坎就不断坍塌、下溜，慢慢填平了这道深沟，水也随之不见了。不出十年，一条沟就在人们眼皮底下渐渐消失。沧海桑田，大概就是这样演变的吧。

我家居住的院落，处在这面坡的中间位置。东边的潘家湾，户数最多时有七八户人家，在院子上下有两眼水泉，并以下面的一处水泉为主。由于此院落地处背阴，加之下面的大水泉枯竭，住户陆续分家搬走。院子上面的水泉也随着时间推移，水量慢慢减少。无奈之下，潘家湾和我们这个小院子就开始寻找新的水源。这一找就找出了十里地之外，在陈家沟垴找到了一处流量稳定的水源，于是就翻越几道梁几道沟，埋了水管，修了水塔，水管牵到各家，吃上了自来水。

西边的颜坡院子，有近二十户人家，分上下两个院落。院子的东边有一个水泉，在一个土坎下面。我记事时，这口水泉就只剩下一个干坑了。院子的西边有一条水沟，名字就叫"水沟"，这里的沟字被读成了"够"音，且带有一个转弯的尾音，似乎在表达这条沟的重要性，颜坡的吃水便全靠这条时断时流的小沟了。遇到干旱，这二十多户人家就要挑上水桶，到处找水，最远的要翻过两道山梁，出了村，去更西边的"桦栗扒"大涝池去挑那种脏水吃，真是艰难至极。

一左一右两个院子的泉枯水断，与我们这个小院子的遭遇极为相似，发生于同一时段。那么，这座马山内部的水都到哪里去了呢？

地球上的人都是逐水而居的。正如草原上的人逐水草而居，荒漠中的人逐绿洲而居。山里人也不例外，也是逐水而居、逐水而迁的。但凡山居，无非是河边、沟边、泉边，一家一户如此，一个庄院也是如此。但凡有人家的地方，都有一眼泉水，水泉大者就有大庄院，水泉小者就是小庄院，水泉枯竭，村庄便告衰落，几成规律。旧时提亲，有一个"看家儿"的环节，由媒人领着女方，到男方家里去实地考察，一看房子是否"宽展"，二看吃水远近。其中吃水一事,关系女方过门后是否因挑水而受苦。因而考察吃水时,女方一般都要到水泉处实地查看,看路程远近,水量大小,水质好坏,还真有因水泉问题被"一票否决"的。这是一段闲话。

做　活

"劳动",本地人称为"做活",这里的"做"读音为"zou"。

"做活"是农村人的生存状态和谋生手段。做活这件事,一直伴随我到了三十六七岁的年纪,才基本告一段落。

小学阶段的"做活",是放牛。专职的放牛是在每年的假期,整个假期天天放牛,我成了专职的牧童。通常是,每天早饭后,把几头牛从圈里赶出来,开始一天的放牧。牧场有相对固定的几处,位于我家门下的洞盖子、偏坡梁、塄坎底、大槽,以及陈家沟、三涧河的几处河道。这些牧场都处于本生产小队的地界之内。

坡上的放牧之地,植被稀少,草不及长起来就被牛啃掉了。可怜的牛用它们的宽嘴,紧贴地面,艰难地撕扯那短短的草茬。有的牛已经瘦得皮包骨头,一天放牧下来,肚子仍是瘪的,肋骨凸显,走起路来,两个后腿肩骨突起,一耸一耸,着实可怜。但我那时并不省事,对牛的饥饱不甚同情,关心的是太阳尽快落山,尽快赶牛回家了事。赶牛回家的时间刻度线是对面山上的太阳阴影线,只要太阳的影子线越过了对面的王家院子,就盼着它快快上升。待影子上升到山顶,就迫不及待赶牛回家,而全然不顾放牛的责任是否尽到。

牧牛期间,牛的饮水也是一个难题。山上的"牧场"只有两处饮水点,一处是洞盖子附近的小水沟里的几个小水潭,一处是塄坎以下老远的一个水泉。若两处水源因旱无水可饮,牛群就会自行奔下山去,到下面的沟道里去畅饮。当然,如果在河滩放牛,牛群可以随时就地饮水。后来,父亲为"饮牛"方便,在我家院坝坎下挖了一个大池子,称为"涝池",下雨时引来雨水,牛就可以就近饮水了。涝池的建成,意义重大,除了饮牛,它的另一用途,是在旱时从中挑水浇灌自留地里的蔬菜。同时还有一个大用途,就是用来稀释勾兑"茅矢"(厕所)中的大粪,增加粪的产量,在生产队集体组织劳力前来"挑粪"时,增加大粪的担数,记上更多的工分。2000 年,我在一度的苦闷中写了一首"诗",开首的两句是:我本一牧童,田野任意行。说的就是幼年的这段经历。

初中阶段,步入少年,力气渐长,这时的升学政策是凭"政治表现"由生产队和公社推荐,其中劳动方面的表现是主要指标。于是,我就把课余时间、假期、星期天全部投入到参加生产队集体劳动之中。课余时间的劳动,主要是利用每天早上上学之前和下午放学之后这两个时段。早晨起一个老早,先到工地干上"一火烟"农活,再出发去学校。下午放学先直接去工地,把书包往树上一挂,就投入劳动,干到天黑收工,才回家吃饭。虽然苦不堪言,但有"推荐"的信念和动力支撑,倒也坚持了下来。星期天和假期更不用说,与大人们一道,早出晚归,整日"做活"。除了人小无法掌犁吆牛耕地外,其他大小农活全部干过,本队区域内所有的大小地块都参与过耕作。由于十分卖力,挖的快,扛的重,手脚勤,不叫苦,赢得纷纷称赞,工分也由每天四分一直升到了七分。须知,那时候的一个强壮劳力,最多也只能评到十分。一天能挣到七个工分,在同龄少年中是最高的。

当时,工分是一个家庭的生命,决定着全家的年终分配分红。工分的来源,主要是家里劳动力参加集体劳动所累积,还有参与运送公购粮、饲养耕牛、积攒肥料的折合工分。为了挣到更多的工分,我们家用尽了心血和脑筋。父亲和二姐是家里的主劳力,每年几乎是全勤。肥料的积攒有许多"诀窍",大粪的"增产"技巧不必再说,干粪中的牛粪是大头,增产的方法是勤用干草垫圈,勤出粪"出圈",出圈之后的干粪要"翻粪""捣粪",以免粪堆内部气脉不畅造成"烧粪",失去肥效,降低干粪的等级,影响折合的工分。当集体组织劳力来背粪上田时,要搞好与"上粪人"的关系,背篓不可筑得太实,不然就会减少"回数"(一背篓干粪的计量单位)。还有一个增加"粪工"的办法——烧火粪。通常是选择一个离村庄较远、人畜粪肥不易人力运到的地方,花上几元钱向集体"典"一块长满灌木的丛林,几个人站成一排,手握柴刀,自上而下,边退边砍,地毯式、剥皮状,将地上大小植被一次撸下,然后一层植物一层土,堆成一个锥体状,底部留几条火道,表面用土封住,从底部点火,连烧几天几夜,待堆内杂木杂草全部烧过烧透,火熄温降,用粗网竹筛子除去渣滓,得到一堆黑土,堆放一段时间,便黑的流油,即可就近上田使用,变成可观的工分。此即通常说的"烧火粪"。这种片甲不留式的积肥方式,放在今天,足以酿成一场"环保事件"。

  小学、初中阶段的学校生活,始终贯串着劳动,劳动课也正式列入了课表。小学时,学校拥有一块大队划拨的校地。印象最深的是,有一年在校地里种了一季红苕,成熟挖出后,老师蒸了一锅红苕,让我们在操场上排成队,逐人发红苕,吃着自己的劳动成果,的确有一种收获的快乐。初中时,劳动的主要方式是去附近的生产队参与收割。学校校园上方的坡上也有一块校地,各个班级轮流劳动,种一些蔬菜之类。每逢劳动课,劳动工具要靠学生从家里带来。有一次,第二天要上劳动课,老师给我分配的任务是从家里拿一只粪桶。我家距离学校有十里路,粪桶因长年水浸粪泡有不下十斤的重量,还要搬一个来回,十分为难,也很抗拒,但又不敢明说。当天回家,思前想后,最后私自决定逃学一天,待在家里。因这个粪桶,我付出了惨痛的"政治代价",取消加入"红卫兵"的资格,直到初中毕业也未被吸纳加入。故而,我的档案履历中,少了同时代人普遍具有的"红卫兵"这一项政治头衔。这是一只粪桶惹的祸。

  其实,我这个阶段在劳动上的极力表现,后来并没有派上用场。初中毕业前,"文化大革命"已告结束,升学考试恢复,不再实行推荐升学了。

  劳动,一直伴随我到了21世纪初。

  1982年参加工作后,土地已经划归农户分户经营,姊妹陆续出嫁,父母年岁渐高，我也娶妻生子，负担不轻，家里吃饭过日子还得依靠土地。一年两季种收时节，我都要请假回家，帮助父母种地、收获，做活最重的要数夏天割麦子。头上太阳火辣高照，地面热气蒸腾，麦秆林立，麦芒锋利，在麦地里匍匐潜行，挥镰如飞，挥汗如雨。同时还要随手捆扎麦把子。收工时，还要把麦把子捆成大梱，架在背篓上背运回去，一连串都是重活。"连割带背"的俗语说的就是割麦这件事。这对于已经渐渐习惯坐办公室的我而言，是一场大考验，但为了减轻父母的压力，我还得咬牙坚持。何况，收割完后，后面还有一系列的犁地、送肥、播种等活计靠父母来完成。这种候鸟般的劳作，年年如此，一直持续到我结束镇党委书记任职，调任县政府办公室主任之时。此时，父亲已年过七十，又接连发病，确实干不动了，而我也因步入本县"中枢"，常年忙得不可开交，无力也无时间再去耕田。我家土地或租或让，退出了家庭的"历史舞台"。

从此，我才完全脱离了体力劳动。

背　脚

"背脚"是我们这个山区人力背负货物长途运输的专有名词，是较早的时候本地与关中（简称山外）之间人力运输的代称。它所用的工具是一只背篓，一条捆绳，一个"搭柱"。背篓和捆绳用来安置、包扎货物，"搭柱"是一个"T"型台柱，在货不离肩时，用以搭载背篓，就地休息，也可打蛇、探路，行走时就成了手杖。

"背脚"的极端称谓是"背盐"。盐是背脚者从关中返回时的主要背负物，来回用时一个月，路途充满危险与不测，死亡率高。所以"背盐"慢慢演变成"人死了"的代名词，若说"某某背盐去了"，就是在说"某某死了"，可见"背脚""背盐"之苦之险。

关于"背盐"，我于1988年写了一篇题为《清代安康的食盐供应》的小文，刊于《安康日报》，引用其中一段，可以明晰"背脚""背盐"的大背景。

清初盐政，沿明旧制，实行招商专卖，即政府将一地食盐运销之权，授予商人，由该专商到户部划定的盐厂（即引岸）购盐，运回销售，严禁专商以外人员私贩。当时兴安州属各县食盐的固定引岸是山西安邑解池盐厂。产销两地相距千里之遥，运输几经周转，十分艰难：

先以车载至山西临晋县黄龙镇，入黄河，船装至陕西咸宁县草滩地，再改用骡马驮运，翻越秦岭，方运抵各县。清乾隆年间以前，盐税较轻，食盐供应尚称平稳。乾隆年间，清廷因盐商多"勇于报效"，除对盐商封官许衔外，还特许盐商所销盐加价耗，盐价日增，贫苦人便不惜铤而走险，冒禁私贩，禁而不止。"恐生事端"，嘉庆十五年（1810），经陕西巡抚两次奏请，清廷始准兴安府食盐"听民贩运"，并准其食用距离较近的甘肃花马池盐。从此，兴安府通往关中的崎岖山道上，便出现了一群群背负山货特产出山，满载食盐而归的青壮男子，沉重的负担，迫使他们缓缓而行，步履维艰，有的甚至不能生还。

（引自《安康日报》1988年10月6日第3版）

山路崎岖，负重缓行，艰难跋涉，挥汗如雨，这是一个靠气力、靠耐力、靠脚力吃饭的"职业"，这是一个除出卖"劳动"之外，没有其他选项的贫苦群落。

我的两个父辈，就是这个大群体的一员。"背脚"的时代早已过去。而我，则切实切身受恩惠于"背脚"。

文政大爷，父亲的叔伯大哥，我们称其"大爷"。民国年代，大爷正值青壮年，因家赤贫，以"背脚"为生，长年往返于旬阳与关中之间。在20世纪60、70年代我们见到他时，因早年"背脚"双手长期委地，他的脊梁已弯曲如弓。即使体态如此，但令人称奇的是，他竟脚力不败，行走如风，语音洪亮，刚气十足。他津津乐道于"背脚"，反复讲述自己的"背脚"见闻与故事，十分讨人喜欢。每隔一段时间，他就会提着一个"鱼嘴"罐，到我家来"罐酒"。他有酒瘾，生活中离不开酒。恰好我家每年都自酿柿子酒，全家人又都不喝酒，颇有富余，又是本家，住得不算太远，于是我家就成了大爷的酒馆。每当大爷到来，爹妈就要先从酒缸里舀上一碗柿子酒，端于他饮。大爷见酒，喜笑颜开，每抿一口，嘴巴就要"吧嗒"一下，既是在品赞这酒，也在展示过瘾与满足。一碗酒下肚，他的话语开关就势打开，绘声绘色，手舞足蹈开聊"背脚"的往事，劫道土匪、黑人店、掌柜娘，大块吃肉，大口喝酒，刀光剑影，一个个惊险的场景，不由敬佩这"背脚"的见多识广，让不谙世事的我们震惊，不住瞪眼张嘴，又惊异又刺激。对"背脚"那远去的"背"影充满好奇与想象。"背脚"者的机智、仗义、豪爽的形象由此烙进脑海。大爹慢慢品完酒，提着装满酒的"鱼嘴"罐起身要走，我们却意犹未尽，把大爹送出老远，继续听他讲"背脚"的故事，并盼望他赶紧地把酒喝完，再来装换新酒讲故事。嗜酒，成就了大爹苦中求乐的豪气和豁达，也给他带来了隐患。大爹的两个儿子，一个是哑巴，只会放牛，推磨；一个智力不全，只能由别人领着干简单的体力活。大爹大妈过世后，哑巴儿子也很快亡了，另一低智儿子靠给他人打零工混口饭吃，最后被一家人收留，用作"长工"。一代"背脚"人就此惨淡谢幕。

大爹的经历和故事，烙印深刻，一直不忘。80年代初，我在安康师范学校读书，在一次作文作业中，我以大爹为原型，用心写了一篇名为《驼背大叔》的作文，获得语文老师肖老师的好评。临毕业分配时，本县县政府办公室准备从应届毕业生中挑选一名秘书。学校和老师向考察组领导推荐了我，考察组的领导调看了我的作文本，最终我被选上，顺利入职。过后，参与考察的县上两位领导告诉我：你的那篇《驼背大叔》写得很感人，所以我们就选了你。

文政大爹对我确有大恩！

到了70年代，"背脚"并未停止。公路未通之前，最后的"背脚"大军中，父亲是其中的一员。只是这时的"背脚"，运距缩短，变成了县城至金洞公社供销社之间的往返，那是大集体时代除过可怜的集体分红外，用来"换钱"的一个路数，也是无奈之举。

这个"背脚"的过程不知延续了多少年，它几乎成了父亲的"第二职业"。通常的情形是：从家里到县城这一路，背的是木柴，柴在县城里卖掉后，返程时去县供销社的批发部，凭公社供销社开的单子背上一背篓"百货"，耗时一天，来回脊背都不"空载空放"，一个往返来回，路程有五十多里。幼时，我曾多次随父亲卖柴背货，眼见父亲背着一百多斤货物，低头弯腰，艰难而行，压得头上青筋暴起，身上汗流浃背。须知，那艰难的负重，每趟只能换来区区的两三元钱。因长期的"背脚",父亲两个肩头被背篓襻子勒出了两道红印,背部磨起了大包,而不省事的我,只是沉浸于跟随进城看热闹稀奇,盼望父亲从可怜的钱袋里掏出几个"分分洋",到国营食堂给我买上两个好吃的粉条小包子。

那是一个永远"定格"的场景。一日,父亲又去"背脚"了。下午时分,我们姊妹几个正在三涧河边的地里干活,老远见父亲背着已"卸货"的背篓,沿着河道回来了。待到见面,父亲从背篓里取出几个小包子递给我们。吃着父亲用汗水换来的柔软喷香的包子,感觉真是幸福无比。

"背脚"的收入,不可小觑,供应了我们一家九口人的食盐、煤油,供应了我们一人一年一身新衣布料,供应了我们的学费,还有偶尔少许的"糖果"改善。汗水换来的小钱,加上精打细算,竟使我们这一大家人,在特殊的年代,渡过了重重难关,有了难得的衣食无忧的生活。父亲像一团火,照亮了我们,燃烧了自己。

"气力是用不完的,歇一会儿就又有了。"这是父亲"背脚"时,常对自己、对他人、对我们说的一句话。

推　磨

"推磨",三涧河人读为"tei 磨",这个"tei"的读音,与当地方言"腿"的读音一致。这个读音很形象,因为人工推动石磨粉碎加工粮食,靠的是腿上的功夫。这里的人又把磨坊称为"磨道",也很形象,推磨的过程,是一个围着石磨无休止转圈的循环,磨道漫长而枯燥。

磨可供几个月吃食的粮食,少则一天,多则两三天。多放在雨天无法下地干活时进行。推磨至少需要两人,一人推磨,一人箩面,大磨、新磨则需要两人推进。

孩子长到比横起的磨杠略高,有了一点气力,便可以推磨了。幼时,我们兄妹最怕推磨,一听说要推磨,就叫苦连天,但躲也躲不脱。

磨道位于下房吊楼的底层,外边还有一个牛圈,潮湿阴暗灰尘大,臭味大,像个地牢。被迫上"磨"时,小孩子一般两人一组合,横推毛桐木做的磨杠,徐徐前行转圈,还要频繁拨拉磨眼上插的几根筷子,捅一捅磨眼疏通磨扇上的粮食,以保证粮食由磨眼顺畅进入。这期间,脚步还不能停顿,否则就耽误了时间。推磨的速度不能太快,要匀速前行,否则磨出的粮食太粗,需要用梭瓢铲回磨顶重磨一遍。所以推磨这活急不得慢不得,单调漫长,必须一步一步来,取不了巧,是个磨炼性情的活。在磨道里转上一天下来,人走得筋疲力尽,浑身是灰。可能推磨的毛驴的温顺性格就是这么磨炼出来的。

也有职业推磨人，这些人往往是盲人和智力略有缺陷者。三涧河木厂有一个壮汉名叫"牛娃"，有一身的蛮气力，饭量大，"本分"木讷，干活需要别人领着才行。家里养不起，也没有那么多地可种，于是这个牛娃就在三涧河各处干起了零工，只图有个饱饭吃。除了割麦季之外，他的大部分时间在为别人推磨，只要管足饭，他就不偷懒。牛娃推磨不紧不慢，步子稳，有耐力，各家都抢着要。只是这个三十多岁未婚娶的牛娃有一个毛病，爱看穿花衣服的女人。看到女人在沟里揢澡，牛娃就会目不转睛地盯着坏笑，所好并不采取什么行动。正在"役头"上干活，若是老远路上走过一位穿花衣服的女子，牛娃就会停下手中活，死死盯一会儿，然后嘴里蹦出一个"吗儿"字，随即咧开大嘴爽朗大笑起来，还左顾右盼展示自己的"发现"。这个"吗儿"，在当地方言中是女性乳房的意思，牛娃的想象力还挺丰富。

我家有一姓于的邻居，家里有一位盲人，从小就看不见东西，只会推磨。我们幼时，他不过四十多岁，身体尚健，推磨的速度很快，他们一家人的粮食都是这位盲人一步一步推出来的。故而这里流传着两句无恶意的戏语"奇怪奇怪真奇怪，于瞎子推磨比驴快"。

人力推磨既费力又费时，人们便想方设法置买毛驴。本地毛驴十分有限，即便是生了小毛驴也不肯卖，于是各家便凑钱结伴到河南去"吆驴"。几十天后四五匹毛驴到了，五六家分一匹。毛驴的股份按"腿"算，有的户一条腿，有的户半条腿，按"腿"的份数确定驴住谁家的时间，一般一个月轮住一家，叫"喂驴"。喂驴期满，下一家要派人来牵驴，驴胖了或是瘦了，各家之间互相监督。毛驴住家期间，这家便要抽时间套驴上磨，磨好驴不在时几个月的粮食。

新买来的毛驴开始并不情愿上套，需要强拉拽扯才肯在磨道上就位。开初的几次推磨极不适应，套上夹板，戴上笼嘴后，一阵狂跑，还扬起后蹄乱踢，往往会招来一阵乱棍，才慢慢驯服安定下来。要么用软的办法，在上夹板后，喂上几口香喷喷的粮食，哄着乖乖上磨。到后来，驴慢慢习惯了，只要朝磨道一牵，它就会自动站位，很配合地听从主人的安排。

有了毛驴推磨，人就轻松多了，只负责往磨扇上上粮，在磨盘铲粮和箩面即可。但磨道是须臾离不开人的，毛驴戴上"鞍眼"，看不见东西，但耳朵很灵，只要它侦得人不在跟前，就会停下来休息，待有人的脚步声，它就赶紧起步前行。有时，乘人不在跟前，它还会极力挣脱脑袋和磨盘间的"撑棍"，伸长大嘴，在磨盘上"铲"上几大口粮食，让人气急败坏，心疼不已。倘若石磨上磨的是干辣椒角子，毛驴不知事理，乘人不在"铲"上几口，就会辣得咧嘴直叫，嘴里直向外喷辣椒面。如此看来，毛驴确有一定的智商。

我家与别家合伙买了一头毛驴，拥有"一条腿"，即此驴四分之一的股权。这头驴在我家没有占到多少便宜，因为我家人口最多时有九口人，推磨量大。但在吃食上没有亏待这头驴，通常喂的是拌有剩饭的黄豆壳，比同圈的牛吃得好得多。有推磨任务时，还要给它加餐，所以这头驴在我家待上一段时间，就会被伺候的肥起来。

这头驴除了承担我家的推磨之外，还担负着"援外"任务。那几年里，父亲每年都要牵着这头驴，带着我去二十里路外的杜家沟祖父家，让这头驴为居住此地的祖父、大爹两家推磨，每次要待上两三天，结束后父子一前一后把毛驴原路牵回。

送驴推磨，一年两三次，这是父亲孝亲的独特方式，对已年迈的祖父母来讲，正是急需要的。至今我还记得随父亲牵着驴，翻过祖父家背后那道山冈的情景。每次送驴推磨，时间都是紧赶慢赶，往往要推磨到晚上。第二天要急着赶回，往往五更天就起了床，在静静的夜色，凄淡的月光下，穿行于长满桦树的山冈，空旷中只有我们父子二人的脚步声，驴蹄踏地声，白色的月光、寂静的山林让我害怕，只有紧随驴后，小心而行，生怕从那神秘的林子钻出什么野兽。多少年来，这个"月光牵驴穿山冈"的场景，不时在脑中回放，挥之不去。

由于买不起驴，为了解决粮食粉碎问题，居住于杜家沟的大爹还发明了"脚踏碓"，安装在房子附近。这个类似于"兑窝"功能的装置，由木头做成，运用杠杆原理，用脚踏的方式，驱动木臼一上一下，捣挞石臼中的原粮，十分省力。

现今，乡村中一个个被拆迁废弃的老院子中，到处散落着一合合大大小小、薄厚不一的石磨。最典型的是大神河边的陈家老宅庙湾，遗留了大量废弃不用的磨石磨盘，有的人家薄厚石磨有好几套。这让我发现了一个规律，历史越久的村子，石磨越多，且被废弃的薄石磨越多，这石磨就像年轮和时钟，又像有记忆的光盘，记录展示了一个家庭、一座院落的历史。倘若有人根据石磨的磨损程度做定量测定分析，考证出一合石磨能供几代人使用，用多少年，便可以得出这个院落的历史年代。这个道理应该能说得过去。

夺　柴

　　三淌河出口处，有一道锁钥般的山脊，山脊因建有无梁殿而得名。翻过无梁殿山脊，朝汉江上游走上一里地，便到了地名"窑上"地方。这里因拥有一坡黄土，早年有几处烧制土陶的窑厂而得名。

　　三淌河内的人，对"窑上"的人都比较"怯火"。原因是窑上人多以驾船为业，男人长得精干而黑瘦，力气大，所谓"长脖子黑腿，不是驾船的是老鬼"便是。因长年伸长脖子拉纤而脖子变长，这只是个民间戏谑的说法，缺乏科学考证，在船上长期日晒雨淋而皮肤黑亮，倒是实情。

　　窑上人居住所在，前靠汉江，背靠一条光秃秃的干梁，干梁上只有浅浅稀疏的茅草，窑上人一直面临着无柴之炊的"能源危机"。

　　于是，窑上人便就近把三淌河作为他们的燃料基地，成群结队背着背篓，拿着柴刀，深入三淌河腹地，砍拾柴火。由于背负柴薪的路途有些远，去一趟很不易，便自然要砍已长大的树，即耐烧的柴，又不肯掏钱付费，于是这种砍柴就变成了"偷柴"，这自然与三淌河当地杁主的利益发生了激烈的对抗冲突。

　　窑上人一路挥刀砍去，人进树退，从三淌河中游一直砍到了上游的木厂，以及各个支流的深处。为了抵御当地人的阻挡，窑上人出动的都是能砍能背的强壮劳力，并且三五成群行动，快砍快运。遇到当地人阻拦，就强行推进，

夺柴

不惜打架。后山的人见到这些"入侵者",就采取喊话、咒骂等方式力图阻止,不停不听,就升级为滚石头塌,上前夺刀,夺背篓,割柴"腰子"等手段。但常常抵挡不住气势汹汹、力气大会打架的窑上人。每当看见当地人要动手,窑上人就会瞪圆双眼:"你敢下手,等你过河时有你好看的,小心让你钻迷头",当下就把这些后山人镇住了。因为窑上地处三涧河通往县城的要道,一夫当关,万夫莫开,是三涧河人进城的必经之地。倘若得罪了这些窑上人,记了仇,记住你,后山人"过河"进城时,就会被窑上人"逮个个",若在岸上打不过后山人,就会发挥会凫水的优势,把后山人拉扯进江水里,摁住头让后山人喝个够,这就叫"钻迷头"。一提说"钻迷头",柴杋的主人就只好忍气吞声,眼睁睁看着窑上人满载而去。

其实,这些窑上人甚是可怜。去后山砍一趟柴,来去足有四十里地,担惊受怕受人话,背着一两百斤的柴捆子,在河滩路上吃力而行,走上一段,就要把背篓靠在石头上歇一会,恢复力气后继续哼哧哼哧前行,一捆柴要搭上一整天时间,个个晒得脸庞黧黑,黑脖子曳的老长。比起驾船,这个活实在太苦,长脖子黑腿的特征更加明显。

后来,随着当地人和窑上人的长期砍伐,后山人自己的烧柴也出现了困难。到了70年代中期,后山的灌木丛已被砍光了,转而开始"挖疙瘩",即挖树根。树根挖得差不多了,就割茅草,割蒿子,山就变得越来越秃,满山只剩下洋腊刺。这洋腊刺浑身长满尖刺,扎手不易下刀,但最后也所剩无几。

直至我上中专的80年代初,这种生态状况仍没有改观。有一年放暑假,为了凑齐我的下学期学费,父亲在十字河那个地方用十几元钱典了一面坡,父亲带着二姐,把那面坡上的所有"疙瘩"都挖了出来,在坡下的路边堆起来,像小山一样。联系了收柴的,过秤后总共有四千斤,卖了八十多元钱,正好凑齐了我一学期的学费。这在当时,也是没有办法的办法,所以我对那一堆可怜的"疙瘩",始终心怀愧疚与感激。

历史轮回,后山也显现出"能源危机"。杋里已空空如也的后山人也向窑上人学习,到更深的老后山去偷柴砍柴,重复着窑上人的境遇,受老后山人的咒骂和奚落。有一次,我随邻居牛娃四五个人,上山走到离家十里外的罗家湾去砍柴，一人砍了一大捆，扛着往回走，结果被柴主家的小孩挡住了。这个小孩子年龄与我相仿，但很有气势。他底气十足地把我们训斥了一顿，然后从我们手中夺过一把刀，挥刀就要"散"我们的柴捆"腰子"，但刀举到半空又放下了，他说：唉，算了，谁让我们是"亲道处"呢！"亲道处"在本地方言中是亲戚的意思。其实，这个小孩我们都认识，是牛娃的老表，两家还经常走动。在他把我们拦住时，因为理亏，我们一直没有说话，他在挥刀的瞬间停手，还是念及了亲戚这层关系。这个厉害小孩的话刚落，我们便连声道谢，扛起柴捆，一路小跑。没柴的日子还真是下作。

能怪谁呢？据长辈讲，我家附近的林朳，在50年代是一片参天大树，桦栎树的树围粗到一个人抱不拢。历经大炼钢铁，修襄渝铁路时的大砍伐，六七十年代的人口剧增生活用柴的砍伐，到了70年代，只剩下矮矮的灌木丛，小树长到一人高，就被砍去当柴烧或是当作"大柴"出售，树木的生长速度远远赶不上砍伐的速度，于是便有了斩草除根似的"挖疙瘩"。后山人去老后山偷柴，也是被迫无奈。

2005年春节，我去三涧河最深处的杜家沟垴，探望大爹和三大，意外地发现，这里原有的整山整片大树林消失了，取而代之是一片一片的灌木丛，感到很吃惊。因为整个三涧河流域，在1990年后，随着外出打工潮的兴起，人口大量外流，木柴的砍伐量骤减，加之林朳已拍卖到户，各户管护也很到位，植被恢复得很快。十余年过去，过去光秃秃的山已被树木笼罩，怎么会出现大树林消失的怪事呢？

一打听才知，这个村适宜烤烟生长，又有烘烤烤烟的木柴，因而烟草面积逐渐扩大，成了千亩烤烟大村。推广用煤烤烟还是近十年的事，当时烤烟都是就地取材用柴火，一炉烟要柴火不断，历经六天六夜，烟农们常说：伺候老人上山也不过如此。这样就消耗牺牲了整山的树林。因而当时有一种现象，烤烟基地大部分都位于后山、高山，因为前山、河边没有可供烤烟的树木。这便造成了后山树林现代的"逆生长"。

当然，还有一个重要原因，当时由于管理不严，烧木炭是后山人的一大副业，须知，一炉木炭半面山呀！

所好，窑上人居住地的周边，植被渐渐密了，用电、用气做饭的人家也渐渐多了。"能源危机"已经远离。

帆影早已远去，窑上人早已没有了驾船人的慓悍，他们的孙辈与后山人一样，成了"旱鸭子"，不会凫水了。

酒　　事

　　用柿子烧酒，对于这一带的农家，是必需的。

　　柿子成熟时节，正常成熟的硬柿子被用来加工成柿饼，早熟的软柿子保存不易，只能用来"窝酒"、烧酒，否则就会烂掉。除了柿子之外，本地还有一种叫"火罐子"的小柿子，个头比拇指大不了多少，体内核儿多，派不上其他用途，只能用来"窝酒"、烧酒。故而，本地柿子酒的主要原料是这种"火罐子"，软柿子只是配料而已。

　　本地人评价谁家酒"哈"（差的意思）酒好，标准主要是酒劲的大小，度数高就是酒"歪"，度数低就是"不歪"，这个"不歪"实际是个中性词，不是指好坏，因为"不歪"的酒照样好喝。

　　柿子酒的度数是可以人为控制的。其操作方式很简单，若是想要高度数的酒，就把接酒的时间控制短一些，只接前头流出来的高度数酒，放弃后面越来越淡的低度酒。这个长短的把握，靠酒甑子上面那口用于冷却的顶锅来控制，以顶锅水的温度是否烫手为限。接两锅水的时长，便可得到中等度数的酒。若是单讲数量，不讲究酒的度数，那就要接到三锅水、四锅水的时长，若这样，蒸馏出来的东西只有淡淡的酒味，到最后基本上就是纯粹的蒸馏水了。

　　烧酒这件事，人们现在津津乐道的是烧酒的过程。其实，这个"窝酒"

发酵和烧酒的过程实在过于简单，家家都会。目下更是酒厂遍地，工艺无非还是蒸馏，外加一些兑香、调味之类的"技术"。从人们越来越青睐"原浆"的趋势看，回归蒸馏，原汁原味，具有原生态般的吸引力。

人们可能没有意识到，烧酒这件事，实际上是一个需要诸多产业配套的行业。烧酒时，第一道工序，是用大量的麦糠拌入已经"窝"成熟的酒糟子，麦糠的作用在于扩充酒糟子的体积，增加入甑酒糟内部的间隙，使酒的成分随着上升的蒸汽而挥发，并在顶锅底遇冷凝结，滴入锅底下的酒馏子，汇集引出，流入酒罐。试想，如果没有小麦的种植配套，这个关键性的配料就没有着落。

还有，烧酒时，甑子与坐锅、顶锅之间所用的"围脖串"，是防止蒸汽跑散的重要部件，它由稻草编织而成，且一旦烧糊烧烂，马上就要用完好的备件替换。如果没有稻谷的种植，这个必需品也没了来源。

因而，烧酒户必须田里有麦、有稻，不然，就要没远没近地到处求人。

现在许多不太耕种的农户，家里有很多柿子树，却忍痛割爱不烧酒，没有配套产业是主要原因。

酒虽然好喝，烧酒往往还被冠以传统工艺，看起来很美。但平心而论，是一个费工费时费柴的高耗能"产业"，细算账是一个倒赔钱的"买卖"。

若是烧两大木梢的酒，大致要连烧两天两夜，最多的户，甚至要用三天三夜的时间，因为酒一旦"窝"好，必须抢时烧，否则就会失去"酒力"，变酸变醋。

烧酒灶都是盘于室外的大灶、虎头灶，锅大灶门大。燃料是树木杂丛，大的灶一锅筒就能吞掉半捆柴。且因火势始终要旺要大，柴一进锅筒，就哄的一声，几分钟便告燃尽。所以烧酒中最累的活就是"添柴"，手持一个长长的双叉"添火棍"，不停歇地往锅筒里塞柴。一木梢酒糟子烧下来，提前准备的像小山一样的柴堆，便消耗殆尽。有时柴供不上，就急忙找人去杌里砍，一捆一捆扛回来朝锅筒里送，紧张的如同打仗。这锅筒真像一个吞柴"巨兽"。

如此大的工程量，使烧酒成为农家的一件大事。提前要预留足够的时间，足够的柴火和足够的人力。也有的与年底杀猪同步进行,这样可以利用烧酒产生的大量顶锅热水,也常常与冬季的家庭大浆洗相结合。届时的烧酒,如同"过事"。

  烧酒的过程,充满了礼仪、礼数。第一甑的第一股"酒头",要先接上三杯,敬天敬地,然后主家才亲自尝一口,不管好坏,都要连声说:好酒好酒!在接酒的酒罐旁边,放着两只酒盅,有人从这里经过,不管熟与不熟,大人还是小孩子,都要大声招呼:快来快来,喝酒喝酒!礼貌起见,过客都要上前接过主人递上的酒盅,眠上一眠,夸张地叫道:酒歪酒歪,烧得好,烧得好!

  这种招呼,纯属礼节,不可不长眼色,尽兴而饮。幼时,有一个与我同岁的邻家小孩,名叫福娃。他闲玩时遇见一家正在烧酒,主人招呼他喝酒。见他年龄太小,又不敢让他多喝,就只接了半盅。不料福娃一口下去,觉得挺香,还要喝,主人就不敢再让他喝了。这个福娃一路跑回家去,向父亲告状。父亲糊涂,认为这是烧酒那家人太吝啬,瞧不起他。就对福娃说:娃,甭生气,等我们自己烧酒时,你想喝多少喝多少。过了不久,他家烧酒,福娃站在接酒的小坛子前,一口气喝了十几杯"酒头子",当日就醉得送了命。由于太穷,福娃爹也未置办棺木,用稻草编了一个兜子,裹着福娃,用一根绳子拽着,从后坪梁一路拖行,把福娃埋在一个叫偏坡梁的地方。那个拖行男童尸体的场景,直至今日我还记忆犹新。酒能杀人,溺爱也能杀人。福娃饮酒毙命的惨事,深深震撼了我,让我对酒产生了深深的恐惧。

饿意十足

提起一个"饿"字，我不寒而栗，即使在衣食无忧的今天，依然如此。因为，我的童年是以"饿"为主题的。

20世纪70年代，正值我的小学到高中的阶段，刻骨铭心的"饿"时代。

现代人讲到吃，首先想到的是食材。当初吃过的"食材"，林林总总下来，有特色的还真不少。榆树皮、檀树（杜仲）皮的确吃过，那不过是几顿的事，因为当时的山已被砍挖成秃岭，很像非洲某些地区的荒漠。大树已经砍光，只有矮小稀疏的灌木，有的已被连根挖掉（俗称打"疙瘩"），已没有那么多树皮可剥。顿顿一锅蒸红苕，伴以红苕叶汤的"红苕宴"足以填饱肚子，已很幸福满足。蒸一锅梨子，煮一锅泛青的蚕豆，当作主食，在今天看来是很有"特色"，殊不知那是青黄不接时的无奈之举。"酸糊粥调盐，能顶过年"。这是当时一句流传甚广的俗语，这个只调盐、没有任何菜蔬的玉米糊粥，制作简单程度超乎想象。就是一锅水加几瓢酸浆水，烧开后下玉米糁，待煮得快熟时撒上几粒盐。吃上这顿饭就算过年，在今天看来简直是在哄鬼。这是苦涩的自嘲，还是饥饿中的自我满足，或是二者意思兼有。幼时一见此饭和随之而来"能顶过年"哄劝进食的话语，我就不懂事地粗俗大骂：酸糊粥调盐，能顶过"怂"！因为我只要一吃此饭，就"心沥"（胃疼）。但除此而外，还有什么吃的呢。

追 影 记

  有几样"黑色"食材颇为奇异。野棉花，零星生长于荒野。其花团只有拇指头那么大，颜色灰白，采得后，加入苞谷面里，不易结团的苞谷面顿时便有了"筋丝"，烙饼或擀面，有嚼头很耐饭，饿得慢，只是这个"填充物"实在太少，采摘不易。苞谷皮，即玉米粒的外层包衣，玉米脱粒时，这一外包衣常常是整个被脱了下来，苞谷粒状的外形基本不变，又软又有韧性，像塑料像弹簧，常常在粉碎加工的扬筛环节就扔掉了，或是从地上扫起来，拌于猪食之中，让"獠牙"去对付它。但是饿急之时，此物就舍不得让给猪老二了，也被当作食材利用起来。把这个弹性十足的东西，与面粉搅在一起，勉强捏成团，上锅蒸，出锅之后像一个随时要散架的"土炸弹"，吃一口下去，胃便被这个有弹性的东西扎得生疼。初中时，一次运动会期间，我就从家里拿了四五个这样的"土炸弹"放在书包里充作干粮。在学校操场上，遇到了一位在我们生产队插队的知青，他路过学校，顺便观看一下运动会。他关心地掀开我的布书包，说："让我看一下这个娃拿的啥好吃的。"当他见到那几个已松散不堪的"土炸弹"时，一时愣住。叹息了一句：娃太苦了。我当时心中一悲，赶紧转过身去，泪已夺眶而出。

  还有那味苦赛过黄连，恶如毒药的烂红苕。有几年，连红苕都没得吃了，生产队就派人去河南买"红苕剪子"（即红苕干）。河南的红苕干，色泽纯白，硬如铁，生咬不烂，一口一个白茬，一泡就软，一煮就黑。只能掰碎上磨，粉碎成面来吃。能吃上这纯白的"剪子"，已是福分不浅，可惜运距太远，分到每家的数量有限，支撑不了多少时日。无奈之下，各家便就地取材，把公家、自家苕窖里已腐烂成稀松一团的烂红苕捡起来，摊于手掌中，朝土墙上狠狠一贴，那团黑乎乎的东西就呈圆饼状粘在墙壁之上。风干晾晒上几日，就成了硬邦邦的黑饼，揭下捣碎，放在石磨上再粉碎，过箩筛，就得到黑乎乎的面粉。用这种面粉搅少许好面，做成拌汤，做刀削面。拌汤是一锅黑汤，像差劲的糨糊，因为这种面不易结团，一入开水锅就全化开了，显不出样子。做刀削面，面要和硬，块要切大切厚，下锅后才不会轻易散架。二者相较，此面更适合做成"加厚版"的刀削面，俗称"削蹄子"。只是，不管怎样做，做成什么，"苦"的味道都十分强烈，那种苦味真是比农村人打蛔虫的苦楝树皮还苦，一咽下去就肚子生疼。一顿饭下来，就会疼出几身冷汗，即使疼痛难受，还得勉强吃将下去。每当吃这种饭时，大家会不约而同地说：开始吃凉药啦。这种高度腐烂、富含毒素的"食材"，不知让多少人落下病根隐患，也不知折了多少人的寿数。反过来讲，这种黑乎乎的东西，也许成全了许多人"活下去"的愿望。

要说"饿"的程度，记忆最深的是上高中的时候。上高一的时候，在学校学生食堂上伙，要交柴和粮，加上少许"加工费"，几十里的山路，每次都是父亲用背篓送到学校。交粮，都是清一色的玉米糁；交柴，是锯好的"大柴"。高二时，学校善心发现，或是怕麻烦，改为收钱，不再要求交柴，交粮继续。但饭的品种永远只有一样——玉米糊粥。开饭时用一木桶盛着，八人一桶，抢着吃，到最后实在没饭舀了，就用铁勺子狠刮木桶壁，可怜的桶壁被刮得越来越薄。只有饭没有菜，菜要靠星期天返校时从家里带，通常是炒酸菜，一周带一小盆，冬天尚可，菜不易腐败。到了夏天，不出两天带的菜就会"长毛"，菜坏了，还得吃，因为除此之外，没有其他办法。每周也带干粮，多为玉米面馍馍，但不出两天就吃光了，只得忍饥挨饿，苦盼周末回家。高中毕业回家，一边等录取通知，一边随大人参加生产队集体劳动挣些工分，队里的人见我十六七岁年纪已胡须老长，又黑又瘦，都诧异道：这娃怎么比他爹还老！

印象最深的一次"饿"。一个周六，没有上伙，也没了干粮，上完半天课，步行三十里回家，越走越饿，越来越没劲，走到距家还有一里的半山腰时，实在没有一点力气了，眼前金星直冒，连一步都迈不出去了，就四肢朝天，仰躺于道旁。待慢慢有了一丝气力，缓缓起身，慢慢而行。一到家，立刻冲到楼上，双手从大木梢里"铲"出一大把柿饼，下楼摊于堂屋大桌之上，足有二十多个，一口气吃下去，饿意才消。一口气吃二十多个柿饼，通常是周六放学回家做的第一件事。几十个柿饼一气呵成，我庆幸和佩服当初的消化能力，放在今天，那会一次毙命的。

"饿"的过程，是饥不择食。那是1965年的夏天，我长到一岁半时，姐姐领着不懂事的我，去屋后柿树下捡拾"青封"掉落的柿子吃（俗称"柿子牛儿"），这"柿子牛儿"呈青白色，味道先甜后苦，据说进肚后会黏在肠子上。当下引发严重的痢疾，腹泻不止，频次密集，一泻数尺，只好光着屁股，任其倾泻。两日下来，我已严重脱水，奄奄一息，羸弱濒死之状，连母亲也害怕得不敢拢身。于是就在堂屋正中铺上麦秆，将我放置于上，用一蒲篮（一种竹编大箩筐，用于盛放、晾晒粮食）扣着。这是本地风俗中对将死之人的临终处置方式，以利于死者在接地气的情况下落气离世，也便于死后装殓。当此关节，住在附近的吕万顺表叔前来看望。他是一名村干部，见识较多，他对父母建议："你们把娃抱到县城看一下，或许能救过来。"于是，父母就连忙收拾行装，冒雨抱着我，步行到汉江渡口，见已涨水封航，就急忙找到住于附近的"太公"（渡船驾长）求情，"太公"冒险驾船过渡。入住位于龚家梁顶的县医院，住院六七天，花费十九元，捡回了一条小命。这期间母亲也病了，同打针吃药，我至今保存着住院的两张标志"重生"的票据。故而，母亲生前每提及这件事，都要认真地对我说：你已是"二世人"，命硬得很。

为了减"饿"充饥，我一度把本能发挥到了极致。父亲用一年仅有的两张糖票，从供销社买回的几斤红糖，被我一次吃去了半罐；家里留着种子的玉米棒，挂于楼上风干保存，其硬如铁，也被我不时拿下一根，放在灶火上烤焦，嘎嘣嘎嘣吃了下去；实在找不到东西吃了，就去厨房浆水缸里，舀一碗浆水，咕嘟咕嘟喝下去，也能缓解饿意。

上初中时，学校距家十里开外，每天走读往返。天不亮就起床，在火炉上用干叶生起炉火，然后引火至旁边的用屋瓦做成的小灶（缸缸灶），烧开水，做成一碗稀玉米糁粥，喝完之后就起身，向学校进发。不及半道，饿意已至，但还得一直坚持到下午回来，才有饭吃。

"饿"的后果，很是严重。直到二十岁上下，我每年都要得一场大病，昏睡四五天才能见好，周而复始。我当时也意识到，这是幼时大病和长期饥饿的后遗症，要根除此疾，必须增加营养，改善体质。于是就想了一个笨办法，隔日间三去菜市场买一块猪肉，连同萝卜炖成"营养餐"，不时进补，坚持了一段时间，体质确有改善，每岁大病的痼疾被根除，只是体重日增，不到三十岁就已发胖，体重由一百一十斤增长到了一百八十余斤。

  天命之年，感觉体态实在难看，怕得"三高"，又开始艰难的"瘦身"之旅，历时数年，行走万里，虚胖消除，体型收缩，体重稳降三十余斤。

  也有一段时间，学习紧张，往返路远，就在学校住宿。所谓住宿，实为教室上空的楼栈上架一副床板，睡起来像是"吊床"。早上第一批同学进教室，便翻身跃下，动作如猴，便算是从"宿舍"到了"教室"。住校期间，一半靠上伙，一半靠干粮，在半饥半饱中度过。遇到周日不愿跑路回家，伙房已关闭，就要自己想办法。有一段时间，我让母亲擀了一些面条，晒干，又从家里拿了一个小铁锅，连同干面条，用背篓背到学校。无伙食时，就从"宿舍"处背起背篓，来到学校下面的河滩上，用石头垒起简易锅灶，架起小铁锅，在附近捡拾一些柴草，生火烧水，下面条，调上盐，热饭即成。其间有附近的住户见状，派家里小孩过来，邀请去他家里去做饭。因不愿给人家添麻烦，也就没去。但我对这家人的关爱一直心存感激。这段抗"饿"经历，在那一带留下了"艰苦求学"的佳话，这也是多年前我力主在这个河段架起永久性桥梁，实施校舍全面改造的另一"隐因"。

山中狼

　　狼，这个相貌和生性凶恶的动物，在今大已经远离了人居，甚全在很多地方已经绝迹。但在20世纪70年代初的时候，它在这片土地上竟无所不在，无处不有，与人如影相随。至今在老年群体中，仍有为数不多的人身体上，遗留着幼年被狼残害的伤疤，还有众多口口相传狼与人的故事。狼与人，曾经在这块土地上上演了一幕幕生死较量。那是一个人狼共舞，相望相搏的时代。

　　与狼共舞，方显地瘠人贫。

　　狼从何来，来了多久，人均不知悉。只知道白天是人主导的世界，一交夜晚，便是狼的世界。它们在村庄周边、田野荒坡里旁若无人，成群戏耍撕咬嚎叫，竞相展示歌喉，"呜呦……呜呦……"的嚎叫声此起彼伏，响彻黑暗的大地，令人毛骨悚然。在晚秋红苕开挖的时节，狼的活动达到了高潮。天黑，农人刚刚用背篓背起红苕离开，刚才的农作之地便被狼群占领，以胜利者的姿态开始在上面撒欢嚎叫。农人们吃着晚饭，听着远远近近的狼嚎，小心地呵护安慰着惊恐的小孩，在阵阵惊悸中用完餐，关牢猪圈牛圈，早早拴上门闩，再用一个木杠子从门内顶住，战战兢兢上床，在一阵阵的狼嚎中勉强入睡，并期盼着黑夜快快过去，光明尽快重新主导这片大地。

　　一只独狼，差点要了我的小命。

山中狼

　　五六岁的我不知何因脱离了大人,独自站在我家下面的山道上。突然,从附近的树丛中走出一头灰色大狼,踏上我身下的坡地,径直朝我走来。这头狼的模样,如同连姆·尼森主演的《人狼大战》中那些恶狼的样子,体大如小牛,头部有鬃毛;嘴尖如狗,全身毛发下垂,面目恐怖。它步履不乱,款款向前。我登时吓得大哭,手足无措,腿脚已无法挪动。哭声惊动了家里和附近的大人们,他们齐声吆喝,大声呼叫。对面山上干活的人,也一齐呼喊,顿时一沟两岸,人人喊打,呼声如潮。但大人们只是呼喊恫吓,并没有人敢操上家伙前来打狼救人。隔空的呐喊声中,那只大狼依然不紧不慢,步伐不乱,在我站立处十余米处,跨过小路,沿着坡地沉稳地朝山上走去。直至狼走出老远,快到这个长坡的顶端"后坪",大人们才冲下来把我"抢回",连呼"这娃命大!这娃命大!"。

　　这头狼之所以没有对近在咫尺的我下口,应是慑于漫山遍野的呐喊,让我捡回了一条性命。多少年来,在我的潜意识中,始终有一种感觉,这是一头母狼,不忍对一个可怜的孩子下口,它不紧不慢,在被喊声包围的情况下没有狼奔,那是因为他的肚子里怀着狼崽。但愿是这样的。

　　这头狼的形象挥之不去,"怀念狼"成了一种心理习惯。

　　邻近的范家湾一个名叫"女子"的女孩,与我年龄相仿,相貌姣好,性格内向,沉默寡言。她家爷爷因勤快能干,旧社会时日子过得不错,新中国后"土改"被划为富农。各类运动开始,她家开始遭殃,大小批斗会都有她爷爷的份。她们孙子辈正上小学,也成为成分好的学生唾弃、羞辱的对象。因之,范家女子愈加沉默,有时整日一言不发。一日,范家女子突发异常,嘴里发出狼嚎般的嘶鸣"呜呦……呜呦……"一声接着一声,直至叫累了才停歇。到了夜晚更甚,女子的叫声与野外野狼的嚎叫遥相呼应,经夜不息。人们都说这是毒狼附体中邪了。女子父亲急忙请来阴阳先生,画符念咒,折腾了一阵,不见效果。又延请本大队的赤脚医生王大夫前来医治。这王大夫从年轻时就开始行医,颇有经验,他令家长将女子手脚捆绑起来,拴在树干上,在女子的头部和四肢指尖施以银针。每扎入一针,女子就要紧咬牙齿,发出"呀呀"的声音,似乎并无多大疼感。如此这番治疗一段时间,女子之病并无大的好转，只好休学回家，依然狼嚎如故，样子十分可怜。人们都说，这女子算是完啦，都感到非常可惜。其间，我曾经多次去女子家探望，只见她默坐于院坝边的石头之上，偶尔伸长脖子，张开嘴巴，发出狼般的嚎叫，显得很是恐怖和可怜。

经年以后，狼群突然远遁消失，女子的病也不治自愈。她完全放弃了学业，由大人领着下地干活。渐长，女子病症完全消失。有人上门提亲，女子出嫁，听说日子过得不错。

狼从何来，又去了哪里，那么多那么大的狼群突如其来，又突然消失，除了狼粪、狼窝，还留下了一大堆关于狼的传说。

蜂拥而至

遍布大地的野蜂，似乎是上天安排专门来对付人类的。那细细的蜂腰，因长着两只翅膀能够飞行，而优于号称万物主宰的人类，使人望而生叹；又因拥有一支带毒的尾刺，让可以制造尖端武器的人类望而生畏。人在蜂前，就像在蛇面前一样，有着与生俱来的恐惧。

这小小的野蜂，近几年名声大噪。前几年夏秋时节，省内一个地方胡蜂接连蜇死了几个人，引起了上级关注，防治胡蜂遂上升为民生大事，每年都在"胡蜂季"到来之前，发文件，开会，张贴标语，广播电视宣传，以提高防范意识，防止再出现蜇死人事件。

少时，与胡蜂的对峙和遭遇，是经常的事。

一天，奉大人之命，一个人去门下的偏坡梁拾柴。因这面坡的柴火已经让人砍尽，只有梁下那个湾里有一些矮矮的洋腊刺可供砍伐。刚刚砍了几下，只听得嗡的一声，脑袋随即一阵锥扎般剧痛，我的头部顷刻间被一群密密麻麻的麻子蜂围住，不及多想，本能地抱头直向坡下逃跑，边跑边用手刨抓头发。这群蜂笼罩着我，紧紧跟随着我。拼命跑到坡底，才摆脱了蜂群，头发里拨拉出一堆死蜂。这种苍蝇大小的蜂已蜇了我几十刺，头痛得很，赶紧跑回家熬了一盆艾蒿水，把头浸在里面，洗了又洗。蜂蜇中的部位起了一些小包，脸肿得像馒头，头皮也跳着疼。过了几天，就消肿没事了。这次遭遇告诉我，遇到蜂群，唯一可行的办法就是飞跑，越快越远越好，尽快摆脱它。

有一种最危险的蜂，叫"七子油"。这种蜂最大者长及二寸，浑身黑红，有漂亮的花纹，尾刺尖长，飞行起来像一只小鸟，生性凶猛，毒性大，俗话说：七子油，蜇死老犍牛。就是说，它的毒性足使一头公牛中毒毙命。人若让这种蜂蜇了，一般性命难保。"七子油"种群小，常常一公一母结伴而行，蜂巢隐秘，很少有人见过这种蜂的蜂巢。这个"蜂界"的王者，只要一出现，人们就会大呼小叫：七子油！七子油！随即落荒而逃。

会在树上筑巢的蜂个头中等，群体大，繁殖快。它们的巢被人们形象地称为"葫芦包"或"葫芦包坛子"。久之，这种蜂的称谓便演变成了"葫芦包"。"葫芦包"一旦在树上筑成，除非人为毁灭，一般不会主动迁离，一待就是若干年，巢的周边就成了它们的领地，让人见而生畏，避而远之，非常讨厌。继而，就会演化为一场"人蜂大战"。

人对付这种蜂的手法繁多。

摔石头打。这种方法命中率低，打出一块石头后就要迅速变换一个位置躲起来，否则蜂就会沿着石头飞行的轨迹而来，实施报复。

用火烧。用一根长长的竹竿，竿头绑上干草，点燃后迅速伸向蜂巢下烧之。递竿烧着后要赶紧躲避，以免蜂群沿竹竿而来。这种行动通常在黑夜进行，烧前要不露声色，隐蔽接近蜂巢。

用口袋摘。这是最大胆的做法，通常在夜里或冬季进行。把身子用宽大的衣服遮严，头脸用布包着或桶上一个干好的猪尿泡，悄悄攀至"葫芦包"之下，张开口袋，猛然套住，扎紧，扔在地上，用火连同口袋一齐烧掉了事。

这种"葫芦包"毒性中等，他的危险性在于群体大，擅长集团性攻击。几百只蜂蜂拥而至，杀伤力非常大，常常能让人一次毙命。我家的邻居宏顺表叔就是被这种蜂群蜇死的，事故过去了很多年，人们仍在谈论。宏顺的妻子手有残疾，无法下地干重活。一次，她去坡上捡柴，遭遇蜂群，幸好没有殃及性命。但也有好几天，五六十岁的她因蜂蜇疼得坐在门槛上哀号。因无条件就医，只好这样硬扛，等着蜂毒慢慢消退。

还有一种蜂，体型细长，大小介于小马蜂与"葫芦包"之间，飞行灵活。

他们的巢常常位于树枝或石岩下，巢的形状如同排箫，俗称麻子蜂。这种蜂巢小而隐蔽，有与树枝和土一样的保护色，不易被发现。在劳作时无意触动，麻子蜂会发起突然袭击。幸好它的群落都不大，一般在十余只的规模，只要跑得快，不会危及人的性命。但现实中，人受这种不起眼小蜂的攻击概率最高。

十余年前的秋季，机关一伙人相约徒步登南羊山。在南羊山顶部行进至一个长满树木的山冈时，走在队伍前面的人触动了一个这样的蜂巢，蜂群顺着队形一路蜇下去，一行人纷纷中"针"。行进中，我突然感到左手拇指如刀剐一般，低头一看，只见一只麻子蜂的尾刺已刺入拇指蛋，可能是用力过猛，蜂身连刺扎入拇指蛋处不能自拔。情急之下，我连忙用手将蜂连身带刺拔掉，仍是针扎般的剧疼。不一会儿，整个拇指就肿胀起来，疼得发慌。更惨的是同行的一个年轻人，蜂从裤腿飞进了裤裆，蜇得连路都走不成了，连忙褪下裤子，在裤裆处搜寻出两只"流氓蜂"，一阵乱捏，灭毙了它们。

多少年前，人们纷纷抛弃土地，迁居城里或外出打工，蜂失去了人这个厉害"天敌"，乡村渐成蜂的天堂，势力大涨，剿杀胡蜂的专业队应运而生。这种"特种部队"拥有全套的专业防护服、攀爬工具和收蜂口袋，一旦蜂逼近人居或筑巢于要道旁，或是犯事伤人，便会遭受毁灭性消杀。民间也有专门摘除蜂巢、收购蜂巢为业者。

蜂，这个科学表述为"人类的朋友"的益虫，人类痛恨、惧怕的对象，还能飞多久？

小动物列传

幼时山居，与几种"小动物"打交道是日常生活、生存的一部分。

长　虫

这里的人把蛇称为"长虫"。

据说人天生怕蛇，源于人在起源进化过程中与蛇的种种纠缠，故而在基因和潜意识中惧怕这种盘旋而行的"软体"，对于蛇的恐惧、害怕成了人的本能。

在山村中生活，碰见蛇这种令人讨厌又害怕的东西，是家常便饭。

自小大人就教导说：见到土蝮子（一种毒蛇）不打，阎王爷也会怪罪的。因此我有了一定力气之后，只要遇见了这种全身麻纹、个头不长的蝮蛇，除个别溜得飞快，逃脱厄运外，其余均被我一一"斩首"。

一次，我正在树林中砍柴，一条蝮蛇从中窜出，我本能反应中快速拾起石块，连连砸击，蛇受伤弯曲乱跳，再砸再击，这条蛇便成了肉段。一次放牛中，突然又遇到一条蝮蛇，用石块穷追猛打，打了个半死不活，用木棍挑着，置于家门不远处的地里，蛇头朝下"活埋"起来，然后从家中煤油灯里倒了一些煤油，浇于蛇身点燃。蛇身扭动扭曲，片刻死亡。这种少年蒙昧状态的"恶劣"之举，如今想来，实不应该，与现今的万物并存、生态环保观念格格不入。

我所"消灭"的最大的蛇是"黑乌梢"。它们以我家门下的"涝池"为根据地，长约丈余，至少有两条。一次，有一条乌梢蛇离开池塘，在涝池下面的地里活动，被我和邻居牛娃发现，两人合作，用石块将其击毙。乌梢蛇的尸体招来许多苍蝇，好长的时间臭不可闻。对付这样的大家伙，一个人的力量显然不足，必须合力。其后得知这种乌梢蛇以老鼠等为食，没有毒性，是个益蛇，因而后悔了好久。

我打死最小的蛇是一种叫"竹镖子"的翠绿色小蛇。这种蛇活动于竹林当中，盘踞于竹叶间，与竹子同色，很难辨认，是一种毒蛇。我与它相遇是在一条沟边的竹丛，它吊于道旁竹枝之上，蜿蜒轻巧甩动，吓我一跳。遂快速拎起一根木棍，打落下地，又连击数下，绿蛇受伤，乱动乱跳，已无力逃脱。

对于在家里和野外碰见的"黄汉"，那是要敬而远之的。大人们老早就告诉我，家里的"黄汉"是神，不能动它。所以家中一来这种"神物"，全家人就赶紧躲避出去了，任它折腾。蛇从鸡窝里吞下鸡蛋，上到房檐处，啪嗒一声自己掉下，蛋壳瘪下，它才缓缓而去。它也吞老鼠，缠鸡子，有利有弊，但样子实在可恶吓人，十分令人讨厌。

最后一次打蛇是在十年前。有一段时间，我的潜意识中总觉得家中进了蛇，且这种感觉不时显现。一天半夜，起身上卫生间，打开餐厅的灯，只见一条大蛇正在餐桌下匍匐前行，我顿时大惊，连忙转身关住卧室门，告诉家人千万不要出来。然后快速去阳台拿来晾衣竿，照着蛇身连击狠击。怕它跑掉，又从卫生间取来一个大塑料盆子，将受伤乱动的蛇身扣住，又对尚未扣住的蛇身部分一阵乱打，此蛇就此毙命。用一个塑料袋装捡起蛇尸，提出室外，扔进垃圾箱。杀蛇过程前后不过五六分钟，高度紧张，出了一身冷汗。我居住在一楼，门窗紧闭，此物从哪里进来，为亡羊补牢计，必须彻查。经过检视，此蛇应是从厨房缺封口垫的下水道钻进来的，进来后，它从厨房门爬进了餐厅，被我发现。若不是碰巧遇见我，它下一步就会爬进没有关门的两个卧室，那是两个女儿的卧室，后果真的不堪设想。

接着，我对家里所有可能的漏洞进行了一番地毯式清查封堵。这条蛇真是吓人不轻。

臭 虫

这臭虫又叫"臭蚤",常蜗居于板缝、床缝、床席、床草、床被缝之中,身形似碟,干瘪扁平,薄如纸张,行走飞快,以人血为食,气味奇臭,喜欢群居,常一窝一窝被发现。它在农村老屋、旧床上无处不在,长期蛰伏,不怕冷也不怕热。夏天太阳大时,把被子、席子、床草之类置于火辣的太阳底下,这些臭虫熬不过时,大不了出来遛一下弯,又返身回到它的缝隙巢穴。用开水浇烫也不管用,它们好像能耐住这种不太高的温度,用开水浇它们,不过是让它们愉快地洗上一个热水澡,除非你用一把火把这些臭虫的寄生物连根烧掉。

吸饱人血的臭蚤就变得好灭了,鼓鼓的肚子,行走变慢,便于捕捉,用手一摁,肚皮破裂,污血四溅,奇臭无比。

因为十分干瘪,躲于缝隙,每次睡前反复搜索,也难以捕捉。等你睡下,被子、席子变热时,臭蚤们便成群钻出,纷纷上前,围着你的鲜肉一阵乱咬,待你被痛感弄醒,不少臭蚤已经"得口",只见一群圆圆的东西受惊四处逃窜,你又气又痛又痒,睡意全无。如此整夜反反复复,睡觉变成了一种痛苦。可恨的是,即便是在严冬,如果被窝暖和得过热,臭蚤也会被唤醒,结束它们的"冬眠",钻出来给自己"加餐"。

对付臭蚤,人们除了火烧水烫,主要用六六粉。这是一种剧毒农药,主要用于庄稼杀虫,气味浓烈冲鼻,因对人体有极大危害,现早已禁卖禁用。可在那时,六六粉是消灭臭蚤的唯一选择,通常的用法是将"六六粉"撒于床席、床草之上。但这样做药味散得太慢,撒一次药,好几天气味都不会散完,皮肤一旦接触此药,也会红肿。在此般消杀的床上就寝,药味熏得人常难以入睡。用六六粉杀臭蚤,实乃无奈之举。

蚊 子

我们这里,把蚊子形象地称为"长嘴佬",其中的"嘴"字,发音为"色",音似旬阳当地方言"水",若此,又可称为"长水涝",(读 chang sei lao),正应了蚊子滋生于粪坑、涝池的出处,由此可见我们的先人给蚊子的命名很有水平。

这蚊子过去和现在都很常见，乡下城里都有。但在乡下，尤其是过去的乡下，它的种群之大，它的密集程度，对人的扰害程度实在太大。

由于人畜混居，茅厕露天，房屋低矮缺乏通风，便产生了海量的蚊子。一到黄昏，成群的蚊子乘黑而起，嗡嗡之声充斥近空。人处室外，胡乱飞行的蚊子随处可触可碰，张嘴说话稍不注意，蚊子便会忽而"进口"，抑或滋溜一声钻进耳朵。

面对铺天盖地的蚊子飞行大军，先人的办法是"煨火"，用烟熏法驱蚊灭蚊。秋季草枯时节，在坡上割下许多艾蒿，即屠呦呦发明青蒿素的那种原料，连秆带叶合成胳膊粗的细把子，用蒿秆缠绕捆扎，放于房檐阴凉之下，使其阴干。这个东西有两种用途，一为走夜路时作为火把，耐烧，不起明火；更多的用途是夏天熏蚊子。先点一支艾蒿"火把"去熏室内的蚊子，一间一间熏，将蚊子从室内驱赶走或熏晕后，就赶紧关闭房门。再在外面院坝燃起一堆干杂草，配以少许艾蒿，登时浓烟密布，蚊子便会落荒而逃。但火一熄灭，它们就会聚集如故。这时，只要紧闭门窗，便可无虞。只是要耐得住闷热，不停地扇扇子，同时还要提防身下冒出的臭虫。

在难以入睡的恼怒中，人难免发出哲学般的嘘叹：人为什么活得这么难？

对于这可恶又可憎的蚊子，我真的还做了一番观察研究，稍稍知道了它的来路。

我家门前院坝边有一个小涝池，是院坝的积水池。水长年发青发绿，里面有各种浮游生物。其中最多的是俗称"跟头虫"的虫子。这"跟头虫"生性活跃，不停歇地在不干不净的水里翻着跟斗，翻着翻着，不几天，便长出翅膀，在水面起飞，变成了能飞的蚊子。找到了这个滋生地，就将这个秘密告诉了父亲，父亲莞尔一笑，说这是个重大发现，得想办法。于是就随父亲去树林中砍了一些"坏香"叶，捣烂放于池中。这种"坏香"叶常用于"闹"鱼（毒鱼）和沤作稻田的底肥，有杀蚊的功效。一大抱烂叶子进池，这些害人的生物便告夭折。但是蚊子的数量并没有因此而减少。

其实，这个蚊子滋生的秘密大人早就知道。

虱　子

虱子这个名字听起来让人恶心。这个习惯寄生于人身体隐秘部位的害虫，知晓人的全部秘密，吸人血，惹人烦。而作为宿主的人，又往往难以启齿，很少对其进行必要的讨论和谴责。

常言道：穷生虱。其实，穷与虱并无天然的联系，唯一能联系上的就是个人卫生。不是吗？若你一年洗不上几次澡，几个月不换衣服，几年如一日盖一床被子；常年不洗头，身上遍布"垢甲"，衣服脏的像个油毡布，被子像一堆烂油渣，屋里屋外邋里邋遢，垃圾遍地，猪粪牛粪鸡粪随处可见，身上不长虱，除非你是超人。不讲卫生才是虱子寄生的主要原因。穷，固然是无衣可换的理由，但绝不是生虱的主要原因。所以，虱的存在主要还是因为一种陋习，一种因懒而兴的陋习。

衣服上长虱，是因为久不换衣洗衣。虱之数量少者，常用人工手摘，捉一个掐死一个；有不讲究者，捉住放于牙齿咬而毙之，并发出啪啪的声响，咬者嘴唇便有了"血盆"般的可怕模样。虱之数量稍多者，在衣缝里成串成串，就提着衣物使劲抖之，待虱子如雨点般落于地上之后，再行击毙。有省事的，干脆将衣服放在火堆上使劲抖动，只听火里噼里啪啦一阵乱响，"空降"虱子便有了凤凰涅槃般的不凡结局。

头上长虱，这是因为久不洗头的缘故。雨浸日晒，头垢横生，虱子寄生或从衣领处爬行而入。虱子得此"丛林"般根据地，冷热变幻，倍加历练，适应性、成长性更强，"虱坚强"茁壮成长。若无惊扰，它们便会一代代产卵繁衍，白色小米状的虱卵——虮子应运而生，如串珠状噙咬于头发之上，撕扯不掉，捕捉不易。头上虮子到了这种高密度状态，只能靠一种更细密的梳头工具——篦子。篦子出手，上下左右反反复复篦之，颗粒状的虮子便被强行篦下，洒于火中，啪啪作响，才算完胜，倘若无意间落于衣服上，它还会侥幸"复活"。

头上的虱群倘若不及时清理，头皮便会感染生疮，并不断蔓延，脓疮满头。有缺医愚昧者，竟用六六粉洒于头上，以图消灭虱子，常常是虱子没杀死，人已中毒，口吐白沫，遭罪不轻。

生了这一头的"癫痫"，长期不愈，连剃头都难。剃刀上头，因脓疮遍布无法下刀，拐弯抹角游走而剃，会形成"花牛卵"般的难看发型。于是有心硬者干脆连发带疮，咔嚓咔嚓，一齐剃下，撕心裂肺一阵剧疼，剃刀下这个可怜的人便杀猪般地号哭起来。为对付此类头上因虱生疮的小孩，有些大人竟将小孩捆绑固定于杀猪大案，由几个人摁住，再施以剃刀。这都是虱子作的孽。

脚上长虱的事儿，也许有，但还没有听说过。

祛　　病

扶贫工作中，有一类贫困户被归类为"因病致贫"。其实，因病致贫是这种情况的另一面。反之，因贫致病的情况也不在少数。

不到两岁的时候，因肚子太饿，二姐便领着我去屋后地里捡拾"柿子牛儿"吃。这种"柿子牛儿"是因病害早落的小青柿子，据说吃入肚子后会结成疙瘩，堵塞肠子。年幼无知的我当然并不知晓，一阵乱吃。结果当天就上吐下泻，得了严重的痢疾，狂滤乱泻，喂口水也泻，抱在怀里也泻。最后出现虚脱，软成一团，奄奄一息。看我已不可活，大人便按农村人之将死的规矩，对我进行"落草"，在堂屋的地上铺上麦草，将我放于上面，身上再扣上一个蒲篮，等着咽气。

邻居吕家表叔有些见识，他来察看后对父母说：把娃送到县上医院试试，或许有救。父母便冒雨抱着我一路奔走，渡过汉江，到了太极城顶的县医院，医生给予输液补水等治疗，一周便好，连同生活费共计花费了二十九元钱，这在当时也算一笔大钱。我就这样侥幸捡了一条小命。

也许因为这场大病，我小小年纪却有一身的"虚火"，经常嘴上脸上起"火疗"，每次都要服整把的黄连上清丸。这种丸药粒小味苦，非常难吃。有时没有这种药，我就找设在小学坎下吕家的村医疗室，请赤脚医生王大夫给我配药。王大夫很和蔼，每次都满足了我的要求，配上三服草药，回家后用搪瓷缸子熬着喝。这种草药的主要成分是野菊花，味道同样苦，但比黄连上清丸的效果要好得多。可是，容易上虚火的毛病并未根除，直至今日，每年进入夏季，我都要在冲茶时加上菊花，不然仍要"上火"。

那一年，我得了一场眼病，双眼肿得睁不开，直往外流脓水。父亲利用参加民兵连长会的机会，带我到公社卫生院治疗。在公社大院里，我随开会的大人们一起蹲在场院吃"团餐"，同圈的大人见我脸肿得圆圆的，竟然以为我是个女孩子。在卫生院做了眼睛清洗，开了眼膏和丸药。这丸药有拇指蛋大，甜中带苦，不太好吃，勉强吃了几丸，我就把剩余的扔到了牛圈里。很快被大人发现，一顿训斥。所幸这眼病最后好了，没有对我的视力造成大的影响。

最难缠、难以治愈的是连疮腿和头疮。

连疮腿的起因是砍柴、放牛或是在地里干活时，被树枝、石头碰破腿杆子，放任不管导致发炎，发炎的部位流出的脓血传染双腿上下，形成一串连疮。过去，一腿连疮曾是一个农人的腿部"标配"。疼痛难耐，就自采艾蒿熬成热汤洗涤，若有钱就去公社卫生院买上一包晶体状的消炎药，用开水洗腿后，洒在疮上。这种结晶状消炎药药效太差，常常不熔化，晶体长在疮口之上。还有一个办法，就是涂抹"红汞"药水，效果也差，常常搞得一腿赤红，久不褪色。再就是极不对症贴"伤湿止痛膏"，更没有什么效果。邻居牛娃双腿连疮，不知从何处找了一张这种膏药，贴了两天，就沾满脓血揭了下来，用水洗去膏药上的脓血，接着又贴，反反复复，这张膏药足足用了两个月，牛娃的连疮竟然好了一些。这连疮腿一年到头折磨着人，夏季还好，痛痒时可以掀起裤腿，用手去搔，冬季则无办法，只能等到晚上睡觉前才想办法止痒止疼。这连疮腿害得我双腿在膝盖以下竟无完肤，疮疤接二连三。由此，我夏季外出从来不穿短裤，那是害怕"亮丑"。

头疮的起因是不懂得讲卫生，常年不洗头导致。头皮一处发炎、起包，接着蔓延至整个脑壳，血血水水，与头发粘连一起，又长出虱子，搅和在一块，奇痒奇疼无比，头发是梳理不得，洗不得，搔不得，用土办法艾蒿、黄蒿水洗，作用不大。又无知地弄来有剧毒的"六六粉"杀虫剂洒在头上，痛得满地打滚。要治疗上药，必须剃掉头发。当年农村没有剪发推子，只有剃刀。剃刀在这样的脑袋上无从下手，稍稍挨上轻刮一下，就如同割肉。但是还得把头发剃下来。于是，大人便下了狠心，找来几个邻居壮汉，把我摁在一个杀猪凳上，几个人分别按腿按肩捉膀摁头，一人操刀，强行下刀，一阵剃刀下去，血肉模糊，脓血脏发一地。我疼得直骂，也不管辈分尊长，"x你妈！""狗日的！"一阵哭骂。大人们不管不顾，狠下心一阵乱剃，直至一地"乱毛"，一副疤癞光头才停手，搞得一群大人一身大汗。

遭强制剃头后，很疼了几天。经过不断抹药，头疮慢慢好转，最后没有在头上留下一丁点伤疤，反而，我的头发长得又浓又硬，这应是这次野蛮剃头治疗，加之此后一直用剃刀刮头，刺激了毛发生长的结果。

那一年，我的右臂长了一个疖子，开始并未在意，不想这个小疖子越长越大，最后成为小碗状的恶疮，整个臂膀肿得抬不起来，像伤病员那样用了一个破布条吊在脖子上。家里请来赤脚医生王大夫。王大夫前后翻看后，手持一把小尖刀，口含一嘴凉水，噗的一声喷在疮上，小尖刀快速向恶疮一点，只听得噗的一声，脓血喷出老远，恶疮顿时瘪了下去。清洗，上了药。此后又换了几次药，恶疮便告痊愈。据王大夫讲，这个疮简直是熟透了。至今，我的膀窝处还留有一小块疤痕，是那个恶疮的印记。

但，我也有不凡的免疫功能。

已经记不清在哪个季节，连续下了一段连阴雨，家里没有去附近的水泉挑水吃，而是用木桶放在屋檐下，接瓦上流下来的"房檐水"来做饭，结果一顿饭下来，除过我之外，全家都中了毒，头晕目眩，躺在床上起不了身。这种情况吓坏了邻居和队上的干部，齐集我家施救，熬了一锅绿豆汤，每人喝上一碗，折腾了一夜，第二天才见好。这天晚上，邻居和队干部不放心，都守在我家。我与父母共宿一床，见家里来了这么多人，加之自己没有中毒症状，就有点得意，犯了"人来疯"，在被子里又蹬又唱，父亲难受不耐烦，就踹了我一下，喝令我不许再闹，我才安宁下来。

有一年，这一带疥疮大流行，几乎家家户户人人都未幸免。我们家里其他人也感染了，唯独我意外地没有感染，也是全生产队唯一没有感染上疥疮的。我至今也弄不清到底是免疫力强，还是没有接触疥疮病毒，或是其他原因。其实，那时家里多人共用一条毛巾，一个脸盆，没有接触病毒是不可能的，只能用免疫力来解释。

盖　房

盖房在农村是天大的事，是农人一生的头等大事。

我家的房子已到了非盖不行的时候了。

1956年父亲退伍回乡花八十五元购买的那两间瓦房，进深和开间都小。这座低矮的清朝老物件，已经陈旧破败得不成样子，满屋被烟熏得黑黢黢的。1965年在这座房下首续建的两间石板房，土墙土楼，一层设为磨道，二层与老房相连，竹笆覆土的楼面，走在上面，呼扇呼扇有点吓人。这新老四间房子，要容纳我们一家九口人。四间房子，堂屋占去了一间，其余三间，一间为五个姐妹的卧室，一间为父母卧室，一间为我和弟弟的卧室，我们这间卧室里，还盘有一个火炉，供冬季烤火之用。

一直居住于三涧河垴的祖母年事已高，按照老弟兄的赡养分工，也即将搬来与我们同住。

盖新房之事刻不容缓。

其实，父母一直在为盖房做各种准备。

在离家不远叫塄坎的地方，挖了一个瓦窑，以备烧砖瓦之用。在自留地里取土，父子父女几人背土、和泥、踩泥，用砖模拓砖，砖坯晾干，搬到瓦窑处，码窑装窑，提前还备下小山般的柴火。请来烧窑"把式"，点火后，一连烧上三天三夜，待砖烧透时，用火把在窑顶引火，火光登时冲天而起。再烧上半天，就进入滋水环节，接下来凉窑、起窑，青砖便告备齐。

接着启动又一个程序——烧瓦。备黄土，过筛，请来瓦匠，瓦桶子转了一个月，备好两窑的料，又备下大堆的柴火，请来烧窑师傅和一些劳力，装窑，点火，又是三天三夜，如法引火，又搞得火光冲天，滋水、凉窑、出窑等一套程序走完，屋瓦便告备齐。这事儿说来轻巧，实际上足要耗时一年。

准备石料的工作在几年前就开始了。房前屋后，地里坡上，凡是成材可作庄基石和砌墙石的像样一点的石头，被陆续掘出，搬到后院坝。大的要两人抬来，小的就用背篓背回来，再小点的就用手抱回来，大大小小石头越堆越多。

木料的筹备也历经了数年。自留朳里大一点的树被一一伐下备用，大的木头是从二十里外杜家沟陆续搬回来的。每次去杜家沟省亲，父亲都没有空手，有的大木头，是居住于杜家沟的三大扛着送来的。对于规划中的三间房子来讲，这些木料还远远不够，特别是苫瓦需要的大量的椽子，还没有着落。于是，父亲去了陈家沟，在吴家坪下面典了半面坡的桦栎树朳。到了预定砍树的那一天，请来了生产队所有的劳力，浩浩荡荡开进了这块林朳，大小树一齐砍伐，截去树枝杈，借助坡势，把树滑放到沟底，然后一人一根两根，如蚂蚁搬家似的一长串朝家里搬运，众人来回跑了好几趟才搬完。

由于帮忙的人太多，就安排了五六个妇女专管做饭。开饭时，前后院坝，屋里屋外，各个角落全摆满了"席口"，一切可以用作搭建饭桌的东西都用尽了。

木料备料经过长期的准备，基本就绪。

盖房所需钱的准备也在紧锣密鼓进行，但凡攒上二十元钱，父亲就要赶紧去信用社存起来。到盖房时，我翻看父亲的箱子里的存单，数了数，存款已有一千一百元。钱，这个盖房的硬通货也勉强就位。

要盖房，先要打好地基，砌好庄子。这件事也提前半年做了。提前拆了紧挨旧房的石板厨房，又向里拓了一丈多宽，砌了保坎。随后砌筑了三间庄基，庄基石用的都是大石头，正面庄基石的立面都用钻头凿了浅齿状的竖纹，整体显得平整好看。庄基整体比地面抬高了一尺八寸，这是为了房盖起来后

盖房

看作"起泛",也可阻隔地气,有防潮作用。

剩下的就是等待、选择盖房的时机了。

盖房的时机选在了我考上中专之后的1981年的秋季。考入中专,就意味着我们这个家中的长子已经成人,步入社会。何况我放假回家,便有马山后面的一户人家托人前来提亲,说女孩条件不错,父母有所动心,倘若女方前来"看家",旧房肯定丢分,建房显得更加刻不容缓了。

建房开始,木匠先行进场,"掌项儿"的木匠是二姐未来的公公,是远近闻名的大木匠。他带了几个徒弟先来,锯的锯,刨的刨,墨斗测量,放线打卯,木渣乱飞。整整干了二八一十六天,房架的部件基本就绪,一一搬到庄基上组装。

开建日,木工、石工、小工齐集,用大杆绳子拉起房架。房架竖起、固定,这座房的骨架遂告形成。紧接着,按照分工,抬石头,砌墙,做门窗,加工椽子担子楼苂,各个工种有条不紊,同步施工。月余时间,墙砌上顶,各类木构件安装就绪,选择一个吉日吉时,把裹着铜钱的红布包绑在主梁上,徐徐吊起安装到位,"掌项儿"师傅一阵念念有词,祝福语一大段,放一阵鞭炮,宣告新房"出水"竣工,开席待客喝酒。接下来,便是钉椽子,上瓦盖瓦,全瓦覆顶,新房大功告成。

后面要做的事情还有很多。新房粗具,仍是一个空壳,后续的完善又整整用了一年时间。请来会搞建筑的表哥,用了十来天时间,把三间房子的门脸全部砌上青砖。请来木匠安门安窗,到铁匠铺打制了大门的铁闩子。接着,自己动手,用土铺筑室内地面,用胡基(土坯)做室内隔断。

铺设楼板拖了两三年时间,先到处筹措木头,锯板子,铺了中间堂屋楼面,另外两间先用竹笆将就。第二年又到处买木头,锯板子,铺了一间。第三年又继续买木头,锯板子,铺了最后一间。这样断断续续,一座新房从开建到最后完善,总共用了五六年时间。

父母终于用尽全力,完成了他们一生最重要的一件事。

据父亲日记记载,盖新房共用石工一百四十四个,木工七十一个,另外用王家岭工四十四个,其他用工二百八十四个,共计用工五百四十三个。再加上安楼板用工二十三个，做家具用工八个，历时五年，累计用工五百七十四个。这里的"个"，也称为"天"，就是一个壮劳力一天的工作量。若按现今本地一个工一百五十元的薪酬算账，这座房的建造价为八万元。若按当时的一个工一天五元计算，也要二千八百七十元，这是一笔巨款，远远超过了父亲准备的钱数。当然，这里面还是有一定余地的，亲戚和邻里来帮忙盖房，属于"换工"，只管饭，不用付工钱，这样基本上可以省下一半的现金支出。那么，父亲存单上的一千一百元，就勉强够了。

长　辈

外　爷

外爷姓赵，长（chang）字辈，长脸，美髯，发型保留了民国初年剪辫后的造型，脸型酷似葛优之父葛存壮老先生，清瘦而精干。

外爷高寿，九十五岁离世，此时他已是五世同堂，玄孙辈已能到处乱跑。我小小的年纪，去走亲戚时，就有人把我叫爷，确实稀罕。

外爷世居三涧河赵家山，此地已接近方岭的顶端，上下左右的大小院落也多为赵氏同族所居。从赵家山沿方岭同高度向西前行不出十里地，有东庄、西庄，也是赵氏的聚居之地。从赵家山向东，翻越方岭，便到了小棕溪流域，小棕溪流域也有赵氏同宗的几处庄院。从赵氏在三涧河和小棕溪族居的分布情况看，赵氏从楚地迁来的时间应稍微靠后。他们来时，邻近河边、前山的方便地域已被先到者据有，赵氏族人只好选择山上定居。

外爷是一个坚强的人，在我母亲两岁的1939年，外婆因病离世，外爷一人把四男两女养大成人，一辈子没有再娶，须知丧偶之时，外爷还不到四十岁。外爷拥有一门手艺，就是手工制作祭祀用的香，原材料取自门前的竹林和就近的野外。外爷制香的过程我不曾记得，只记得外爷家的楼上码有很多散发着香气的炷香。这种香至今在我老家的屋里还有保存。去岁母亲去世时，曾有人把这些香寻出用过。香长有二尺，竹芯较粗，燃体较厚，很是耐烧。

凭着这门手艺，外爷到老，日子一直过得不错。

外爷给我留下最深刻的形象，是隔一段时间肩挑一个装满吃食的篮子（俗称笼子），来我家看他的小女儿和我们这些外孙，通常住上一两日就回去了。有一次，我和大人在河下干活，远远看见外爷用一个竹竿单挑着"笼子"来了，我们连喊带叫跑了上去。每年我家那树柑子成熟了，母亲就从树上摘些下来，领着我专程到赵家山给外爷送柑子，顺便为鳏居的外爷干些家务。这每年的"送柑子"，便成了固定的省亲。

外爷也有厨艺专长，他会"做席"，常为红白喜事掌勺。他的拿手菜是"烧肉"，每年年底杀猪后，把猪肉切成巴掌大方块，佐以香料，置于大锅煮熟，捞出备用。用红糖或白糖等物熬成焦黄汁子号称糖汁子，将糖汁子下锅，文火烧沸，用一个铁质双齿铁钩钩住肉块放入汁中，待糖汁子充分浸润肉块，肉块颜色金黄，晶莹发亮，即告完成。用一瓦罐封存，可以长年不腐，随时取用，一次烧制，可用一年。平时若家里突然来客，尤为方便，可以"抓急火"。比起腊肉，"烧肉"制作用时短，保质时间长，立等可取，也可当作炒菜油使用。

外爷把这门技术传给了母亲，幼时我家常用此法储存不多的猪肉。十余年前，我受此启发，钻研红烧肉技术，反复琢磨探索，遂达"东方不败"的境界。只是后来更新观念，转而素食，显摆手艺的次数越来越少。几年前，在老家过春节，我抖擞上厨，一次性制作了一大锅红烧肉，单锅用肉五十余斤，创造了个人"记录"。红烧肉成，香气四溢，赢得亲友交口称赞，饭后大家都觉得唇齿留香，久而不散，皆言口福不浅，纷纷夸张地说，三天之内都舍不得刷牙。

这应该是得了外爷的真传！

爷

我们这里将祖父单称"爷"，祖母单称"婆"，叫爷爷、奶奶那是近几十年才开始的叫法。

爷世居于三涧河北岸的高坡。这支陈家早年从下游的陈家庄迁移而来，到爷的这一辈时，已呈破产之象。高坡这个地方已难以立足，爷偕同年轻的妻子，开始了艰难的佃农游耕之旅。他们沿三涧河溯流而上，在各处租佃土地，获取糊口之食，十余年间先后在十一个地方落脚，创造了全流域频繁搬家的记录，因此而名声远扬，也流传下来了"小两口常常半早晨不起床睡懒觉"的讥讽之语。

对一个上无片瓦、下无立锥之地的赤贫者，爷和婆年轻时的这些惹人耻笑的举动，不能简单用一个"懒"字来解释，应当是青年阶段对前程极度失望中的一种绝望与迷茫。这是我历经青年时期的一度迷茫后，对爷婆当初行为的一些思量。

爷是一个本分、木讷的小老头。他身材不大，略有佝偻，行路总是拄着一根竹杖，细步缓慢而行。他的小圆脸总是笑眯眯的模样，双眼整日近似于眯着。花白的短发，头上不离一个缠绕脑沿一周的破手巾或布条，他在山路上拄着竹杖，捣米式的走路模样，透出的是穷苦人特有的小心翼翼。他定期从远处的杜家沟垴移步而来，目的是笑眯眯注视我们这一大堆孙子，随意吃上一两顿饭，他就会心满意足地踏上返程，那山道上缓缓前倾佝偻的背影，是我们心中永远的定格与感念。

每次见到爷从门前山路上缓缓走来，兄弟姊妹都要赶紧迎上去牵着爷的手，拉到堂屋大桌旁坐下，爷便一直笑眯眯地望着我们，有时还会教唱几段本地流传的儿歌。

爷最后一次来家看我们，仍是那样缓缓的步伐，笑眯眯的神态。走时的那顿饭，因家里缺细粮，爷只简单吃了一顿玉米糊粥，就上路返回了，仍是那样佝偻前倾的背影。

爷的这顿太过简单的餐食，成了我家永远的愧疚。

不久后的一天，爷在自家门前摔了一跤，引发脑出血去世。其时我正在参加高考，家里怕影响我考试，善意隐瞒了消息，十分遗憾没有赶上为爷送行。

多年后，我唯一能为爷做的一件事，是在安康城读书期间，受父辈嘱托，在东坝一家碑行，为爷打造了一块墓碑，并只身一人扛着碑乘火车、三轮车、渡船、拖拉机，一路倒腾，辗转运到了家，赶上爷的"箍坟"。因为当时本县根本没有刻碑的店子。

<h2 style="text-align:center">婆</h2>

婆的脸是方的，不管生活饥饱怎样，她的脸始终显得稍胖，加上慈眉善目，口又稍阔，一副有福的样子。

但这"福相"真的只是个样子。婆的命并不算好，年轻时，她随爷在三涧河到处替人耕田，辗转移居了十一个地方，最后才定居于杜家沟垴。

婆在八十五岁之前，一直在杜家沟垴三大家掌家。婆之所以长期掌家，是因为与婆共同生活的三大比较本分，三娘人也较本分，不会算计过日子，于是婆就老是放心不下这个三儿子，自个儿充当这个家的掌门人。直到她感觉确实干不动了，操不了这份心了，就将家务交给了三娘，颇不放心地来到我家，以期过几天闲日子，颐养天年。婆一离开，三大一家像是没了主心骨，有解决不了的问题，仍跑出老远，前来向婆请示讨主意。婆就这样又对三大家遥控指挥了一段时间，才彻底"放手"。

婆来我家并没有闲下来，她扭着小脚，除她不能及的下地干活外，她见活就做，捡柴火、补衣服、衲底子、做鞋子，一年到头，手脚不停，家里的针线活都让她干了，鞋底、鞋子做了一大摞。她长年以年迈之躯，尽力在为晚辈减轻负担，尽力"弥补"年轻时不在此家帮衬过日子的所谓缺憾。

油灯也有熬尽时。渐渐地，婆老了，干不动了。卧床的时间越来越多，到最后两年，已卧床不起。久卧的婆，性情越来越慈祥，儿辈为她端饭递水，她都要表扬说：娃心真好、真孝顺！当我从学校放假回家，给她带回糕点、水果之类时，她也总是祝福话不断。参加工作后，我每次回家探望，向她辞行离开之时，婆都要对我大声说：我娃有福，一切都顺顺当当。已快熬干最后一滴油的婆，牵挂最多的还是我们这些后人。

婆的娘家在离我家不远的潘家湾，婆最后选择在这里生活，可算是叶落归根。让婆欣慰的是，在这里，她可以不时与娘家唯一健在的哥哥，即我们的小舅爷见面。通常是，这位小舅爷挂着一个长杆烟袋缓缓而来，兄妹俩的话题多为早年的陈年往事，有说有笑，天真之态，好似孩童。可惜此景不长。一日，舅爷先他的妹妹而去。好长时间，家里人一直隐瞒此事，怕婆伤心，有个闪失。

我至今还清楚记得婆与小舅爷的最后一次会面，小舅爷颤颤巍巍而来，俩老兄妹坐在堂屋的椅子上，默默相对，话语已不似往常那样多。最后，舅爷由儿子搀扶而去，舅爷这一走，我听大人悄悄地说：兄妹俩这是最后的一面了，舅爷此行，分明是向妹妹辞行！

2000年夏季的一天，我在办公室突然接到姐夫打来的电话：婆已不在。我连忙从旬河口乘船过河，扛着一箱东西，快速向颜坡奔去。

杜家沟纪行

庚子新年的前两日，是母亲去世百天忌日，我偕小女驾车专程去了一趟杜家沟。

这条杜家沟是三涧河的源头，地处城关、吕河、棕溪三个区域的交界处，是一条长长的峡谷。杜家沟的尽头，沟垴的主峰之下，就是我父辈的老家。

这里是父亲的出生地，他入伍之前生活的地方，也是祖父母、两个伯父的居住地。十余年前，父辈们相继离世，最后的居住者是大爷的养子一家，他们把大爷养老送终后，搬离了这个"一线天"的苦寒之地，迁到了十里之外的方岭定居。从此，此处的房子和耕地渐渐荒芜，成为废墟。

前两年，借助脱贫攻坚政策，公路已修到了杜家沟垴的最后一个院子——陈家坪。从盘山公路到陈家坪，在公路上便清晰可见峡谷对面"老家"那破败不堪的废弃院子。远远望去，最早的两栋老房已经坍塌，看不出原形，后来改建的两栋小房子屋顶已破。周边是一片荒坡，只有废墟下面的竹林显出少许的绿意。此时正值隆冬，杜家沟垴的山上尚有积雪，冬旱已久，此处有少见的积雪，实属难得，也可想见这个地方的高寒。

老房子上方，是一片直抵山垴的树林。靠近雪线处，是一块平坦之地，那里长眠着祖父、大爷和大妈。祖母的坟地不在此处，她年迈后，被接到距离此地二十里的颜坡我家生活，去世后葬在我家附近，祖母的墓碑上也刻上了安葬于杜家沟垴的祖父的名字，这样做是便于就地祭奠上坟，也算是一种变通。

老家废墟的周边，是长满野草的荒芜之地。其中西北方向的那块长形地块，紧挨树林。至今我还清晰记得，那次随小脚的祖母去那块地给猪"寻草"，突然从丛林中跳出一只黄鹿，见我受到惊吓，祖母就大声吆喝，那只身子灵巧的动物便一跳一跳地钻进了树林。

祖父母定居于此，是在民国时期。此前他们一直处于频繁的迁徙状态。因无地无房，他们由三涧河中部的高坡起身，在各处充作"佃农"，租地到哪里，就暂时栖身在哪里。三涧河一沟两岸到处留下了祖父母形同流浪的足迹。最后，他们流浪到了杜家沟这个深山峡谷，这里已是这条河的尽头，无路可走，除非翻山去另一个陌生的流域。于是就此安顿下来，恰遇全国实行"土改"，才有了一处安身之地。至此，祖父母在三涧河流域已经辗转迁居十一次，也因此奇异的经历而广为人知。

隔着峡谷，遥望了老屋，遥拜了祖辈，便转身下山，去看望大爷的养子德理。德理是我的本门同辈，原居于与杜家沟毗邻的李家沟，三十年前与大爷的养女纯子结婚，以过继的名义"入赘"。他性格温和，吃苦耐劳，为人实在，是干活过日子的一把好手。他对于我们这些同门弟兄体贴周到，和善可亲，有长者的风范，多年相处下来，弟兄之间，如同同胞手足。多年来，长辈们相继过世，每遇丧礼，他与纯子姐以长兄长嫂的角色，片刻不离灵柩，在来宾上祭时，德理两口子坚持长跪还礼，极尽礼数，而不似我们这些所谓的"城里人"只是点到为止。

十余年前，德理夫妇送走最后一位老人，从高寒的杜家沟垴搬到了方岭下一个叫"大路"的地方，盖了新房，有了新的承包地，以种烤烟和养猪为主业，加上少量的就地务工，日子渐渐有了起色。我们那天去时，纯子姐正在粉碎红薯，过滤淀粉，这是预备制作粉条。德理一早去了县城，置办年货，顺便给我送去他们前一天晚上赶着制作出来的浆水豆腐。兄弟二人不约而同彼此探望，也算是心有灵犀。

返程的路上，我向小女讲了一段鲜为人知的往事。德理的"过继"角色原本是由我来承担的。大爹大妈一生没有生育儿女，一直希望从侄儿中选一位男孩过继。在当地，大爹拥有三间板壁到顶的瓦房，日子过得也算红火。父辈共兄弟四人，父亲排行第二，大爹与父亲商议，若父亲有两个儿子，就将长子过继与他。我降生后，父母一直盼望再生一个儿子，结果继我之后，是一连串的千金，直到我十岁时，弟弟才姗姗而来。这之前，大爹大妈已等不及，只好另图谋划，才在同门中选了德理。巧的是，德理一家在解放前的住房，正是今天我家位于颜坡的老屋子。1956年父亲退伍回乡，只身从杜家沟到颜坡定居，从德理父辈手中以八十五元购得此屋。德理父辈则在那时迁到了李家沟居住。

在德理过继之前，大爹一家围绕着我，持续做着各种预备工作。隔一段时间，我就要被有意送到杜家沟大爹家，由大妈抚育照看。大妈对我过分心疼，用她的话说，是拿在手上怕掉了，含在嘴里怕化了。为哄我入睡，她整夜抱着我，不停地走动摇抖。由于过分娇惯，我形成了枕着大妈臂膀才能入睡的恶习。这可苦了大妈，只有整夜保持那个作为"枕头"的臂膀一动不动，一夜下来，大妈的臂膀麻得已无知觉。至今，我的耳畔还常常响起大妈唤我乳名的声音，她的慈爱，她的笑容，一次次在我脑中呈现。

杜家沟之行的第二日，武汉封城，大疫降临。正月既望，我因疫情防控卷入到一场麻烦之中，身心几欲崩溃。一日夜里，我做了一梦，见到了慈爱的大爹大妈。随着大爹的一声"国儿，你回来了！"的呼唤，我竟失声而哭，继而被自己的抽泣声惊醒。亲人的抚爱，让我鼓起了勇气，挺起了脊梁。

几位匠人

锻　匠

锻匠俗称锻磨的，从事的手艺是修复石磨，打磨磨损的磨齿，以恢复石磨上下两扇的粉碎功能。

这个职业在石磨时代显得比较忙碌。因为当时家家都有一合大磨，用于加工粮食；还有一合小磨用于磨制豆腐。一合磨隔上一两年就要锻一次。每个锻匠都有各自的"势力范围"，需要在一个固定区域各家之间穿梭不停，方能应付过来。锻匠的工具极其简单，就是一个刃状锤头的小锤子，外带一个装随身物品的小布包。一锤一包系在一起，像褡裢一般挂在肩上，手里拄着一个长杆旱烟袋。这便是锻匠的典型行头。

锻磨是个精细活、慢工活，急不得，快不了，需要手持小锤子，按磨齿的纹路，逐齿凿深、修复。由于磨齿的走向都是弯曲的，并各自独立，呈螺旋状旋向磨盘中心的磨孔，且上下扇的磨齿，在合拢时必须相互咬实。因而锻磨手重手轻，是深是浅，靠的是长期积累的巧劲，手劲要恰到好处，一锤不慎，全盘皆输。"琢磨"一词可能说的就是锻磨这件事。

我见到锻匠姜璜的时候，他五十多岁的样子，已是一位老锻匠了。他一进磨坊，便稳如磐石居于磨盘之上，手持锻锤开锻，锻声叮当，有节奏，不间断，金石相碰，错落有致，像一曲连贯的打击乐。每当这个曲子从那家响起，人们都说：姜璜来了！

锻大小两合石磨，需要好几天时间，磨主人管吃管住外，还要给少许的工钱。但姜璜作为职业锻磨人，在粮食极度紧缺的年代，从事这个流浪式的职业，主要是为了糊口，有口饭吃。

一次，姜璜巡回到我家锻磨。招待匠人，一般农家的做法是，一天两顿饭，一干一稀，早上吃稀，下午吃干。这稀的就是玉米糊粥，干的就是烧馍加菜汤。但这次不太巧，由于粮食歉收，我家只好顿顿节省，下午的"干"也就没有落实。

一天晚上，姜璜因为一天两"稀"，加之锻磨是个气力活，到了晚上，就饿得心慌，躺在床上难以入睡，又不好意思给主家说。勉强迷糊到半夜，还是心慌得很，于是便悄悄起床，点灯，到了厨房，从面缸里舀了面，和面，生火，烙了一块不大的烧馍。半块烧馍下肚，姜璜才止住了心慌，心平气和，款款入睡。

第二天，姜璜起了一个大早，主动告诉父母，说自己饿急了，半夜烧了一块馍馍，没舍得吃完，还剩下半块在那里放着。父母连忙致歉，说实在不好意思，没有管好饭，亏待了匠人。

姜璜特意留下的这半块烧馍，当日便成了我们几个小孩子的美食。姜璜烧的馍，味道明显好于母亲平常做的。母亲品尝后问姜璜原因，姜璜说，他在揉面时，在里面加了几滴香油，故而烧出的馍馍又香又酥。没想到姜璜还是美食家。

姜璜饿的半夜起床烧馍的事，被传了许多年。姜璜烧馍加香油的技巧，现在还不时为我所用。

屠　项

屠项，就是屠夫，身怀杀猪的技艺。俗称"屠项"，很是生动，因为屠夫杀猪，首要的是用刀捅猪的脖颈处，使其一刀毙命。

屠项的随身工具箱是一只竹编的大手提篮子，俗称笼子。外加一条钢质的大"捅杖"。笼子里装有一把长长的放血刀，一把稍厚的砍骨刀，几把刮毛割肉的柳叶小刀，几个剔毛的铁夹子，两副叮当作响、挂猪用的大铁钩子，还有几个来自火山石、可以漂浮于水面的"浮石",这是用来蜕猪毛的。钢质的大捅杖,长及七八尺,杖头如圆豆,杖尾有小圆环。

这便是屠项的全套家当。这个重量不轻的笼子,屠项不会自己动手,通常是谁家杀猪,就要派一人去请屠项,捅杖和杀猪笼子由请人者扛在肩上,屠项潇洒地跟随其后。久之,"请屠项"就成了要杀猪的代名词。

猪被几个壮汉拉扯摁倒固定于案上后,屠项用长长的放血刀,从猪的脖颈处横插而入,让刀尖直抵猪的心脏,猪血便喷涌而出,接于案头的血盆之中。随即,失去生命的猪被抬起,放入旁边装有开水的大木梢中,所谓"死猪不怕开水烫"说的就是这个场景。屠项及帮手抓住猪的四蹄,一阵乱摇乱摆,死猪的周身已被开水浸透,几个人手持浮石,一阵乱杵,猪毛便纷纷掉落,白白的猪皮面积越来越大,直至变成通体雪白的"裸猪"。

把"裸猪"抬出,让其横卧于木梢口的大木案上,在猪的两条后腿脚踝处,用小刀开一斜拉式小口子,插入捅杖,沿着猪的皮下,逐部位撑开皮与肉的联络,边捅边用嘴向里吹气。这个吹气活需要几个壮汉轮流上阵才能完成。好大一会儿,整个猪便鼓起胖了起来。然后,刀子、浮石、夹子并用,剔除猪身各处细毛。

清理完外皮,就用大铁钩把整猪倒立吊起,开始开膛破肚,清理肠肝肚细,卸头,把猪一劈两半。最后,顺着骨肋,把肉砍切成一个个"礼吊子"。其中,脖项处的肉要完整割一圈,俗称"项圈"。这项圈是屠项应得的杀猪谢礼。

整猪拆卸完毕,把猪头、项圈、礼吊逐块过秤,用"肉码子"符号标上斤两,用棕叶系着,挂于堂屋楼桀之上。至此,屠项的工作全部完成,接下来便是吃肉喝酒了。

酒足饭饱,屠项以捅杖为扁担,肉在前,工具笼子在后,武士般凯旋。

强子就是这样一位屠项。

强子面色黧黑,黑里透红,周身有着屠夫特有的"油气",也有长期杀生所形成的"杀气"。脸和手似乎有老褪不去的油腻,身上的衣服也始终给人腻乎乎的感觉。强子是一个典型的屠项。

强子喜欢喝浓茶，就是茶叶快要到杯顶的那种浓度。并且一旦茶喝淡了就要马上原样冲泡。只是这种豪饮的机会不多，只在他给人家杀猪，或是偶尔客串"过事"厨师时才有此待遇。倘若他在家天天这样消耗茶叶，专门配备一个茶园也供应不及。

强子也喜欢喝酒，一上酒席就控制不了自己，几杯下去，就兴奋起来，豪气义气满胸，胸膛拍得啪啪响，酒盅子蹾得铿锵有力，同桌都怕他犯了杀猪的脾气，只好顺着他的意思一阵海喝。一次，强子在一家喝酒至深夜，中途内急，摸黑出门，站在院坝边沿小解，不想一脚踩空，一个跟头翻到了坎下的猪圈里，搞得头破血流，在家了两个月。屠项在猪圈出事，好像是"二师兄"在故意捉弄他，向他索命。从此，强子就再没力气杀猪了。

强子一生不愁没有肉吃。但长期吃，吃多了肯定有坏处。年龄交到中年不久，强子便得了脑梗，慢慢走不了路，下不了床。过了几年，强子就死了。

一代屠项死去，儿子们喜欢天南地北打工，看不上这个手艺，屠项的技艺在此地便失传了。

补锅匠

补锅匠姓赵，非土著，一家人响应上级号召，从城里来到乡下定居，与其他农村社员一样，参加集体劳动，挣工分，参与分配。这位补锅匠是这家的老人，发须已花白，背已驼，但身体没有大的毛病，说话有罡气，走路挺快。听他的口音，应是早年从关中道迁徙过来的，补锅的手艺也应来自山外。

我们把补锅匠叫"补锅爷"。

补锅爷补锅采用的是补丁法。补锅的材料有两种：一种是铁皮，用钳子把铁皮铰成麻钱状大小的圆片，中间钉出一个小孔，另将铁皮裁剪成粗线状备用。一种是由桐油、石灰、水泥、黄沙拌和而成的黏合剂。这黄沙应是沙漠中那种黄色细粉沙，而非汉江河里颗粒分明的粗沙。这几种东西经补锅爷按比例搅和在一起，成为一种黏性极强的腻子，颜色呈黄色，气味冲鼻。还有一个向下按就飞转、带有金刚钻的小钻子，用来在铁锅上钻孔。

若是补锅里的一个小破洞，就先在破洞里外刮上腻子，拿两个"麻钱"铁皮，里外各贴一枚，穿入几股铁线，靠铁线的韧性和强度弯曲固定里外

"麻钱",再用腻子黏合缝隙,用炭火里外烧烤,腻子变硬,补锅便告完成。若是补大洞,就要裁剪一块同样厚度的铁锅片,嵌入大洞处,沿着破洞的边缘打眼,用"麻钱"固定,用铁线穿针引线,整整缝上一周,用腻子黏合火烤如故。

若是补裂纹或是补断裂成块状的破锅,就要沿裂缝两侧打眼,扣上"麻钱",用铁线缝合,用腻子黏合勾缝,最后上火烤之。

补锅爷的功道很深。除补锅外,也能如法炮制,补碗、补盆、补罐、补盘,无论陶瓷、搪瓷、铁质均可。一年四季,被远近四邻请个不停,不管大锅小锅,锅洞锅裂,经他之手,都可恢复。补锅爷的"起死回生"之术,竟然一度使本地供销社的铁锅出现积压。

补锅爷四处补锅,不取报酬,只要每顿有酒就行。四处行走干手艺活,补锅爷从年轻时就有了酒瘾,以致后来一顿不喝心就发慌,饭前不喝酒就吃不下饭。观看补锅爷喝酒,是一种享受,也是一种文化。他喝酒喜欢冷喝,就是不管什么样的酒,一律不加热。将进酒时,他先用手捋一下下巴上的长胡子,慢慢举起杯子,送入一小口,并不急于下咽,而是像当代品酒师那样,在唇齿间停留片刻,待酒香酒味沁入唇间齿间,消解弥漫开来,才两唇一抿猛然一碰,嘴里发出响亮的一个"叭"声。接下来的每盅酒,都是在"叭"声中送下肚的。这种连续的"叭"声,体现了补锅爷对当时极为难得的酒的尊重。

主人见此,自然很是高兴,博得匠人的满意,证明了主人的舍得和贤惠。

补百家锅,吃百家饭,喝百家酒。这段乡下的逍遥生活,应是补锅爷一生最为快乐的时光。

篾 匠

这个篾匠之所以特殊,是因为他是本村最后一位篾匠。二十年前他去世后,此地便再没有人从事竹编这门手艺了。竹编类的用具,需要到汉江对面的县城市场上去买。

篾匠这活太苦,从锯竹子、煨竹子、划竹子,起篾璜、拉篾条,到编织,所有工序全靠手工,编造的"蓝图"都在心中,编织时手脑并用,像一台植入既定程序的精密机器。所以凡是篾匠，都显得聪明机灵。

篾匠从头至尾干的都是体力活，用的是手劲，锋利的篾刀和篾条，在有血有肉的手间飞舞，篾匠的手指便慢慢变粗，手掌慢慢结茧变硬，到最后就成了"铁手"，犹如"铁砂掌"，刀竹不入。

这个小名叫"牛儿"的篾匠，是一个全能篾匠，会编晒席、揲篮、背篓、提笼等各类竹制用具。常常一家相请，一干就是十天半月，编成品一大堆，主人还不想放走，直至下一家连连来催，才得以动身转场。牛儿早年死了老婆，儿子去了外地，他常年单身一人过日子。乐于走东串西做篾活，是因为一个人在家实在寂寞。有了篾活，便有了与人说话交流的机会。因而牛儿做篾活，手脚不闲，嘴也不闲，天南地北与主家穷聊。有时主家太忙，顾不上与他说话，牛儿的嘴也闲不住，就不停歇地唱着花鼓小曲，唱到情节伤感处，还情不自禁掉下几滴眼泪。所以，牛儿做篾活，一边编织一边叽叽咕咕，那是一种见怪不怪的常态。

牛儿也是半个文化人。早年读了小学，成人后也喜好读书，知道许多历史掌故，也能紧跟形势，讲一些大道理。只是家庭的变故和生活的重压，使他变成了一个与书逐渐走远、沉默内向、行动迟缓的人。唯有手持篾刀，篾条上手时，篾条飞舞中，牛儿似乎才恢复了本来的活跃神态。在篾活中，他找到了自己。

牛儿渐老，随着人口进城、土地撂荒，篾活越来越少，牛儿又找到了另外一个职业：唱太史。这个围着灵柩不停转圈，击鼓打锣，连轴唱、整夜唱、对着唱的角色，让寂寞、落寞中的他找到了开口的机会。

让梯田飞

汉南大半楚人家。说的是这汉江南北的山地居民，大多数是明代清代从湖南湖北一带迁徙而来。山里的耕地，都是祖先早年开垦而来。

起初是刀耕火种满是石头的"石板地"。年年耕作中，犁耕之后有一道工序叫"捡石头"，加上上肥改良，土层渐渐变肥变厚。但不管怎样改良，坡地依然是坡地，收成的好坏，全赖雨水的多寡。

20世纪50年代开始的人口剧增，无休止的公粮和集体提留征集，有限的耕地、有限的产量，已经难以养活这片土地上的人，于是便有了交公粮之后的"返销粮"、救济粮。为提高产量，旱涝保收，便兴起了学大寨、修梯田的运动，把坡地改造成水平梯田，以达到保水保土保肥。

开初，我们这个生产队修地搞得很认真，用大石头砌坎，专业石匠把关，石坎砌得又高又结实，梯地又宽又长，梯田在坡面逐次上升，一荡一荡，很是壮观。大的地块，要费时几个冬天，耗时几年才能完成。如柿子树湾的那一大块地，前后修了三年，才告完工。作业时人分三班，一班人在前面掏石头，把地上地下的所有石头都掏挖出来；一班人运石头，大石头用胶轮架子车运，小石头由弱劳力用竹篮子双手搬运；一班人负责砌坎，这是一个手艺活，非一般人所能胜任，常常只有寥寥数人，再搭配几个"笨工"，干干挖"根脚""垫汉"之类的粗活。待梯地坎砌好，最后一道工序是降坡挖土，平整田面，这才完成了坡改平。

　　这样的细活干了一个时期。不知从哪一年起，上级号召，要尽快实现人均两亩水平梯地，争取把所有耕地都建成稳产高产、旱涝保收的水平田。形势一日紧过一日，工地开始插红旗，贴标语，办板报，大队与大队之间开展对手赛。还设一面流动红旗，每隔一段时间评比。为了保住到手的红旗，就要夜以继日会战、夜战。天还没亮，生产队长就会手持大喇叭，在高处大声吆喝，催社员上工，真是起五更，战半夜，只争朝夕，生怕落后。

　　这样一来，一种新的修田造地法应运而生——抬田。这种抬田已抛弃了用石头砌坎、按部就班的缓慢作业法，改为修筑土坎，边筑墙边平整，一挥而就。施工作业时，全生产队的所有劳力在坡地下端站成一排，板锄、扇锄、齿锄、铁铲齐动，又搂又挖又拍，灰土乱飞中，瞬间一道土坎梯田即告完成，接着逐次上升。一火烟的时间，十余道梯田已经成形。半天时间，就可以抬到半山位置。一天下来，半面山全部成了梯田。这样的速度，连跟在"役头"边看热闹的小孩子都赶不上。

　　这时，你才见识到：梯田也能飞起来。

　　但这样的梯田寿命实在有限，土溜铧划，往往不出三年，不高的土坎就会被夷平，飞来的梯田又恢复了原貌。只是，在刚刚完成抬田时，从远处看，梯田遍布，整齐划一，鳞次栉比，颇有气势，足以显示"人定胜天"的伟大，让山低头，让水让路，彰显出改造自然的大无畏精神。这就是人们常说的：一年修，二年垮，三年成了平铺踏。幸好，功夫到家，为数不多的石坎水平梯田至今仍在发挥作用，成了那个时代遗存下来的物质和精神遗产。

　　今天仍在持续实施的坡改梯、土地整理、流域治理之类工程，都是这种石坎精神的延续。

修　路

　　三涧河过去没有公路。第一条为运输硫黄矿石而修的"窄版"公路，起自银洞沟的硫黄矿，终于三涧河口的汉江边，只用了几年就垮塌报废了。废弃的原因，除了矿山枯竭外，这条路的走线太高，也是一个重要因素。这条修筑于1958年的公路并没有改变三涧河人的行路习惯，人们依然沿着河道而行。

　　20世纪70年代初，我正上小学。一天，看见一群人沿着三涧河河道搞测量，他们手里拿着像手枪模样的测量工具，坐在学校下面河边石包上休息，我们便围拢过去看热闹。才知道这条沟要修公路了。

　　不久，工程开始施工。分为两段进行，先修的是木场到磨沟口段，后修磨沟口至烂滩沟口段。

　　按照公社的安排，各生产大队负责各自地界内的公路修筑。生产大队又层层分解，把任务安排到各家各户。我家分到土洋碥对面的一段，有二十余米长。我们全家大小劳力齐上，干了几十天才完成。当时修路，土方靠人挖，大的石方由队里组织专业队用炸药开炸，由各户出渣，搞路面平整。各户的出劳叫"出义务工"，自带工具和干粮，是纯义务劳动。

　　修第二段公路时，已超出三涧河内各生产队的地界，便以生产大队为单位，各分一段，由各户各出一个劳力，集体出勤，共同施工。当时，我刚刚初中毕业，在家无事，父母就派我与队里的其他劳力一道去修路。

这次给我们生产小队分的是县城上渡口对面的一段，是一个陡峭的石坡，工程量不小。我们几十个人背着被子，拿着工具，来到大河南渡口的上院子，在几家农户家住了下来。选了一户人家的厨房，开了集体伙食，由同来的两个女社员负责做饭，粮食和烧柴都是来时从家里背来的。我属于弱劳力，主要从事搂土、运土之类的轻活，开挖之类的重活由几个男壮劳力承担。这段路用时一个多月才完工。

这次修路，是我第一次长时间走出三涧河。在这里，一边修路，一边可以看到对面县城高高矮矮的楼房，熙熙攘攘的街道，以及不时鸣笛驶过的汽车。晚上，对面华灯点点，葫芦状的县城似乎漂浮在汉江水面上。睡在这户人家的二楼楼口处，一睁眼就可以看见满城的灯火，对第一次"出山"的我来说，真是一种享受。它引发了我对即将开始的高中生活以至更远生活的遐想。近距离地观看县城，也是我情愿做这一个月"苦役"的一大动力。此后几十年间，每当我在远处观赏这座形似"太极图"的城市时，都会忆起当年农家楼口那一幕幕大饱眼福的情景。

沿着三涧河南岸而建的这条公路，要经过三个沟口，依次是干沟口、陈家沟口、郭家沟口，需要架桥。因为没钱只在陈家沟口修了一座石拱桥，其他两处都是过水路面，每逢下雨涨水便无法通行。

之所以要在陈家沟口修桥，是因为这个沟口像一个石匣子，沟道两边都是陡壁石岩，无法用过水路面的办法解决。修桥所用的沙是动员我们学校的全体师生，去三十里外的三涧河口叫"耍滩"的地方用布口袋背来的。那次长距离背沙，用了大半天时间。

这条横贯三涧河的公路，穿越无梁殿山口，转而沿汉江而上，一直延伸到了县城对岸的汉江渡口，与县城隔江而望。但却通不了车，因为这是一个断头路，加之江南一带也没有哪个单位或个人拥有车，所以好长一段时间，这里只有路没有车。

好不容易，公社的综合厂买了一辆手扶拖拉机。这个前面一个机器"脑袋"，向后伸出两只"手"，带着一个车厢的家伙，一露面就引起了轰动。只要它嘭嘭嘭一出现，小孩子们就跟在后面沿路追逐，胆大的还从后面扒上车厢，吓得司机一阵乱骂。能坐上这辆拖拉机简直是一种荣耀。开拖拉机的王顶也成了三涧河的名人，大人小孩都知道他和他的拖拉机。

全三涧河仅此一辆，很多人想搭车，但因拖拉机每趟都拉有货而不能遂愿。慢慢地，大家都恨起了王顶，咒他哪一天翻车出事。结果没出多久，咒语应验了。王顶"驾机"经过龙头学校对面的烂泥路段时，轮子打滑，拖拉机翻下陡坡，车身解体，零件散了一坡。正好放学的我们蜂拥而至，来看热闹。只见平日傲慢的王顶哭丧着脸，在坡上一件一件捡拾着散落的零件。从来没有坐过拖拉机的我感到一阵可惜，唯一的拖拉机没了，人家让坐，也没啥坐了。

这一年，国家提出要实现农业机械化。我们队里在地头召开群众会，队长正式宣布，奋斗三年，买一台手扶拖拉机。但再也没有下文。

沿三涧河主河道有了公路，但是并没有向一河两岸山上延伸，也没有向几条支流的"涧"里续修，上山进沟仍然要步行，搬运东西还是人背肩扛。这样又过了二十年，到了90年代才有了农民自发集资修路。这条主路才逐渐向山上和各支流里延伸。到最后主路铺上水泥，那是2005年的事。各处都铺上水泥路，那是近几年的事。路的圆梦之旅，竟然用了整整五十年。

我家住在陈家沟口以上的半山腰，自从河下的主干道修通后，我常常做同一个梦，梦中的我家已通公路，路的走向与现有的山道一致，上面跑着一辆王顶那样的拖拉机。90年代后期，通往我家所在的公路修通后，才发现我在梦境中把公路的走向和线形搞错了。公路上山要不停地拐弯，才可以爬上去，陡坡地段还要拐大弯，才能比较平坦，讲究的是转弯半径，而不能如山间小路那样直上直下。

2016年底，我到三涧河一带下乡，居于山上和几条涧里的群众对不通路很有意见，对通了路但没有硬化也很期盼。于是，借助当年的政策一次性规划了八条路的新修和水泥硬化，历时三年才告完成，三涧河流域的交通问题基本解决。过去稍微涨水就无法通行的两个沟口也先后架起了永久性桥梁。经协调，2010年交通部门在郭家沟口花了八十万元修了一座水泥桥。关帝庙处的干沟口的桥梁也于2020年初建成。三涧河的公路也与小棕溪、平定河李家沟实现了跨流域贯通，纳入全县交通大循环之中。

富农善贵

  我们这一带历来太穷。土改时，矮子里面挑将军，只有一户勉强被划为富农，其余净是清一色的贫农。这个唯一的富农便是善贵。
  说是"富农"，也只是积攒了十来亩地，自家亲自下地耕种，除了收割大忙时节，很少雇人帮忙。日子过得不错，靠的是起早贪黑的勤快和节俭。
  据说有一年夏收，善贵找了一些人割麦。到饭时，家里把饭挑送到地头，善贵作为主人，挑头去给雇工们盛饭，不想勺子朝木桶里一捞，竟从苞谷糊粥中舀出一个死老鼠。善贵一惊，灵机一动，眼睛一闭，把这个小老鼠连汤带水吞下肚去，然后才招呼雇工们开饭，避免了一个老鼠害了一锅汤。
  划为富农，便被打入了最底层。集体劳动时要承担最重的活，分配粮食时分最差的，歇火时待在人堆边上，行路也要走在最后面，不可靠前。我见到的范善贵，永远是一身又旧又烂的黑衣，腰间扎一个草绳，脸型如刀削，体瘦如猴，脸上永远是想讨好人般的笑意。他的双手，除了持有农具时外，永远是有意无意插于腰间的绳子里或上衣口袋里，好似以此进行自我防护。
  这些都不算大事。不久，善贵的厄运随着运动而降临。红卫兵串联、忆苦思甜、打倒地富反坏右等等，善贵都是对象。最大的一次批斗会，发生在一个隆冬的夜晚。这是几个相邻大队联合召开的大型批斗会，会场就设在善贵家所在的院子里，人山人海，旗帜招展，人声鼎沸。这场批斗会是我幼年有记忆的开端。当时大人带着我赶去会场看热闹，因人太多根本挤不进去，在外围只见会场中心一片火光或灯光，口号声、打骂声、锣鼓声一片，几岁的我被吓得不轻。会后，大人们围绕批斗会谈论了很多很久。说的是，当晚批斗者把善贵衣服脱光，用凉水兜头猛浇，吃过善贵亏的人轮番上前扭斗。其中有吴家坪的一个结巴男子，上前指骂控诉道："范善贵，你……你那一年……借给我的黄豆种是……炒了的"，引起一阵哄笑。看来善贵得意之时，还真不是个"善茬"。

经过这一场大斗，善贵大病了一场，卧床了一段时间，病愈后的身体和精神大不如前，显得更单薄、更寡言、更孤独了。

善贵是我祖母的同门侄儿，与家父是老表关系，平时关系比较亲密，私下过往较多，加之家父曾是革命军人，与富农交往，别人也奈何不得。

善贵自知时日不多，他唯一放不下的是多年前为自己准备的那副柏木棺材。在这一带，柏木棺材是寿材中的极品，在柏树已被陆续伐光的情况下更是难得。善贵特意找到家父，商量说，这副柏木寿材我享受不起，他们也不会让我享用，不如趁早卖掉，断了那些人的念想。善贵的意思是把这副棺材卖给我们家，以供祖母百年之用。这样就不会便宜了那些整他恨他的人，也算是孝敬了他家门的姑姑。家父起初不答应，说自己不能这样做事，这是乘人之危，别人也会说闲话。善贵一连来了几次，言辞恳切，也很着急。在善贵的反复请求下，家父便以一百元的价格，买下了这副柏木棺材。随即，这副尚未上漆的棺材就被搬到了我家的楼上。二十多年后，祖母去世，用的就是这副棺材。

不几年，饱受批斗的善贵病故，他提前给自己准备了一副不起眼的泡桐木薄棺。

据说，当初整善贵最凶的，要数住在同一庄院的范家父子。他们不服善贵的治家能耐，也想极力表现作为贫农成分的政治进步，因而虽与善贵是同宗兄弟，但动起手来毫不手软。善贵含冤忍辱，悲凉而逝，刺激了善贵年轻的侄儿——吴记。沉默寡语的吴记隐忍多年，在多年后一手导演了一场虚无的粮仓失盗案，为叔父善贵出了一口恶气。

转眼到了改革开放的 80 年代。有一年，善贵的后人廉价处理了房产，"连家起营"迁居外省。多年以后，善贵的一个孙子又独自一人返回村庄，因无房无地，这个与我同岁的孙子便在村里四处搭棚居住，并时不时往返外省与本地之间。最后落脚于三涧河边的一处无主荒地，用救济款盖了一间小房栖身。终身未娶，渐老，被列为"五保户"。

偷 仓 库

富坪生产大队第二小队新建了一座集体粮仓。这个仓库由一栋两层大瓦房和一个大院坝组成,这座瓦房从外表看与普通农家的住房没有多大差别,石墙瓦屋顶,但建筑用材却有讲究。一层的桩基被垫起半人高,以利防潮。木材构建和楼板是从老远的羊山运回来的,特别是二楼的楼板,块大厚重,足以承重。

仓库选址于一山梁之上,离周边的几个院落都有一段距离,除非收获庄稼的时节。这里是一个清静的所在,除了偶尔在仓库院坝放映电影、开群众会之外,平时很少有人涉足这个装满粮食的"要地"。

这里储存的是晾晒干净的集体储备粮、尚未出售的公购粮,以玉米、小麦为主,数量不大。因仓内并未建分仓,各种粮食分堆分散置于楼面、地面的竹席之上。

仓库配有一名保管员。他是一个年轻党员,政治表现积极,干活勤快,说话有点结巴,给人老实巴交的感觉。这位保管员有一个奇怪的名字"吴记",名字来源于幼时"改口"于吴家,认了附近的吴家夫妇为干爹干妈,由此得名。吴记后来弄假成真,娶了吴家的大女儿为妻,成了名副其实的"吴记"。

一日,吴记气喘吁吁,惊慌失措地跑到队长家,结巴大叫:仓库叫人偷了！队长大惊，连忙赶到仓库查看。发现盗贼的入口在仓库一楼的窗户处。

这是一种木格窗子，在仓库大门两侧一边一个。窗户有两层，内层为对开的木质扇门，从里面可以用木闩开启。外层为木质防护栅栏，由木棒组成的栏杆并排直立分布，与现今的铝合金窗护栏结构相似。仔细查看，队长发现，窗子外层竖立的圆柱状栏杆，从上下接口处被锯断了，在原处虚接着。若不细看，还真看不出来。

看来，盗窃者是锯窗而入的。

队长觉得事关重大，急忙上报生产大队。大队又上报到公社，公社又向区公安派出所报案。一时警报大作，各路人马齐向富坪二队赶来。其中派出所派出了最精干的一位老民警前来主持破案，另有一年轻民警协助。社队、警民各方参与的仓库失盗专案组遂告成立。

经过称重盘点，库存粮食总共短少了八百多斤。经过勘查现场，偷粮的确是从窗户锯窗进入的。并做出推断，这些粮食不是一次盗走的，而是多次入室，数次作案。又推测，搬走这么多的粮食，动静不小，作案时间应在黑夜；从锯窗、进入装粮、从窗户递出，到运走，至少需要两人里外配合，故而应是群体作案。

作案的痕迹已无从查找，加之发案后现场来看热闹的人太多，光是那几根被锯断的窗栏杆，就被来看热闹的大人小孩反复取下、安上，"作案现场"已经破坏，破案线索相当有限。

于是，专案组采取当时最常用的方法：发动群众，检举揭发。

一时，平时家里有存粮的，日子过得好且有精壮劳力的，就成了重点怀疑对象。

经过摸排、推断分析，最后将矛头指向了范姓一家。这个范家与保管员吴记系同门同宗，户主老范比吴记高一辈，两家住在同一院落。老范正当壮年，身体精瘦，50年代就入了党，当过队里的贫协主席，历次运动中都是"红人"。老范有三个儿子两个女儿，儿子与老范一样精干，擅长农活，女儿如老范一样能说会道。老范一家兵强马壮，工分多，分配多，政治强，日子过得还算红火。

老范的缺点是爱占小便宜，斤斤计较，人太"拐"，与一些人素有积怨。他家但凡做了好饭，就关起门来吃，生怕别人知晓；但凡吃稀的、差的饭，又故意端着碗，在院坝里吸溜吸溜亮相。他家有几个青壮小伙子，气力都大，"运力"不成问题。老范有动机、有能力，作案的条件已经"具备"。

于是，老范及已经成人的大儿子被纳入专案组的视野，并很快开始行动。

先是把老范及大儿子传到办案地点——队里的知青点，进行审讯。老范大喊冤枉，拒不交代。大儿子也连连叫屈，说他家怎能做出这样下贱的事。审讯久攻不下。专案组的两位民警商议后，就开始来硬的，罚站，不让吃饭睡觉，扇耳光，用脚踹，几天几夜下来，仍然不招。随即变化审讯方式，召集群众大会，对老范父子开展群斗会审。群吼谩骂之外，平日与范家父子有罅隙的人，就势便动了手，脚踢扇耳光。一阵阵口号之后，转而再审。

"公审"持续多次，仍然久攻不下，老范父子左挡右遮，百般辩解，拒不承认，一时陷入僵局。

一日，群审会开场，老民警改变策略，先完完整整讲了一通《西游记》中孙悟空"三打白骨精"的故事，故事情节曲折，引人入胜。讲完故事后，老民警引申出结论：无论妖魔鬼怪耍什么花招，也逃不过孙悟空的火眼金睛。很明显，这是在严厉告诫老范父子不要心存幻想，也在告诉群众，要擦亮眼睛，宜将剩勇追穷寇。

这个故事性启发是否发挥了作用，不得而知。只是，又熬了几天，范家父子终于抵挡不住，开始招认了。但父子二人的最初口供总是驴唇不对马嘴，彼此不相符合。经反复对证、改供，情节才趋向一致。

老范父子交代二人偷粮过程：他们知道仓库中有晒干择净的成品粮，便起了贼心，利用冬季夜长，无人值守的机会，半夜潜行到仓库，用小钢锯锯断三根窗栏杆，从缺口处进入仓内，用随身带来的布口袋装满粮食，从缺口处递出，趁夜色背负回家，离开时把窗栏杆原封原样安于原处。第二次、第三次作案，又如法炮制。老范父子交代的情节与专案组原先的推断基本一致。

期间，为了获得一手证据，专案组连同社队干部到老范家搞了搜查。搜查结果不太满意，老范家存粮没有预想的那么多，与失窃的粮食数量、品种悬殊。但也有合理的解释,作案时间跨度三个月,粮食让老范一家八口吃掉了。

此案就此告破。老范父子罪行已定,老范被开除党籍,父子二人被定为"盗窃分子"。接着便是无休止的批斗会。批斗会在几个院落轮流开,在仓库的大院坝斗,在三涧河边的小学校斗,也拉到公社与其他大队的坏分子一起斗。每次批斗,都要勒令老范父子交代一遍作案过程,低头认罪,然后照例是口号震天,举拳如林。

随之,这个远近闻名的"偷仓库"事件被大队文艺宣传队改编成了同名眉户剧,在各处巡演。剧中的正面主人公为一个老党员,由老范小叔父的儿子,即老范的堂弟晓晓扮演。

此剧一开场,晓晓扮演的大爷,头缠陕北老农般的白羊肚毛巾,贴着假胡须,身穿一件宽大的黑袄,提着马灯,踉跄上场。一阵大幅度的前行后退摇摆动作后,开口唱道:看望女儿去姚庄,几杯老酒入肚肠,夜深人静回家转,意气风发斗志昂……接下来的情节,便是老党员路上突遇两个鬼祟的偷粮贼,大声斥责,勇敢斗争,革命群众闻风而至,擒拿盗贼的情节。短剧情节简单,但不失惊险刺激,一炮打响,引起轰动。邻近的生产大队也纷纷邀请宣传队前去演出。

有一天晚上,我们一群小孩子"追剧"到了邻近的陈家沟生产队,在大气灯的照耀下,这位"男主"因为接受款待喝了不少酒,上场后东倒西歪,表演醉态的摆幅太大,在踉跄后退时,被背后那个幕布绊倒在地。晓晓从地上爬起来,尴尬地干笑两声,继续表演。

老范父子偷仓库之事就此"靠实",成为人们的共识。只是背地里,老范仍在向关系好的人暗暗叫屈。有一次,他偷偷"过河",去县里告状。情况反馈到了公社和大队,老范要翻案,这怎么了得,于是批斗会又起。这次批斗大会在村小学操场召开,全大队三四百老少都来参加。老范拒不低头,也否认偷仓库的事。于是惹恼了几个年轻"积极分子",有一个名叫二娃的小伙,伸手上前,对着老范刚刚剃过的明亮光头,啪啪啪就是几下,老范当时泄下气来，在阵阵口号声中只好低下了头。

过了几年，"文革"结束，拨乱反正。老范父子"蠢蠢欲动"，去公社，到县里，到派出所哭诉，要求复查平反，均答复曰：时间已久，已经定案，不再翻腾。又过了若干年，当时的那个仓库保管员吴记，在一个场合喝醉了酒，迷迷糊糊中对同桌说：

"其……其实，那窗……窗杆儿是我锯的，粮让我……我给吃了。"

批　斗

　　生产大队的支书，是我们的一个本家，辈分比我高三辈，又高又瘦，外衣常常披在肩膀上，显得严厉而威风。他有一个儿子，与我们一起上小学，我们常常围着支书儿子喊爷。

　　这个支书儿子整日调皮捣蛋，不是打架就是去地里弄一些吃的。只要被发现或是被老师"举报"，老支书就要狠揍他一顿。一日，支书儿子又和别人打架了。老支书亲临学校，召集师生在操场集合，开他儿子的批斗会，让儿子站在队前接受批斗。老支书声色俱厉，训斥调门之大，听得我们心惊胆战。一阵狂风暴雨之后，老支书大声喝问：今后再犯咋办？他儿子低头小声说：批斗。批斗会戛然而止。这次批斗会，让我初步见识了批斗会的声势和威力。

　　批斗会刺激而热闹，是幼时常常追逐旁听的去处。

　　公社那个平常说"蛮蛮话"的外地干部兆信不知犯了何错，被押着到各队巡回批斗。兆信个子不高，稍胖，圆脸阔嘴，肿眼泡，整日束手低头，样子颇像一部电影里的反派演员。兆信垂手低头的形象，演化为我脑海中被批斗者的一个典型形象，与批斗画上了等号。

　　我曾亲历了队里一次旷日持久的连环批斗会，陆陆续续开了几个月，我几乎一次不落去旁听看热闹。

　　被批斗的主角是本生产队的一个"拐人"，三十多岁，头脑活，气力大，热衷"运动",常常是批斗别人的主角,得罪了不少人。另外,他也有乱搞两性关系的嗜好,与远远近近不少女人有染,一些男人对他恨之入骨。

这次,人们乘着追查"仓库盗窃案"的机会,七审八审,拐弯抹角,把他揭发了出来,硬说他是盗窃案的同案犯,斗争随之转向,向这个名叫"舒娃"的人涌来。

开初,批斗的主题是追查经济问题。接着,舒娃的生活作风问题也浮出水面。批斗随之升级,由公社派来的干部亲自主持。对于盗窃和作风问题的指控,舒娃百般抵赖,坚决不认。于是,公社干部连同派来协助工作的民警,把过去一直背靠背审问的"同案犯"拉进会场,喝令当场指认指证。指证者把舒娃参加偷粮的过程说得很具体,哪天哪时,扛了几口袋,说得很是详细清楚。舒娃百口难辩,但仍不承认。有人出主意说,再不说就"狮子滚绣球"。于是就有人从室外搬来一小段圆木,让舒娃朝上面站。舒娃脚一落到这节圆木上头,就是一个跟头,反反复复喝令,次次都是一个"爬扑",惹得大家哄堂大笑。如此折腾,舒娃只得俯首承认。

接着,揭批舒娃的生活作风问题。先是动员与舒娃有明显关系的女人到会现场揭发。这两个女人被迫无奈,只好在发言之前先上去给舒娃两个耳光。群情激愤中,舒娃被批斗者一阵群殴乱打,便开始乱说,真真假假一下说出了十几个女人的名字。这些已在会场中的女人脸上挂不住,点到一个名字,就先上去一阵乱打乱抠,一场批斗下来,舒娃脸面已被撕抓得到处都是血口子。人们从舒娃交代的名单中才知道舒娃公牛般的滥情。"狮子滚绣球"随之升级,舒娃被强行"上木",并且要求必须站稳,不准下来,脚一落地就要挨打。如此这般,舒娃就像练久了的杂技演员,竟然找到了重力平衡点,一旦上"木",还真能坚持一会儿。这种皮肉之苦,毁了舒娃原本精瘦的脸,以至今日,年老的舒娃脸上仍然疤疤癫癫,年轻风流的代价在他身上留下了永久的惩罚。

有一段时间,批斗出人意料降临到了我家。那是一个冬天,连续好多天晚上,父亲都穿着那件从青海退伍带回来的皮大衣,去一里路外的上院开会,

追 影 记

常常半夜才回来，母亲也不睡觉，一直等到父亲深夜归家。后来，我们才慢慢知道，父亲是去参加生产队的批斗会了，他成了被批斗的对象。并隐隐约约听说是父亲的几个"积极分子"老表撑的头，乱开"石板地"，当出纳有经济问题，等等。我们兄弟姊妹听说后，就放心不下，也与母亲一道，每天等到父亲平安归来才入睡。

这期间的一天，一群年轻人突然而至，进到我家屋内，上下一阵乱翻，说是搜查生产队被偷的龙须草，最后从我家楼上拿走了几捆龙须草扬长而去。其实我家的自留地边有个地方就叫"龙草坡"，长有大片的龙须草，完全能满足全家打草鞋、搓草绳的需要，根本不需要到别处去拔、去偷龙须草的。

这一群年轻人中，有一位是我的小叔父，他似乎是被这一群"红卫兵"裹挟而来。来后见我立于大门门边，他便一言不发站在门边，一只手轻轻扣着门，似乎在掩饰自己的尴尬，又像是在无声地抗议。搜查结束，小叔父尾随这帮人默默离去。

批斗又搜查，到头来一无所获。经过批斗审查的父亲，仍继续担任队里的出纳，直至若干年后他主动提出不干了，才从这个"要害岗位"退了下来。此后，父亲一直对几个老表耿耿于怀，说他们见不得别人工分多，分红多，过得好，又想在政治上表现积极，才这样六亲不认。不曾想，若干年后，其中的一位老表，被人诬陷为"仓库盗窃案"的主犯，遭受了无休止的批斗，还丢了引以为傲的党籍。

监视居住

20世纪70年代初,邻居王家的上房忽然搬进了一户人家。这家人姓潘,一对老夫妇加上一个哑巴儿子。

老头叫明祥,民国时期在县城当过一段时间警察,土改时被划为中农成分。这中农在阶级成分中仅次于富农,由于此地太穷的缘故,明祥这个中农,是全生产队的唯一。与前文提到的频繁挨斗的善贵,形成了"一富一中"组合,是历次运动的主要对象。近来,明祥因伪警察的经历,被定为"四类分子",阶级成分等级陡然提升。

明祥的老婆姓余,娘家在云天寨背后的汉江边,家里的成分是地主。她精明强干,能说会道,虽然历经批斗,骨子里仍保持着大家闺秀那种气势与气质,人称地主婆。

伪警察与地主婆,这样一对"邪恶组合",加上四类分子的最新命名,自然让斗争观念和警惕性极高的人们如临大敌了。

明祥原来的家在三涧河边,属于游离于坡上几个大庄院的"散户",又处在河道大路旁,监视和批斗都不方便。于是,几个公社驻队干部决定,让其迁居到坡上这个小院落。邻居王家有一丁一拐两栋房,按照队里的要求腾出上房两间,供明祥一家居住。

原来居住三户人家的小院子,一下变成了四家,院子顿时变得热闹起来。

明祥辈分比我高两辈，我们便三爷、三婆叫了起来。

频繁的批斗会便在明祥一家居住的上房堂屋开始上演。

在严肃又夹杂着小孩嬉闹的氛围中，明祥老两口站在屋子中间，接受质问批斗。每次批斗，社员们都要明祥讲当年当警察时的具体情况，怎样加入的，怎么执勤站岗的，明祥一一作答，很是详细，类似于现在的干部述职。还要问解放后不悔改走资本主义道路的情况。明祥长得五大三粗，体型魁伟，一张大方脸，气力又大，五十多岁的年龄，气力比得上小伙子。他家住在河边大路旁，"过河"方便，卖柴的次数多一些，这可以算得上"资本主义"其中的一条。还有，他家门前有一块方便浇水的自留地，菜长得好，也算；他家一出门就是三涧河，经常捕捞鱼纤子，用锅炕着吃，也算。牵强附会，乱七八糟说了一大堆所谓的事实。

有一次批斗时，有个叫蛋蛋的小伙子突然问明祥："你前几天到下面水泉挑水时，为啥走岔了路，你当时在想啥？"大家才想起，前几天集体干活时，安排明祥去下面沟里挑水，出门不远有岔道，一条通往明祥原居住地，一条通往水泉。明祥担着水桶，径直走到通往原居住地那条路上去了。众人见他走出老远，连忙喊他回来，明祥一愣，才意识到走错了。

走错路这个问题随即就成了批斗会的新话题，纠缠起来。社员们要求明祥说清，当时是不是在想着复辟的事。明祥一再解释，说是老路走惯了，无意识中走错了，反反复复，扯来扯去，明祥始终没有承认"复辟"之事，最后不了了之。

明祥的哑巴儿子已有二十多岁，名叫"开娃"，希望他奇迹般开口说话之意。开娃只会干一件事，就是提水。他瘦得像个麻秆，走路不太稳，无法用扁担担水，只能两手合握一只水桶，让这水桶在裆下来回摆动，摇摆而行。水泉太远，提水时一路上坡，开娃一天再尽力，也只能提上两三桶。

开娃智力不差，见他爹明祥经常请人用剃刀刮光头，便有所悟。一日，大人差他坐在偏坡梁这个地方看牛，他偷了家里的剃刀，拿到坡上去玩。坐着无事，掀开裤裆，操起剃刀对着自己下面的毛刮了起来。正好被来走亲戚的姐夫撞见，姐夫上前揍了开娃两拳，开娃哇哇乱叫，才知自己做了错事。

明祥夫妇在生哑巴儿子之前，生有两个机灵的女儿。女儿出嫁，一个嫁给了邻队的余家，一个嫁给了本队的范家，生了一大堆外孙。被勒令搬家后，这两个女儿怕老两口受苦，走动看望的次数明显多了起来，还常常留下一两个外孙陪他们，一待就是好长时间。老两口儿孙绕膝，挨斗之余，便有了笑声。

外孙中有一男孩叫金牛儿，来得最勤，住得最久。地主婆整日金牛儿金牛儿叫个不停，金牛儿也整天婆、婆叫得挺欢。金牛儿小小年纪，身体却有一个不小的毛病——肛漏。只要一蹲在院坝边那个露天茅矢之上，鲜红的大肠就从屁股里脱了出来，伸出老长。这时，金牛儿就会大叫：婆，大肠出来啦！地主婆就赶紧跑到茅矢，用手掌轻轻把金牛儿的脱肛顶回去，天天如此，一日数惊。

这一家人命途多舛，但还远不止于此。

伪警察、地主婆一家在我们这个小院住了两年，最后被批准返回河下的原居住地，恢复了原有的生活。

好景不长。一天，明祥套着牛，在家对岸的崖坎上犁地，不想一头牛蹄子踏空，把另一头牛和明祥连人带犁曳下崖坎，重重摔在河滩乱石上。在下落的过程中，明祥先落地，随后落地的那头犍牛屁股朝下，牛的尾骨不偏不倚正好砸在了明祥的大腿根处。这时，正巧我们一群学生放学经过此处，目睹了整个砸落的过程，吓得发愣。明祥拖着断腿，躺在水边的乱石滩上，颤抖着喊我们，让我们赶紧找大人们来救他。强壮的"伪警察"从此成了挂着拐棍的残疾人。

即便这样了，无奈的明祥老汉拖着一条腿，一拐一拐，勉强下地干活、拾柴、放牛。

不久，他们的小女儿觉得这不是长久之计，把一个儿子过继给了开娃，这家人算是有了接续，也有了一点劳动力。

十余年后，明祥夫妇、开娃先后离世。过继来的外孙外出打工，后来移居到了山外。

这座历经风雨的水边瓦屋，渐渐坍塌，化为废墟。

知青部落

生产队里的人都在说,我们富坪二队要来知青了,已经派出一些劳力过河到县城接去了。

我连忙与小伙伴们一起,赶到仓库梁上去看热闹。

知青的住处被安顿在生产队仓库的"耳房"。这是一栋不知建于何时的两间旧瓦房。耳房的上首,是刚刚建成不久的新仓库。这一丁一拐,一旧一新两座瓦房,外加一个大场坝,构成了仓库加队部这个要害之地的大致格局。这两间旧瓦屋,也是全生产队唯一可以腾出来的机动用房,拿来作为知青点,显得有点将就。

不一会儿,队里的一群劳力肩扛背驮,从三涧河下沿山路而至。队伍中夹杂着几个穿着举止明显异于农人的年轻人,这便是由县城分派下来插队的知识青年了。

一行人放下行李,就开始动手清扫室内卫生,一阵尘土飞扬、烟尘雾罩,两间原本堆放杂物、布满灰尘和蜘蛛网的房子很快打扫出来,一大堆"恶煞"(垃圾)堆在了室外的墙角。接着开始搭床铺,用生产队提前准备好的木板,沿室内一侧搭起了一溜通铺,铺上知青们带来的花花绿绿的被子。因无桌椅之类的配置,知青们带来的箱子,一长溜被安置于通铺对面的墙角。简单再不能简单的知青点就此形成。

随着清扫、支床等动作的进行，我们这些看热闹的小孩子亦步亦趋，跟随着大人们忙碌的脚步转动。知青们不同于农人的发型、着装，以及散发出的青春活力，让我们感到兴奋和新奇。

室内整理完毕时，一个知青小伙拿出一个小瓶子，在地上洒了几下，室内外顿时弥漫开一种异香，这种异香是我从来没有闻过的，又是一阵惊奇。多年后我才知晓，这种瞬间生香的东西叫风油精，抑或是花露水。

这是我们生产队来的第一批知青。同期从县城来到三涧河的知青还有一些，我们熟知的是山下的一个生产队，同时进驻了一批女知青，也是六个人，同样被安置在那个生产队的仓库。相邻的两个知青点，一个山上，一个山下，一男一女，遥遥相望，彼此相距不过二里地。从天而降的知青部落，一度成为附近农人关注、谈论的热点。

安顿好食宿，第二天，知青们便加入了农人的行列。他们与社员们一样，扛起生产队给提前配备好的锄头，在生产队老队长的吆喝声中，汇入了集体劳动的队伍中，步入修地、犁地、下种、上肥、薅草、收割、背运、打场、晾晒、装仓的生产大循环中，日出而作，日落而息。起初，知青们只能干一些"打糊砌"、锄草之类的轻活，抬石头、挑粪之类的重活脏活农人们是不忍心让知青干的。慢慢地，也有气力大、性格泼辣的知青尝试着充当壮劳力，涉足一些重活。

知青们参加集体劳动，与农村社员一样，是记工分的，并以此参与各季的粮食分配和年终决算。他们在城里凭证供应的"面面粮"已被取消，插队后在农村的这种分配，成了他们生活的主要来源。后路已断，只有努力向前了。

这些行为举止都不同于当地农人，有些"洋气"的年轻人，自然成了我们这些从来没走出过山沟的小孩子关注和追逐的对象，频繁地去知青点观察他们的起居举止，在集体劳动的"役头"边观看他们笨拙地干活，"歇火"期间凑上去听他们讲城里的故事，以及相邻知青点的动态新闻。知青的到来，向我们打开了通往外界的窗口，又像是开启了一个令人神往的通道，让人充满幻想。

追 影 记

  一日,一个叫广石的知青,从城里带回一副漂亮的弹弓。弹弓的铁叉上,从头到尾缠绕着细细的彩色电线,有红有绿,鲜艳好看。我们往常就地取材,用树杈做的弹弓,与这副弹弓相比,简直不成样子。广石把这副弹弓带到工地上,大家竞相把玩,射个不停。酷爱弹弓的我更是眼睛不离弹弓,人不离弹弓左右。这样过了几日,广石为我的痴情打动,主动把弹弓借给我玩,说可以玩上五六天,再还给他。我喜出望外,连忙接过弹弓,拔腿就跑,在房前屋后、田地树林,尽情乱射。还手持弹弓,跑到附近的潘家院子向伙伴们展示炫耀,一时出尽了风头。

  过了两日,我拿着弹弓,与邻家牛娃结伴上到马山放牛。把牛赶到草坡上后,就与牛娃穿梭于树丛中,找鸟来射。转了一大圈,没打着鸟,有些累了,就把弹弓塞进上衣口袋,与牛娃坐在地上歇息。不一会儿,远处有人大声喊叫:牛吃庄稼了!吓了一跳,才发现只顾玩,牛早就跑远了。连忙起身去撵牛,一阵狂跑带吆喝,把牛从庄稼地里追回。松口气后,下意识地手朝口袋一摸,才发现弹弓不见了,连忙沿着原路去找,转了几圈,连弹弓的影子都没有。沮丧到了极点,心想这下闯了大祸,人家广石好心把这么漂亮的弹弓借给我玩,我却大意给弄丢了,怎么向人家交代啊!

  第二天早晨,抱着一线希望,我又去了山上,在前一天经过的地方又搜寻了一遍,仍无踪影,沮丧绝望更甚。

  丢了弹弓,不好向知青广石交代。到了归还弹弓的时限,我只好有意躲着广石,不知所措,只期望那个弹弓突然冒出来,连夜里做梦都是这些情节。

  过了一阵子,我去三涧河溪水中游泳,广石扛着一把锄头上工路过,我光着身子躲避不及。广石在岸上问我:"弹弓玩儿好了吧?"我既害怕又羞愧,支支吾吾说弄丢了,正在找呢。

  又过了一阵子,我与牛娃在门前场坝里玩耍,不经意间发现牛娃的破解放鞋上,系着与弹弓缠线一样的细电线,充着鞋带,这才明白弹弓丢失的原委。原来是牛娃看上了这个好看的弹弓,并狠心肢解了它。但牛娃坚持说,他脚上的电线是从别处弄来的,无根无据,也没法再深究下去。

  我欠广石一个弹弓。

知青部落

  两三年后，首批知青陆续招工、当兵走了，第二批知青接着而至。这批知青也是六个人，除一个十六岁的初中生外，其余都是高中毕业生。与第一批知青不同，他们似乎在思想和精力上对这种乡下生活早有准备，整日嘻嘻哈哈，显得很活跃，很快适应融入生产队的生活。目下村里老人们提及当年的知青，首先想到和谈及的，就是这批知青的某人某事。

  这批知青进点的同时，专为知青兴建的住房也动工了。地址选在颜坡院子西侧的一块平地上，这里原是一个砖瓦厂，紧挨颜坡院子，西边不远有一条水沟，取水方便。新知青点坐东朝西，阳光充裕。

  不长时间，知青点落成，石墙瓦顶，八间两层，每间房单设木楼梯上下，知青一人一间还有空余。顶头的两间便作了生产队的会场，此后的社员会、批斗会之类，都是在这个场地开的。又过了一阵子，从城里下放来一户李姓居民，一家七口，被安置到这个曾经的会场定居。知青点就显得更热闹了。

  这一批知青能吃苦，不久就能当成壮劳力使用。一打听，才知道这批知青都来自普通居民家庭，在城里的生活并不比乡下好多少。来此下乡，便卖力干活，希冀多分配一些粮食，若有剩余，还可补贴家用。不长时间，干活出色的知青就多少有了余粮，回城探亲时，骄傲地扛着一小袋粮食。

  但乡下毕竟太苦，分配标准太低，精壮壮的小伙子干重活，饭量大，难免也有挨饿的情况。小宗是家里的长子，城里姊妹弟兄一大摊。小宗下力干活，不时挤出少量粮食接济家里，自己的伙食标准就降低了。一日下地集体劳动，正值柿子成熟，红红的软柿子挂满枝头，有的熟透了掉在地上。小宗饿极了，在歇火时又捡又摘，弄了一大堆软柿子，开怀大吃起来。一同干活的农人见他吃得太快太多，都劝他不能吃多了，吃多了柿子会黏在肠子上。小宗吃兴正浓，听不进去，双手不停地剥着柿子皮，往嘴里喂柿子，还一边吃一边赌气似的说：我偏要吃！我偏要吃！就这样，小宗一口气破纪录似的吃了近二十个软柿子，到最后还连打饱嗝，直到肚皮鼓起才停下来。小宗当天晚上就犯了病，被送回城里，治疗调养了一个多月，才病恹恹返回生产队。此后，他的身体状况就大不如前，再也干不了重活了，成了与妇女无异的半劳力，只能做一些辅助性的轻活。

追影记

因生活所迫，小宗是个善于动脑筋的人。不久，他"就坡下驴"，不知从哪里学会了在窗纱上钩花的技艺，干起了名副其实的女工活。

每次上坡干活，小宗都要带上一片绿色的窗纱，几种彩线，两个钩针。遇到歇火，他便坐在人群中，双手飞舞，钩针飞动，在那片窗纱上钩织图案，有花草，有山水，有楼亭台阁，也有人物，越织图案越丰富。开始还有人笑话他，说大男人怎能干上了女人活。小宗像当初猛吃柿子那样，不为风凉话所动，只顾织个不停，技艺越来越熟练。渐渐地，有女社员主动凑到他跟前观摩，围着请他传授技艺。小宗从城里带回一些窗纱片、丝线和钩针发了下去，一帮女人便照着他的样子，在家里、在地头干起了窗纱钩花。小宗负责供应材料、回收成品。无形中，小宗成了一个拥有众多徒弟和雇员的"老板"。到最后，生产队的所有女劳力，甚至一些在家专司家务的妇女，都学会了这门技艺，到处都是手里彩线飞舞的钩花人。女人们串门闲聊、走路，只要能腾出双手，手里都牵扯着一片窗纱织个不停。这个生产队俨然成了窗纱钩花的专业村。试想，如果按这个多种经营的路子走下去，这个叫颜子坡的山村，或许会成为享誉四方的手工艺之乡。

有一个名叫永生的知青，身材高大健壮，气力可与村里的大力士比肩，性格开朗幽默，走到哪里都会带来笑声一片，在队里很有人缘，无形中成了知青点的"头儿"。任何场合，只要永生在场，人们嘴里就"永生，永生！"叫个不停。颜子坡大院里有一个女子，名叫金花，相貌姣好，性格喜乐，高中毕业回家务农，算是回乡知青。

永生和金花年龄相仿，性格相近，相貌相配，大家都说俩人是合适的一对。但是，大家都知道，城镇户口和农村户口之间是一道鸿沟，面面粮和粗粮有着天壤之别。永生最终要回到令人羡慕的城里去。故而大家对他们既有希望，又有担心。永生和金花互有好感，但也明白他们之间这层难以逾越的界限，就都不说明、说破这件事。

俩人间最朦胧的一件事，是一次队里组织劳力过河到城里送粮，结束后，永生邀请同行的金花去位于上渡口的家里玩儿。金花进到永生家门，见到永生父母，显得很是拘谨。永生母亲专门给他们做了臊子面，金花只是象征性地吃了一小碗，便称自己已经吃饱了，永生和母亲就没有勉强再给金花添饭。

这顿引人注目的饭后，队里人都说，金花去永生家"看家"相亲去了，俩人估计要成。有人问永生，你和金花的事咋样？永生答非所问：金花太讲礼，只吃了一小碗，弄得我很不好意思，没有招呼好客。同伴们转而问金花，金花抿嘴浅笑，并不作答。遮遮掩掩中，俩人的关系，似乎一直维持在普通朋友的程度，直到永生招工回城参加工作。

窑庄一月

窑庄位于汉江的南岸，在构园渡口的斜对面，正对着跨越汉江的襄渝铁路大桥，这是汉江边难得的一面大缓坡。

这个地方古名叫窑湾，在清咸丰年间所修的《陈氏宗谱》中有相关记载。清嘉庆五年（1800）十月，白莲教农民军进占窑湾背后的三涧河，族谱修撰人陈克照连家起营，越过方岭，从窑湾处渡过汉江，逃到汉江北岸避难。

如今，窑湾与窑庄的名字已不大有人叫了，现在大多数人把这里叫枣园。枣园一度名气极大，20世纪六七十年代，邻村的全国劳模王良甲被调到这个村当支书，带领群众大修水平梯田，粮食连年丰收，群众平时吃的是细粮白面，远近闻名，令人羡慕。现在的窑庄，濒临汉江的那面大缓坡上，仍然保留着一荡荡整齐的梯田，那是用小石子砌成的水平梯地，石坎中并不添加水泥石灰之类，却几十年屹立不倒，砌功堪称功夫。

更不得了的是，窑庄正在修铁路，听说驻扎了铁道兵的一个团，团部就扎在窑庄下面，场面很大，已变成了一个街市，不时还有电影和演出。窑庄令人羡慕，让人神往。

恰好，我家与窑庄很有缘分。我的大姨和表姐都嫁到了窑庄。大姨是母亲的姐姐，表姐是二舅的大女儿，两人夫家的住房在一个院子，大姨家住在耳房，表姐家住在上房。

窑庄一月

这年大年初一,我随母亲照例去位于方岭的赵家山给外爷和舅舅们拜年,大姨也带着表兄表弟们来到赵家山拜年。大姨反复对母亲说,铁路正修得红火,铁桥开始架梁了,窑庄热闹得很,要赶早去看。几个表兄弟在一同玩耍中,也一再渲染着铁路建设的场景。我想去窑庄的愿望变得强烈起来。

拜年结束时,母亲要先回颜坡安顿一下家里,才能动身去窑庄。母亲和大姨商议,让我就不要回家了,从赵家山直接先去窑庄。

这天吃过早饭,我跟随大表姐琴从赵家山出发去窑庄。沿着三涧河北坡的山梁,顺着方岭朝西边的汉江方向走,到了颜坡对面的柴坡岭上,转而向东,拐进孟家沟垴。孟家沟长不足十里,却是汉江的一级支流,沟垴有一座叫云天寨的大山,高耸入云,是这一带的最高峰,远近都能看见。

进到孟家沟,沿着云天寨山腰的小路行进,从这里已经能清楚地看见汉江。越过孟家沟垴,已交窑庄地界,顺着汉江北岸的半山腰,再走上两三里,一个大庄院就到了眼前,窑庄到了。

窑庄处在半山腰,其下是一个直达汉江的大慢坡,慢坡上是一道道石坎梯地;庄院的上边,是一道石岭,没有多少植被。窑庄位于这座山的腰部,所以这个窑庄应该叫"腰庄"。窑庄的四五十户人家都姓王,到了这里,碰见的不是老表,就是表叔,所以一路要根据大人的提示,叫个不停。

初到窑庄,我最熟悉的当然是大姨的大儿子国娃和大表姐的儿子金城了。每年春节时,我们都要在赵家山会面。国娃的大名叫王修国,金城辈分小我和国娃一辈。国娃和金城,这两个年龄相仿的叔侄,整日追逐玩耍开玩笑,关系很是密切。金城常拿国娃的名字开玩笑,嘴里念念有词:王修国,种荞麦,种一颗,收一百!国娃往往只回应上一句:逛(诳)新城啊!经常一唱一和,反复就是这几句话,俩人像是在说老派对口相声。

一到窑庄,国娃、金城和另一小表弟明礼就陪着我去了大慢坡下的铁道兵团部和铁路建设工地。团部紧挨汉江,是一大片平房,中间有一个广场,边上搭有舞台。营区竖着一面五星红旗,穿着绿军装的军人来来往往。这是我第一次近距离看到军人。

追影记

营房上边是一条公路，即现在仍在使用的江南路，上面交织跑着一辆辆装满沙石等材料的大卡车。轰隆隆的响声，漫天的尘土，昂昂的喇叭声，初听初看有点吓人，连看几天也就不怎么怕了。

这天，我和几个小老表蹲在公路上面的土坎上，看着数着呼啸而过的汽车。因为这段公路是一个小斜坡，那些载重汽车跑着跑着就瓷蹬一下，紧接着就扑哧扑哧放气，我就奇怪了，这个家伙与人一样还会放屁呢。多年后才知道那是刹气的声音。有一辆卡车一打愣，表弟明礼就乘机抓起一块石头朝汽车扔去，开车的军人扭头瞪眼吼了一声，吓得我拔腿就跑，可明礼并不害怕，一脸嬉笑站在原地不动。我心想，这前山的娃就是胆大，敢用石头打卡车。胆大调皮的明礼在我心里的形象由此改变，稍稍抵消了他爱尿床的缺陷。因为我一到窑庄大姨家，大姨就安排我与这个小表弟睡一张床，我对他频繁尿床很是不满和鄙视，每到临睡，都要闹着不愿意与他共睡一床。

对于修建这条襄渝铁路，我年龄虽说很小，并不陌生。那几年，生产队的男女劳力被轮流抽调去修铁路，俗称上"三线"，去后被配属于铁道兵部队。几年下来，所有劳力都去铁路上"轮战"了两三次，一次就是几个月。在"三线"工地，这些平时吃惯粗粮的农民，稀奇地吃上了纯麦面的大馒头。上"三线"、吃大馒头一时传播开来，有时还会出现争着上"三线"的局面。这些吃惯粗粮的农民，为了让家里的老婆孩子也能享受一下这种当地罕见的大馒头，在开饭时只喝汤不吃馍，把省下来的大馒头带回家。每当庄院里有人从铁路工地回来，从布包里骄傲地掏出几个大馒头，闻风而来的邻居就会发出啧啧的夸赞声，白胖胖、香喷喷、软乎乎的大馒头，也惹得我们这些小孩子直流口水。在大馒头面前，乡亲们似乎忘掉和忽略了"三线"施工中的种种风险。

修筑铁路期间，这里的前山后岭也成了筑路大军的燃料供应基地，到处都在砍柴运柴。河边前山砍完了，就往后山延伸，山便一座座秃了，只剩下一些灌木丛和长在石缝中的树根疙瘩。给铁路上砍柴送柴，也成了队里的一大任务。一切都在为修路前线服务，形似战争年代的支前场面。

夏季的一天上午，气温很高。我家来了两个修铁路的人，他们自称驻扎

窑庄一月

在汉江对岸的庙岭,步行三十多里路,为的是到我家来买酒。这是一个大买家,一次要买一坛子酒。这显然是在给单位买酒。

我家每年都要烧两三坛子柿子酒,一坛子有六七十斤重。我们全家都不喝酒,所以远近都知道我们家有酒可卖,修铁路的人应该是一路打听而来。俩人外地口音,其中一人脸上有一道细细的蓝色胎记。品尝了酒,他们评价说酒不错,谈好价钱,母亲就留他们吃饭。做的饭是面条,又给他们每人舀了一茶缸子酒,俩人边吃面,边喝酒,酒足饭饱后,俩人就躲了一会儿太阳,坐在椅子上迷糊了一下。然后,俩人用草绳捆牢那个大酒坛子,在坛子口上方留了一个绳环系袢,找了一根木棍,俩人上肩,抬起酒坛子,呼哧呼哧沿小路向山下而去。按照他们俩的行进速度,这坛美酒运回三十多里外的江北营地,估计要到天黑了。

来到窑庄这个"三线"前线,以往他人转述的热闹场面就变得真实真切起来。

此时,横跨汉江的构园铁路大桥已经完成桥墩,开始钢构梁安装施工。工人们身系安全绳,吊在空中作业。大桥工地之下的汉江上,穿梭着施工船只,场面热闹又刺激。桥址的上游不远处,开辟了一个临时渡口。因驾船的人是大姨家的亲戚,我也随大人坐着这只渡船,由北向南,由南向北溜达了几个来回,从水上观看架桥的繁忙场景。

大桥两端的隧洞也在同步施工。我们就近频繁去窑庄这边的枣园隧道口去看上工、下工的场面,观看进进出出的出渣翻斗车。筑路者穿着雨衣和高筒靴,肩扛洋铲、洋镐,器宇轩昂,行进铿锵有力,齐声高唱歌曲,让人十分震撼。下工时浑身黑泥,有的只露出两只眼睛,步伐照样有力,像从沙场上凯旋的勇士,威风凛凛,同样让人十分震撼。

出渣车是串成一长溜的窄轨小轨道车,一路摇着响铃,从黑漆漆的隧洞深处钻出,倒完渣石后,又哐哐当当驶向隧洞深处。也不时传出施工塌方的坏消息,让我对这幽深的隧洞产生一些惧怕。这些牺牲的人,大多埋在了窑庄下方偏西的"长沙烈士陵园"。我特意查了一下县志,此处陵园共安埋了四十位筑路烈士,身份绝大多数为铁道兵战士,也有少量由知识青年组成的"学兵连"战士。部队的编号是五八四六部队。县志中的这一类烈士名录,是我在80年代撰写县志人物传时,从县民政局提供的一册襄渝铁路建设烈士名册中照录过来的。这个类型的烈士,分别安葬于旬阳境内的五个烈士陵园,收录在册的有228名。同时,我也查找了襄渝铁路修筑的有关资料,得知构园大桥的施工单位为南京长江大桥第四工程处,这说明,窑庄的这处团部,还驻扎着这个工程处。

我到窑庄大约十天之后,母亲领着两个妹妹,随同赵家山的舅母、老表一行五六人,来到大姨家。为了准备这场接待,大姨特意去队里的钢磨坊,磨了两大扁桶麦面,还不知从哪个途径买来了一些大米。大姨再三说,这次不要急,一定要多住一些日子。并向我们展示了那两大扁桶白面。白米细面当然极有诱惑力,加上汉江两岸热闹的施工场面,我们便安心地住了下来。

此后,原来只有几个小孩子的观光队伍,变成了一支大队伍,加上窑庄的陪同亲戚,有时多至十余人。跟随着大人们,我们又把那热闹的团部营区、惊险的架桥场面、深邃的隧洞口,上上下下又看了若干遍。还从上游的构园渡口坐趸船,去对岸的构园集镇逛了一圈。构园供销社里有大姨家的一位亲戚,出面招呼了我们。

这里的大人小孩,对远道而来的驻军情有独钟。军营中大凡小事都会成为社员们关注议论的话题。消息的来源,一是来自姨父,他好像是大队或生产小队的班子成员,经常与铁道兵打交道,还经常受邀去团部喝那种罕见的西凤酒。一是来自表姐夫,他是一位赤脚医生,整日穿着洁白的大褂,戴着口罩,挎着药箱。他的医务室设在团部不远处的大路旁,与部队医务室有交往,也经常给铁道兵战士看病,当然有不少部队的内幕消息。

有几天,我们"观光"途中发现,一个年轻的军人站在路旁或坎上,目光呆滞看着行人,并且发现他爱朝女人身上盯,觉得很异常。回家向大姨夫一打听,才知道那个当兵的由于失恋,精神出了差错,病得不轻,无法上工,所以整日闲逛。不几日,这个异样的年轻人就不见了,据说由部队送到上级医院去了。

窑庄庄院的正中位置，有一座平房仓库，也充当着队部。铁道兵便在此处开办了夜校，时不时派人给社员授课，教写字，念报纸，教唱歌，我们也混进去旁听了几次。印象最深的是学唱《工农齐武装》这首歌曲，那个解放军教员一句一句教唱，大致用了两个晚上，社员们就会熟练的自己合唱了。此后，在窑庄各处，路上、田里，人们都在哼唱着同一首歌：工农齐武装，卫国保家乡，热血满胸膛，抗日上战场……连我这个外来人也牢牢学会了这首歌，此后便时不时情不自禁哼唱，这一唱，就是几十年。

大致二十天后，时间已到了农历正月底，该看的地方都看了，该拜访的亲戚都走遍了，铁路建设还在红火进行，大姨的两大桶白面也消耗差不多了。

我们依依不舍地告别了热闹无比的窑庄。

再一次去窑庄，已是四十年后的2010年。年迈的大姨去世，我陪母亲去窑庄吊唁送别。大姨安葬于窑庄背后的一处洼地。送葬结束，我在窑庄那个曾经住过一个月的老院子里，见到了已步入老年的表姐，她的身体还算硬朗。大姨原来居住的耳房已经坍塌，整个窑庄老庄院里，似乎只留下表姐一家。

窑庄其他的住户，都搬到山下汉江边去了，那里已经形成了一个新集镇，代替了昔日"团部"的繁华。

追影记

理想自白

我的理想，在生活里已被现实淹没，感觉胜过一切的今天，这个话题似乎显得太土太老。

这个屡次被老师当作命题作文的题目，曾在我作文本上反复出现。起初，为了应付性完成命题作文，我把这类作文的主题一概表述为：我要当一名人民解放军。事实上，这也代表了我当时的真实想法。

作文中，除了表明这个决心之外，还要叙说自己应如何达到这个目标。无非是努力学习，锻炼身体，长大后加入人民解放军这个大学校，为祖国站岗，抵御外敌入侵，保家卫国之类的豪言壮语。当时，这个理想是真实而真诚的，它缘于父亲曾经是一名军人，也从各类宣传中感到军人职业的神圣，戎装的威武，所以心实向往之。

这个理想因错过了几次征兵的机会一直未能实现。第一次机会是高中毕业，因在征兵季之前收到了安康师范学校的录取通知，可以由此一步跳出"农门"而放弃了。第二次机会是在参加工作之后，当时的征兵年龄上限是二十二岁，我参加工作时才十九岁，有几年几次入伍的机会，身边也有在职的年轻人入了伍，心曾动过，但最终没有付诸行动。年龄一过，机会便全没有了。

只是在三十三岁时，我从县上下派到乡镇任党委书记，镇里组织民兵连，我任指导员。镇武装部给我配发了一套正规的作训服，一套军便服。当我身着军装，站在镜子前自赏时，才意识到，这不正是我小时候想为之奋斗的理想吗！

上初二的时候，高考制度已经恢复，年轻人的群体理想已经转向：为实现四个现代化而奋斗。学好知识，为国家建设做贡献成为风潮。记得有一个过渡阶段，由学工学农转为钻研知识的那个阶段，已习惯于散漫的我们一时还转不过弯子，上课漫不经心，成绩好坏都行，只知道玩，不知道学。有一天，五十多岁的王忠心老校长亲自给我们班上课，专讲理想问题。

老校长没有讲大道理，而是从分析学生的学习现状问题入手，讲他对我们的种种担心，对我们的希望。校长的这堂课，对我震动极大，使懵懂中的我受到了重重一击，猛然醒悟，豁然开朗，从此开始有了奋斗人生的紧迫感，决心认真学习，为社会，更为自己。

高中伊始，身处"尖子班"，学习春风得意，最好的成绩考到了全年级第二，可惜好景不长，此后便是节节败退，到毕业时，已退至二十多名。对于上大学心实向往之，但总是没有太大信心。毕业参加高考前，班主任为农村籍的学生将来职业计，劝导农村户口学生一律报考中专，城镇户口学生一律报考大学。可气的是，这一年中专、大学考试用的是同一套试题。因户籍身份的差别，考得再好，也只能上中专。上大学的理想就此落空。直至90年代初期，我才通过参加成人高考，脱产在省城上了两年省委党校大专班，算是勉强了却了这一心愿。

从高中始，我爱上了作文，梦想将来成为一个作家。我试写过小说、相声、剧本，那个写满"作品"的本子，曾被恶作剧的同学在教室抛扔传看。为了显示自己的"写作实力"，我曾经在一次语文考试中，超指标一连写了两篇作文交卷。高中毕业升学考试结束，一次与同学在旬河边上散步畅谈将来如何如何时，我有点狂妄地说：我最好这次考不上，那样我就可以回乡体验生活，成为一个作家。

在填报中专志愿时，我又想起小学时节的那个"军人"的理想，就把第一志愿填为与军人相近的公安学校，接下来的志愿依次为卫生学校、气象学

追 影 记

校、商业学校，最后以师范学校作为保底。不承想，那个年代中专的录取权限在地区和县一级，首先要保证本地学校得到优质生源。那一年的录取，据说只要见到志愿栏内有安康师范学校的志愿，不管志愿顺序，一律先行录取。这样，我想干公安工作的愿望也随之掐断。以全县前十的考试成绩，意外接到了师范的录取通知，大哭一场，但也无济于事，只好服从认命了。

上师范时，我尽力发挥作文特长，所谓的小说、诗歌、散文写了三大本，篇篇都有语文老师的溢美评语，同学也竞相传看。我也是学校广播室的供稿员，时不时写一些热情四溢的广播稿件。即将毕业，在我上交的最后一篇作文的末尾，语文老师特意给我写了一大段勉励的话，大意是希望我走文学之路，为文学事业做贡献。并说这个地区尚没有知名的作家，希望寄托于我等等。几十年来，我时时为这段话所激励，也常常为辜负了老师的期望而愧疚。可惜的是，我的这几本早期"作品"，在1990年的一次搬家中丢失了，实在让人心疼。

也正是因为学生时代的这个作文特长，我在毕业分配时受到老师的推荐，转到了行政单位工作。

参加工作后，我没有放弃作家的梦想。处于纷繁复杂的人际关系中，一段时间，似乎难以适应，更写不出任何东西，连简单的公文都缺乏兴趣，感到吃力。此时只觉得知识和生活好像趋于归零，距离"作家"越来越远。迷茫一阵子后，还是不甘心，就报考了中国逻辑与语言大学的函授班学习，自学大部头的中国文学史，文学史的读书笔记就有三四本子。但仍没有什么写作上的感觉和冲动，作家梦渐渐淡去。

上帝给你关上了一道门，又开启了一扇窗。有一段时间，我感觉自己的确不太适应做行政工作，就打算转行去当一名语文教师。说干就干，从书店购来全套的高中初中语文教材，开始阅读，可惜常常因为其他事务静不下心，坚持了不长时间，只好作罢。其实，当时若要实现这一愿望，最佳的途径是离职脱产去师范院校进修，由于缺乏恒心，也没走出这一步。

理想很丰满，现实很骨感。从此，我便彻底放弃了诸多的"理想"，顺其自然吧！

读　　书

在我的人生理念里，读书是一辈子的事。这里单说幼年读书的一些片段。

书到用时方恨少。而那个年月是书到读时方恨少。缺书、无书可读是那个年代面临的首要问题。课本中的内容少得可怜，因突出政治，课文内容类似于今天的标语口号，只有识字和宣传功能，带不来更多的知识。偶尔也能看到过期的报纸，充斥的都是批判文章之类。处于穷乡僻壤的我们，缺乏课外阅读书籍是一大难题。

书从何来？

借。同学中若有谁从家里拿来了小人书（连环画，俗称花儿书），便会想方设法、信誓旦旦借来。借到手中，快速翻看，如约归还，生怕造成失信印象，别人再有花儿书，就不好再借了。但也有不慎失信失误的时候。初一时，一位同学从家里拿来一本繁体竖排，纸薄如翼、纸色发黄的古本《三国演义》，我说尽好话借来阅读，不承想下课在操场边阅读时，被一高年级同学抢夺，奋力护书中，书被从中间撕裂，这一下把我吓坏了，书被撕破怎么还人？当时急得我坐在教室外的台阶上放声大哭，引起同学围观。邻居牛娃以为我被别的同学欺负了，过来拍我的肩膀，说不要怕，有我给你帮忙。这一场大哭，最后博得了书主人的同情，他收回了书，没有让我赔偿，但我因此而内疚了许久。从此以后，但凡借别人的书，我都护爱有加，生怕损坏弄脏。有

追 影 记

一年，生产队搬来一户城里下放居民，其家有一个男孩子与我年龄相仿，带来一些花儿书，我与他拉上了关系，从他那里借了不少书。我还与他约定，彼此的书向对方开放，互通有无。其实，我俩的花儿书加起来也就二三十本。

买。这种来源的书只有区区几本，因为根本无钱可买。若想得到日思夜想的书，就得自己想办法。唯一的渠道是自己背柴到县城去出售换钱。有一次，我进城在新华书店看上了一本《红色娘子军》连环画，因为没钱只好干看了几眼，回家后久久不能释怀。于是就拿起柴刀，去自留杋里砍了两根桦栎树，由于树太小，两根加起来才四五十斤。扛树回家，请父亲帮忙锯成二尺多长的短棒，再用斧子劈成两瓣，成为"大柴"。为了能尽快出售，就用蒸红苕的底锅水浇于"大柴"的新劈断面上，劈面就立刻变成了黄色，好像已经晾干的样子，这样就可以以假乱真拿去当作干柴出售了。我将这些"大柴"码成一个长方体形状，外面用葛条捆扎，再用葛条系留两个背篓襻。经过这一番整理包装，这件"货物"就可以置于脊背，像背背篓一样背着行进了。这一次下来，卖了七角钱，用二角或是三角钱买了那本心仪的小人书，还剩下几角钱。记得当时在后城卖了柴，同行的大人临时变卦不让买书了，领着我从河街下到套河边，要过渡回家，我坚决不干，坐在地上不走，大人心软下来，于是转身上街，这本书便到了手。

拿。这是"顺手"的文雅说辞，类似于孔乙己的观念。一度，所就读的小学购了一些图书，大部分是比小人书开本大一点的彩色连环画，类似于今天的儿童读物。这种书才是花儿书的正宗，色彩鲜艳，让人爱不释手。这批图书并不多，只有几十本，散放在老师办公室的抽屉里，若要借阅，需要向老师口头申请，也不履行借阅手续。一段时间，我担任学习委员，每天收齐作业，下课后送到老师办公室。有此便利，便神不知鬼不觉地"顺走"了五六本。隔上一段时间，还要拿回去"串换"一下，几次轮换，把所有的书都看完了。到最后，手中的存量图书不足十本。不久，这几本图书被来我家走亲戚的表哥看上了，他说借回去看看，看完一次归还。结果连书的影子都没见到。

我读的第一本小说是从老师那里借来的《高玉宝》，当时正上三年级。从书到手，眼睛就几乎不离此书，放学后边走边读。走到离家不远的偏坡梁，就索性离群，坐在路边的大石头上，一口气读完才回家吃饭。初中时，同班一位来自城镇的吉姓同学，拿了一套两卷本的《西游记》，让人眼红，反复哀求，他答应星期天借给我读，但必须在周日晚上还给他，字数多，时间紧。为了赶进度，我就放弃了周日回家，忍饥挨饿，在阁楼宿舍里，躺在麦草堆里，整整看了一天一夜，直看得天昏地暗，眼冒金星，在规定的时间一举读完。取经路上的魔法怪力，咫尺千里，变幻莫测，人间天上，让我惊奇不已。那种阅读，虽然很累，但犹如一场敞怀大饮，十分痛快。

穷尽办法，拼命攒书，到头来也只有区区的二十多本，且都是花儿书。我把这些书装在一个像抽屉模样的小箱子里，并编上了序号，藏在楼上，时不时搬下楼检视一番。这箱书在我考上中专后，被弟妹们翻出，或出借，或遗失，或撕烂，不出几年，就一本也没有了。

从高中始，我开始去书店零星买书。由于没有购书经验和见识，饥不择食，任性乱买，比如课本知识还没学好，竟然胡乱买了《高等数学》《电力工程》之类，根本看不懂，用不上，白白浪费了本来少得可怜的零用钱，后悔不迭。有此教训，此后购书就变得"理性"多了。其中保存下来的有两本。一本是《中国散文选》，有一千多页，反反复复阅读了许多年，把书读得没了"前心后背"，前后缺了几十页，不得不另装一个封面。还有一本是《天安门诗抄》，1976年"四五"运动纪念周恩来总理的广场诗选集，情感充沛，激情激越，读了又读，还用复写纸把其中的插画影印出来，直读得此书也没了"前心后背"，也另装了一个封面。

幼时见到最深奥的书，是赵三娃的"学术"书。赵三娃一家举家从城里迁来，在颜坡东院租屋定居下来。他刚刚初中毕业，父亲是医生，仍在城里上班，三娃与母亲、弟弟一道响应号召搬到乡下，成为农民。三娃属于知识青年，经常书不离手，十分健谈，谈的都是高深莫测的话题，队里的人往往不懂，难免说一些风凉话。三娃也不在意，照样高谈阔论，只可惜听众太少，引不起大的共鸣。三娃拿到地头的书，我翻看了几回，有评论孔子的，有评论《红楼梦》的，我似懂非懂，只觉得很高深。后来才明白三娃的这些书，涉及儒学和红学。可惜三娃因家庭成分高没有被推荐上大学，不然他很有可能成为一名学者。

此间读到最感温情的书，是黑蛋儿从家里带到学校、他爷爷民国时候使用过的国文课本。话语通俗，以传统道德规范和生活常识为主要内容，并有画风可爱的插图，着实让人喜爱和羡慕。相比之下，我们手中呆板的课本简直不成样子。

最神秘的书也来自黑蛋儿的爷爷。黑蛋儿爷爷与我们同门同宗，比我高两辈。他是一位漆匠，会绘画，专做棺材、家具上土漆、绘图案的活，同时也会算命。那一年，父亲请他给祖母的棺材"漆料"，他随身带来一本算命的手抄书，有字有图。父亲顺便请求黑蛋儿爷爷，让他给我传授一门"算命"技艺。于是，爷爷就拿出这本书，讲解比画，教我学会了其中的一技——乌鸦当头叫吉凶推算。掌握此技之后，有一段时间，我竟着迷于此，经常自测或者给他人掐算预测，果然屡试不爽，颇为神奇。当时，我把书中的内容抄了下来，并画了示意图，以便牢记。后来，自然界的乌鸦越来越少，我这门来自奇书的技艺就很少派上用场了。

读到部头最大的书是二十四册之多的连环画《岳飞传》。它的主人是家住申家坪的一位同学。这部"巨著"应为民国或 20 世纪 50 年代出品。该同学每一次只带两册来校，待同学们轮流传看完毕，才接续带来下一个两册。如果态度诚恳，关系友好，他还可以破例借给你一两天，允许带花儿书回家"过夜"，这可是莫大的恩惠了。二十多册书，在同学间传看了好长时间，才告"收官"，一时传为全校的一件盛事。

追 影 记

这里的"影",指的是电影。

翻山越岭,不管远近,跟随着电影放映队的足迹,一路追下去,这是六七十年代许多小孩子的共同经历。对外界世界的向往,对文化知识和精神生活的渴求,对革命故事中英雄的崇拜,都可以在追影中得以体现。那种执着,不管不顾,与今天年轻人的疯狂追星,各色人等锲而不舍追剧,无本质上的区别。只是,如今的追太容易太容易,那时的追太不易太不易。区别还在于,容易得到的过一段时间就忘了,太不易得到的会珍视记忆一辈子。

我的"追影",首先是追电影放映技术的神奇。银幕、放映机、发电机、汽油桶、铁盒胶片、电线,这是电影放映的几大设备。这些设备都没有什么神奇可言,观察了几次就大致明白了各自的用途。最难懂的是胶片,在电影放映员因断片扔掉几截,被我拾起琢磨几次后,也大体明白是怎么回事。只是那时还没有学习物理,无法从光学原理上去理解。百思不得其解的是,电影的声音是从哪里来的,自以为是在放映时,由某一个特设广播电台用电波放出来的,放映员用收音机之类的机器接收,才与放映的影像同步结合呈现出来。这个问题一直困扰我许多年,上初中时才明白声影是同步存于胶片的。

对电影放映技术的追捧和着迷,还体现在无数次、不停地在本子上画电影放映的场景。这种画实际上是简笔画。先画两根竖杆,中间挂一面银幕;

追影记

再画一个桌子，桌子上放置一台有两个圆圈形胶片轮子的放映机，放映机前画两道光线，呈三角形放射出去直抵银幕，银幕上画几个人影。从放映机处，引出一条弯弯曲曲的"电线"，电线扯出老远，与发电机相连。之所以电线要画出老远，是因为放映电影的现实中，发电机的噪声太大，放的近了会听到"突突突"的噪声。这些电影放映的场景，真让我着迷，百画不厌。

两个电影放映员中，有一位名叫"刘殿明"，大家都唤他为"油电门"，一个与放映电影有关的谐音。一听说"油电门"来啦，大家就会奔走相告，高兴得不得了。慢慢地，这个"油电门"在我们心目中竟与电影等同起来。多少年后，我在县城行走，一眼认出他时，"油电门"已没了过去的风采，电影公司濒临倒闭，"油电门"们集体下岗了。

生产大队之内的短途追影不必细说，那不过是这面坡追到那面坡，山上追到山下，直到把一部电影的故事情节了然于心，台词对话背得滚瓜烂熟。几个玩伴凑在一起，分配一下角色，就可以一字不差，一句不错，有模有样，把整部剧"演"下来，尤其是《沙家浜》《红灯记》等样板戏之类电影。

长途的追影，记忆最深的有两次。

听说双河沟垴要放映一部战斗故事片，放映点在中院，离我就读的初中学校有二十里路。下午一放学，我与邻居也是同学的牛娃一道，从学校所在的龙头出发，沿三涧河而行，在关帝庙处拐进了双河，沿沟底的小路向上游走，天黑前到达放映电影的中院。当晚放映的是反映抗美援朝志愿军雷达连战斗故事的电影，雷达连连长的名字叫雷波，影片中那个快速旋转的探空雷达让人印象深刻。电影放映结束，已是深夜，就转身回家。回家的路与来路不同道，要沿山腰而行，过几道山梁，若干条沟，路多处于密林之中。我们没带手电，也没备火把，只好摸黑而行，又累又饿又怕，为了壮胆，我和牛娃只有不停地大声说话，遇到树丛中有响动，就吓得头发倒竖，毛骨悚然，一路连惊带吓，吃尽了苦头。直到后半夜，两人才摸索回到了家，把两家大人吓得不轻。多年之后，我和牛娃还津津乐道这场惊险刺激的"夜奔"。

黑夜走单骑，特立独行，吓个半死的那次追影，至今仍心有余悸。

那天，听说龙头那个地方晚上放映电影，就心痒得慌，想要前去观看。

但一连约了几个玩伴，他们都嫌路远，不想去看。我只好只身一人前往。看完两部电影，已到半夜，就返身往家里走。开始还有顺道的几个人，到了老公社的何家院子之后，路上只剩下我一个人了。有些害怕，还得斗胆前进。独行路上，惊悸不断：路旁的一个大石头，会依稀看走眼，当成一头野兽；一棵小树，会当成一个人的黑影；道旁草丛中小动物呲呲作响，会让你一惊一乍，时刻处于紧张之中，尤其是路过一处坟地，突然从中传出一声响动，顿时头发竖起，头皮发麻，心跳急促。猛然间，想起老人们讲的：遇到坟地，自己要有"煞气"，才能镇住。于是如老人们所教，连忙用手把竖起的头发向后连捋几下，据说这样可以产生火星，阻吓住阴魂野鬼。恐慌中一阵疾行，终于走出了这块坟地，周身冰凉之后，又冒出一身大汗。之后，又经过了几处坟地，所好这些多为孤坟野鬼。就这样一路数惊，回到家里，大人惊叫：这娃胆子太大！

　　追影中，也有空欢喜。一位同学走过来，很神秘地说：今天晚上有电影。连忙问放的啥，他卖了一会儿关子，说：放的是白跑小英雄。才知是恶作剧。一群学生正在聊天，圈外的一位大声叫道：惊险反特故事片。一下把人都吸引了过去。追问之下，那个同学坏笑道：我刚才没有说啥啊！原来他是在吊胃口，求关注。

追 影 记

广　　播

　　少时,广播于我关系极大,严格讲是听着广播长大的。

　　开初,并没有现代意义的广播。生产队设有一个广播员,配备了一个红色的铁皮喇叭筒,宣传时嘴套在喇叭口上,大声吼叫,声音便可以扩出去传得老远。

　　生产大队的广播员由赤脚医生昌明兼任,他政治表现积极,声音洪亮,除念语录、报纸外,还要代表生产大队干部安排工作。昌明广播时最爱说"粗枝大叶,往往搞错"这句话,不知是从哪里听到或是自己想出来的,几乎每次广播时都要讲这句话。故而,只要听到他的广播声在对面坡上一响,我们这帮小孩子就会大声齐喊:粗枝大叶,往往搞错!其实,这句被广播员重复强调的话,对我长大成人后的做事是有很大影响的,已烂记于心的"警句"时刻提醒我:做事要认真仔细,不可粗枝大叶。

　　过了一段时间,突然开始架设有线广播了。架设施工的速度惊人,只几天工夫,广播线就通到了每家每户。电杆是就地取材,用的是木杆,广播线用的是铁丝。听说要通广播,大家都很兴奋,队里的劳力齐上,施工出奇地快。架线的同时,给每家安装了一个带有磁铁的舌簧喇叭。不太讲究地把喇叭往堂屋墙上一挂,讲究地请木匠做一个小木箱,把喇叭放在里面,既美观,声音也大也好听。我家的这个广播比较讲究,请我们叫大爹的木匠做了一个

广播

盒子，前面开了一个"日"字形状的放音口，周边彩绘成向日葵图案，鲜艳大气。

过了几天，队里通知说，今天广播正式开通，时间是在晚上，要求各家到时注意收听。天刚黑，喇叭响起，先是有人喂喂喂反复试了一会儿，接着就是开通仪式。公社的党委书记、革委会主任都发表了讲话，还放了音乐，声音又洪亮又清楚。领导们讲得兴奋，广播下的我们也兴奋异常，一直听到宣布结束，还意犹未尽，不想睡觉。

广播这个东西，怎么从长长的铁线传来，又怎么变成声音，让人不解，也没有人讲得清楚。于是，我便自己琢磨。先去摸室外的电线铁丝，嗡嗡作响，振动得手麻。接着就琢磨这个神秘的广播匣子。把喇叭从木箱中取出，下掉连接线，卸掉喇叭后面的壳子，才发现里面有一块黑色磁铁和一个黄铜线圈，喇叭的端口是纸做的，从后面这磁铁线圈疙瘩里引出了两条线，焊在喇叭纸的背面。用手指轻轻抚一下喇叭纸，可闻金属般的声响，喇叭的发声原理初步弄清了。由于当时只是上小学，并未接触电磁学、声学原理之类知识，对这只喇叭的发声原理只是朦胧的认识，并未完全搞清楚，因而这个喇叭在我心目中仍感"神秘"。此后，这只不幸的喇叭就被频繁拆了装，装了拆，不停地折腾。广播的开通，让我"听"到了、见识到了外面的世界。

这广播除了有开展宣传、传达政策、安排工作功能外，还兼有通知的功能。只是这种通知，属于广而告之的方式，往往是谁家的一个私事，结果瞬间全公社的人都知晓了。同时，这广播还兼有电话的功能。正规的电话只有一部，安装在生产小队队长家里，若要打电话，就要专程去队长家里去打。广播通了之后，这电话与广播共用一条线路，就容易串线了。要么是一打电话，所有的喇叭都成了"监听器"，双方通话内容一清二楚；要么是这种舌簧喇叭自身就演变成了电话，户与户之间可以对讲。有时，这边无意在喇叭下坐着咳嗽了一声，另一方就搭话了，真是既方便，又混乱。打电话变得如此简单和容易，是人们万万没想到的。由此，广播与电话便彼此混淆起来。

因为广播和电话声从长长的电话线传来，这里的人就把听电话叫"听电"。生产队长的弟弟有点"本分"，一日，队长不在家，弟弟听到家里电话

追 影 记

铃响，就拿起听筒来接。对方问：谁？队长弟弟心想肯定是找哥哥的，就答：我是我哥。对方奇怪，又连问了几遍，这个老实弟弟仍然回答：我是我哥。对方认为是在耍弄人，就开口骂道：藏尿呢藏！队长弟弟耳朵有点背，以为对方在问"你在干啥？"，就答曰：我在"轻贱"（听电）。对方气极，挂了电话。这一带，有些人把"天地钉钉铁"读着"千际晶晶切"，"听电"依这种口音听起来便成了"轻贱"。这个有关广播和电话的笑话，一直被传笑了好多年。

这种广播还有一大功能，就是推广普通话。开始，人们对广播中的话听得不太懂，如把天气预报中的"白天又是多云"听成了"白天有十朵云"，"林彪效法孔老二"听成了"林彪笑话孔老二"。听得时间长了，大家对普通话就慢慢熟悉了，当外面来人讲普通话时，再也不会称其为"说蛮蛮话"了，而是稍有机会外出，也会撇上几句"醋熘普通话"。后来打工潮起，人们纷纷奔赴外地，从广播中受到的普通话启蒙便派上了用场。

一度批斗会也搬上了有线广播。公社有一个文书专擅于此。他把各类坏人坏事编成了打油诗、顺口溜，在广播里有滋有味地念，听众们也听得过瘾。记性好的，可以大段大段背下来，到处传诵。有一位年龄不算大的单身老头，爱调戏弟媳，发生争持，被揭发出来。这个文书前去采访，写了长篇批判诗，在公社广播节目中播出，一时传诵如云。那个批判诗开头几句朗朗上口：一个老汉五十一，半夜起来上楼梯，砍断床栏子，绊倒酒坛子……

这种家喻户晓的广播一直用了好多年。

1982年夏季的一天晚上，中专毕业在家等待分配的我，听到广播在叫我的名字：富坪二队的某某某，明天一早到县政府办公室报到！一连喊了好几遍。

全公社人都知道了这个叫某某某的年轻人，要去县政府工作了！

我去上学

我的小学是在离家不远的河下学校上的。

从处于半山腰的家里,出门下坡,走到三涧河边,涉水过河,朝对面坡上爬一小段,便到了这所小学。

学校位于一个山包的下面,是从陡坡中开出的一块长形平地,外面砌了一道高坎,作为挡护。高坎的下面不远处,有一棵大皂角树,树的两旁各住有两户临河人家,一家姓吕,一家姓陈。我们上学,须从河下经一个长台阶,行至吕家门前,绕过吕家房头,沿一条斜斜的小路,才能上到学校。

学校的近旁,有一条沟,叫柴沟,流出不远就汇入了三涧河,所以这所小学严格讲处于两水交汇处,风水应是不错。

学校靠山包一边,建有两间教室和两小间教师用房。两间教师用房,外间作厨房,里间作宿舍。两名教师,只能容一人住宿,另一人便像我们一样,每天走读。靠三涧河的一边是操场,啥设施都没有,只能供学生"跑操"和课间玩耍。

后来学生增加,在操场靠柴沟的一侧,新建了两间教室,木架石墙瓦屋顶,因质量太差,用了几年就垮了。

学校最多只配备两位老师,一二三年级一组,四五年级一组,复试上课,一堂课同一老师分段授课,这个年级上课,另一年级学生就做作业。这种教学环境应适宜"跳级",可惜没有谁走这个"捷径"。

我所经历的第一位老师,是我们本家姑姑,我们都叫她"桂姑",与现今显赫的"硅谷"同音。桂姑与我们同住一个生产队,初中毕业后,暂来这个学校代课,过了两年,她就被推荐上了县中。她是一位积极分子,十六岁就入了党。高中毕业,因表现突出,留校做共青团工作,后来改行从政,当过公社党委书记,县妇联主席、工会主席,是全县响当当的女干部。

接替桂姑来任教的,也是一位女教师,是我的本家嫂子,我们叫她"群姐"。群姐初中毕业后,在县里上了一年"简师班",回到村里当民办教师。此后,她一直没有离开过这个学校,熬到了"转正",成为正式教师,直至退休。在这一带,群姐真称得上桃李满天下。

后来,学校调来一位姓何的男老师,是我们的邻村人,原在三涧河的前河教书,因年龄渐老,就来到距家不远的这所小学。同时也带来了他的三四个孩子,随他陪读陪教。何老师是个近视眼,可能是经常熬夜的缘故,他的眼眶始终是红的,看东西要拉近才能看得清楚。他性情温和,上体育课时经常教我们做游戏,唱儿歌。至今不忘的《今天是儿童节》《丢手绢》等歌曲就是他教的。何老师退休后,一度住在县城的女儿家,80年代初我参加工作后,他还常常到我的住处走动。

我经历的第一位"科班"老师是赵老师。赵老师家在我们邻村,属于城里下放居民户。从安康师范学校毕业后,就分配到了这所小学任教。他给我们上课时,我正在上四年级。赵老师会自制教具,讲课有章法、有条理,学生易学易懂,他用自制的教具讲解数学运算,让人耳目一新。只可惜赵老师只在这个学校待了一年,就被调到区文教组当数学教研员去了。

还有两位短期临时代课老师。

一位是邻村的一位下乡知青李老师,他给我们教语文课。代课时间很短,但给我留下的印象十分深刻,因为他与我这个调皮学生之间发生了一件不愉快的事。

有一天上语文课,我不专心听讲,把语文书卷成筒状,放在桌子上像擀面一样揉滚。李老师见状,就上前把书没收了,罚我站立,批评了一顿,下课后将书还给了我。我心里不服，就耍起了小心眼。放学路上，我把这本书塞进了路旁的一个苞谷秆笼中。第二天早上，我对大人说不去上学了，大人问为什么，我说老师把书收了。大人一听此话，就很生气，便找到住在我家隔壁的大队干部吕家表叔告状。吕家表叔一听，说这还了得，就去学校找李老师质问。李老师一脸委屈，讲了我"违纪"经过，并说下课时把书发还给了我。吕家表叔返回来又问我，又与大人一道检查我的书包，又在家里到处找了一阵，自然是找不到那个课本。无头案似的僵持了几天，最后我从苞谷秆笼中取回了课本，并声称自己找到啦，才结束了与老师的这场"斗智斗勇"。此后，李老师便对我"敬而远之"了。现在想来，当时的我真是年幼无知，不知好歹啊。

还有一位短期代课的女老师，姓罗，也是一位从城里全家下放定居的知青，住在学校背后的高山上，代课的时间不长，就招工走了。这位女老师会缝纫，在学校下边的陈家屋子里开有缝纫店。

1970年正月十五过后的一天，六岁的我要上学了。记得这天一早，我身上穿着一件"褡褡子"，一个类似于半截围裙的罩衣，挎着一个布袋子书包，与邻近的一群小孩，沿山路而下，向河下的学校跑去。这个上学路上的装束和场景，至今不忘。从这天起，我的求学生活开始了。

我上小学阶段，还处于"文革"后期，虽然没有赶上停课闹革命的大潮，但所接受的教育和知识实在有些浅薄。教材编得过于简单、简化，一堂课的授课内容往往只是一句政治语录或政治口号，从来没有教过汉语拼音知识。我掌握汉语拼音，还是后来上师范学校的时候。有一次，新课文中遇到"受二茬罪"的"茬"字，难坏了两位老师，到处问都说不认识，过了不久，在位于龙头的初中请教初中老师，才把这个字搞清。

语文课本中有一篇课文叫《宁学金舍身救火车》，课文的开篇第一句是：呜——呜——，一列火车开过来了……这个"呜"字被误读为"鸣"字，便成了"鸣——鸣——，一列火车开过来了"，后来不知是谁指出了这个错误，才纠正过来。

追影记

也有作文课和作文作业,但绝大多数学生不会写,就胡乱应付。有一次,老师布置了一篇"批林批孔"的作文,难坏了我们,无从下手,我就找了一份《安康日报》,从上面的批判文章中抄了一段,在小作文本上不及一页,一百多个字,老师阅后,当然给了一个大大的叉。还有一个同学,连抄都不会,乱写一气,老师当堂展示,大声念写的评语:这篇文章真糟糕,东拉葫芦西扯瓢,应付差事胡潦草,老师没法阅你的稿!引起一阵哄笑,作文本被我们传看嬉笑了好久。

有一段时间,学习用纸奇缺。开始,在供销社还能买到有光白纸,拿回家自己裁剪,用针线钉成本子。到后来,白纸断货,取而代之的是绿颜色的再生纸,又薄又脆,有点像今天的卫生纸,吸水性强,笔头一搭上就"印",写出的字字迹很粗,净是黑点,一张纸写不了几行字。用这种纸做作业,简直是在受罪。后来有人说,这是马粪纸。用这种纸的年份,也是饥荒之年。后来看关于这段历史的书,才知道这就是所谓"国民经济已到了濒临崩溃的边缘"。

学校的下边是三涧河,旁边是柴沟,到处都是"乌潭",是游泳、洗澡的好去处,是学生最喜爱的玩场。每逢夏季,防备学生下河洗澡成了老师最头痛的事。除了每日警告劝导之外,老师采取的最有效的办法是"抱衣服",一旦发现学生在"乌潭"洗澡,老师就飞快而至,把学生脱在潭边的衣服一撸而去,学生见状,只好精着身子,跟着老师返回学校,挨上一顿批后,领回衣服。因而,每当大伙在水里嬉戏正欢,不知谁大喊一声:抱衣服了!一群光屁股便瞬间从潭中飞跃而起,抱起各自的衣裳,如鸟兽散,落荒而逃。

学校也是打架的练场。小孩子不懂事,爱冲动,一言不合便拢身大打出手,没过几天又和好如初,这是孩童时期力气和人际交往的"训练场"。印象最深的是两场"架"。一场是与王家岭胖乎乎的平儿的打架。在放学路上,不知为何俩人就拢身打了起来,周围同学都看着热闹,并不伸手拉架。我们俩人互相揪着对方的双耳,僵持不下,都不好意思先放手。这时最盼望的是有人出手劝架,以便尽快收场。情急之下,我用尽力气,把平儿逼到路边的一堵墙上,把他的脑袋往墙上碰,平儿顿时受不了,便松了手,这才结束了这场扯耳战。这场打架告诫我，轻易不要与人对抗，动手容易收手难。

另一场架是与我的一个表兄打的。在放学路上，我们互相开玩笑，结果恼了，动起手来，因他大我几岁，气力大，整了两下我就显得不支，他也就停了手。估计他是顾忌以大欺小，怕从我家门前路过时父母找他算账。但我明显吃了亏，心里还是不服。第二天到学校后，我与邻居牛娃商量说，要找茬子整他一下。不料，这位表兄到校后，从书包里掏出了一把"手枪"，让我吃了一惊。其实这是一把木头削成的玩具，我把它当成了真枪。我只好悻悻地说：这个家伙竟然有枪，也就作罢。又一日，还是不甘心，想去老师那里"告状"，谁料那天一早，那位表兄从家里给老师提了一"抓"柿子，这种已经成熟的柿子在室内吊一段时间后，就会成为香甜可口的软柿子。"告状"的门也给堵住了，彻底作罢。

上小学的几年，每天家里、学校往返两个来回。几年历练下来，上山一阵冲，下山一阵风，上山下山如履平地，特别是下山去学校的这趟路，一路跨石跳坎，疾行如飞，轻巧如鹿，速度惊人，两里路十分钟即可到达。从而练就了山道风行、铁脚铁腿的本领，这种技能已内化为我身体的一种本能，时至今日仍未丢弃。

上完小学五年级，面临升初中。这初中设在距我家十里外的一个叫龙头的地方，每天需要往返走读。临近毕业放假，老师特意来到我家，同时也有几个村干部在场，他们坐在堂屋里商议：这个娃子太小，跑不动这么远的路，蹲一级，等明年长大点再上初中。于是，我重复上了一个五年级，到第二年才升入初中。

我就读的这所小学，后来破损得不成样子，操场坎子也发生倾斜，于是就放弃不用，三年级以上的学生转到龙头小学就读，仅有的一至三年级十几名学生移至老学校对面的一户民房上课。2005年，我见此状，与分管教育的鲁副县长商议，在老学校的下侧，柴沟口的一处秧田上面，建起新校舍，又在三涧河上建起了一座人行桥，这所学校才步入正轨。

可惜的是，这所学校因学生太少不出几年就被撤掉了，学校小楼摇身一变成了村上的办公楼。

追影记

龙头记事

  1976年春节过后,是当时学制新学年的开学季,我开始步入初中。初中共上了两年半时间。到了临毕业的1978年下半年,国家改革学制,由春季开学改为秋季开学,于是就延长一个学期毕业。从这一年的秋季始,全国实行新学制,一直沿用至今。

  初中设在三涧河畔的"龙头",距我家下游约十里。此地因学校旁边有一条伸向河边的龙头状山脊而得名。此地河道宽敞,一河两岸各有一大块平地,是三涧河内少有的宽谷地带。

  这所学校是小学、初中一体化的七年制学校,有一个三进的老院子,应是过去大地主的房子。老院子依山就势,前院有上下两层两进,后院院门为一圆门,有点像大户人家的后庭。前院设教室,后院为教师宿办。在老院子的外边,另有与上院平行的一座瓦房。瓦房的坎下,是后来新建的一栋二层教学楼,以及一个不大的操场。这所学校的整体布局是一座老院子,外加一平房一座楼一操场。操场外边缘有一宽石台阶,直通三涧河河滩,这是学校的大门。这所学校的初中部后来撤至县城对面的南关庙,小学继续原地保留,现为城关镇龙头小学。前几年,借助联系城关镇工作的便利,协调教育部门安排项目,对这所小学进行了升级改造。接着,又把小学附近、已废弃不用的原金洞乡政府改造成一所幼儿园。此前,还协调交通部门在学校附近新建了一座水泥桥。困扰这所学校的校舍和学生过河问题得以彻底解决。

初中第一年，还没有完全走出"文革"的影响，学校管得较松，学生也不知怎么学，更没有什么紧迫感。听说将来升高中主要看政治表现，由队里和公社推荐，于是就很卖力地挤时间参加生产队的集体劳动。早晨天不亮就起床，背着书包，先去生产队的修地工地干上"一火烟"，再朝学校走。下午放学，也是先到工地，干到天黑才回家。学校也经常组织学生到附近的生产队劳动。记得有一次全校师生几百人，一拥而上，去学校背后的东庄割麦，半天时间就割了半面山，劳动结束，安排学生十来人一组，去农户家吃派饭。这派饭是清一色的白面馒头，在当时十分难得，平时饿惯了的我竟不顾体面，一口气吃了四个大馒头，肚子胀得走不成路。学校也有校地，由各班轮流耕种、锄草。这个学年里，我们把劳动看得很重，学习便自然放到一边去了。

频繁参加劳动之外，当时的上级还有新招，来落实教学与劳动相结合。选派老师去生产队脱产"当社员"，就是其中的一个新招。那一年，学校派全身上下都黑，左看右看都像农民的鲁老师去"当社员"。全校师生集合在操场上开欢送大会，会场挂着大幅会标：热烈欢送鲁老师下乡当社员。鲁老师上前表态发言，接着学生代表发言，校长讲话。在学生的欢呼声中，鲁老师肩扛一把扇锄，频频向我们回望招手，朝山上走去。这个场景印象太深，多少年后，我在县城河堤见到已经退休的鲁老师，一眼就能认出他，耳畔还在回响当年那个学生代表清脆的童声：热烈欢送鲁老师下乡当社员！

时间交到了初二学年的1977年初，学风渐变，老师学生都有了紧迫感，学习慢慢抓得紧了。学生也慢慢知道不实行推荐升学了，要靠实打实的分数了。我在《理想自白》中提到的老校长"励志"一堂课，醍醐灌顶，让我猛醒，方才知道了学习的至关重要。于是就随着变好的学风，一阵猛学，学习成绩渐渐靠前，在班级和学校已小有名气，经常受到老师表扬。但也有失误的时候，有一次期中考试，我各科的成绩都在前面，但化学考试出现失误，出人意料只得了四十多分。教化学的廖老师见状，就帮我分析原因，并在课堂上当众安慰鼓励。这次失利，让我明白了自己的知识基础还是不牢，靠的是死记硬背，一遇到题型变化，就不能应付，还是要扎扎实实学。

我的化学课的学习一直有缺陷，并在初中升高中的考试中充分体现出来。初升高化学试题中有一道常识性的题，要求回答保温瓶能否保冷。我的答案是不能保冷，并胡乱循环"论证"了几句。之所以连这样简单的问题都答错，是化学基本知识掌握不全，另一原因是我见过热水瓶，但没使用过，家里也没有这个东西，故没有感性认识，更不知道"电壶"装冰棍不化这种事。

到了最后一个学期，即"加时"延长的这个半年，围绕冲刺高中升学考试，辅导、强化训练、猜题，也有类似于现在的模拟考试，还有不时从外校传来的学生如何用功，如何备考的种种消息，形势真是一日紧似一日。在这种情况下，就有了一些自认为聪明的取巧做法。

作文是得分、丢分的关键点，于是老师就从学生作文中挑出几篇"范文"，进行修改加工，然后让全班学生一字不落背下来。其中有郭姓同学写的"一件小事教育了我"这篇作文，被老师重点推荐。这篇作文写的是：这位同学假期参加生产队集体锄草劳动，不小心锄头碰伤了一株玉米苗，正当他准备弃之不管时，一位老农走上前来，扶正禾苗，使同学深受教育云云。于是，我们全班几十个人，用了几天时间，反复记诵，都熟练地把这篇作文背了下来，还不时复习。甚至直到参加高中升学考试语文科开考前，我还在痴情地记背着这篇预测中标的"范文"。开考才知道，作文的考题与这个范文根本不搭连，白白浪费了精力和时间。

进入初中第二年，学习渐趋紧张，距学校路程远的同学就开始住校，由过去的每天往返，变为一周回一次家。在学校吃饭，一半靠干粮，一半靠上伙。"上伙"是单一的苞谷糊粥，从家里带粮和柴，交于伙房统一加工，只做饭，没有菜，菜是在家里炒好带来的。

学校没有学生宿舍，学生晚上把课桌一拼，睡在教室里，白天被子码于楼桀之上。也有几位同学不知从哪里找来木板，架在教室上空的楼桀上，形似树屋吊床。但"空域"有限，一间教室上空容不下几张床。这些居于空中的同学，上下床像猴子，轻巧地翻腾跳跃。有一位住在上面的同学，有尿床的毛病，一旦夜里遗尿了，到了白天，我们一抬头就能看见。同学们见他床板下湿了一大块，就会"尿床！尿床！"大声讥笑。这位同学脸皮挺厚，面色不改回应道：那是铺盖回潮了！多少年后，这位同学在县城摆了一个水果摊，生意做得不错。有一次，我踱步到摊前，随手拿起一个水果"嗨，老同学，你这水果好像回潮啦！"逗得他咧着大嘴哈哈大笑。

尖　刀　班

1978年9月，我以全县初升高总分二十名左右的成绩，考入旬阳中学"尖子班"，俗称"尖刀班"。这次中考，金洞初级中学成绩上乘，有十几名同学进入旬阳中学尖子班和普尖班（各一个班）。

当时的旬阳中学校舍，都是50年代盖的青砖瓦房，校园以两旁长满大槐树的"五一路"为轴，东半部为教学区和操场，西半部从前到后依次为教师办公区和宿舍区，再朝西延伸到涧沟边，布局有食堂、大礼堂、厕所，还有一座古色古香的亭子，亭子里面是一口水井。校舍整齐排列，校内道路纵横交错，很是规整。在教师办公区还有一个花园，在宿舍区西南角，设有女生院、教师院，有圆门相通。若此校园保留至今，可以辟为一个景点。

学校校门正对旬河，有一条斜坡宽路直通河滩的苹果园。宽路的两边是旬阳县教育局和教师进修学校，这里曾经驻扎修建襄渝铁路的铁道兵和从西安搬迁过来的陕西省第二人民医院，这个医院也就是现在的安康市中医医院的前身。学校的南侧围墙之外，是当时荷花大队的农舍，我所住的宿舍在最南端，即现在镇泰楼的位置，宿舍窗户外边就是荷花队的打麦场，有着大堆的麦垛。学校西、北两侧的地里，都是树形较大的苹果树。此地名叫菜湾，但其时种菜已经退而求其次，早已转型种上了苹果，比现在关中、渭北一带大规模种植苹果起步还早得多，苹果的品质与现今的洛川之类的名果不相

追 影 记

上下。

  从家里前往学校，先要步行三十里，从汉江渡口过河。当时的渡口有三处，上渡在今天的上渡口，涨大水时才用；中渡在大河洲，平常水位时用；还有旬河口渡口，在套河涨水或大河洲被淹时使用。我们平时走的是中渡，此渡行船时间最短，拢岸后须步行横穿几百米宽的大河洲沙滩，涉套河，上到垭子口下的炮台隧道口，穿行隧道后，沿旬河边的泥土路经现今的商贸大街、文化路一线，抵达学校。从旬河大桥头到学校大门口这段路，号称"猪屎街"，最为难行，常常被迫赤足"踏屎"而行，否则就会滑的连摔跟头。每周从家到学校一个来回，最怕最恶心的就是这段路。

  "尖子班"的班主任开初是张老师，一位年轻的英语老师，长着很有特点的鹰钩鼻，当猛一看，还以为是外国人。时间不长，从双河中学调来了新的班主任王老师。王老师年岁已大，除当班主任外，兼教语文。他擅长古文，每个字词都详尽讲解分析，抑扬顿挫，很有章法，对我后来研习古文很有影响。他的语法、逻辑也讲得透彻。他貌似电影《停战之后》中的国民党"班县长"，于是同学们就给他起了"班县长""班头"的外号。"班县长"个头不大，微胖，面容红润，显得和善，但管起学生还是比较严厉的。我们这个班，县里机关干部子女多，农村学生多，两者基本一半对一半，调皮捣蛋的学生不少。王老师肩负"尖子班"班主任的重任，自然不敢懈怠马虎。王老师年轻时曾经一度借调到公安局办过案子，他经常半开玩笑吓唬似的说：我可是办过案的，你们的一举一动我都知道。大家一听，还真的有些害怕，都老实了不少。

  一次上语文课，李姓同学在下面不断交头接耳，惹恼了王老师。王老师一拍桌子，厉声喝道：李某某，你给我站起来，我让公安局马上把你抓起来！这个平时胆小的同学信以为真，当下哭了起来，下课后引得大家围着他不住逗笑。

  还有一次，我所住的通铺宿舍里，一个同学丢了一把用于锁箱子的铁锁子，找遍全屋都不见，这个同学就把情况报告给了班主任。王老师来到宿舍查看了一番，然后运用逻辑推理，把疑点集中到同宿舍的六个人身上。王老师通知这六人逐一去他的宿办处问话，推理"办案"，最后把目标指向一个长得又黑又胖、平时有点"二"的同学。这个同学不服，坚称没有见到这把锁子。于是这个失锁案就成了无头案。最后，还是王老师反复做工作，由这六个重点"嫌疑人"凑钱新买了一把锁子，才告"结案"。黑胖同学一直不服，对班主任把他列为重点"嫌疑人"耿耿于怀。80年代初，黑胖同学在青海当兵，中途回乡探亲，在聚会时仍在提说此事，说他冤枉得很。

进入高中，意味着跨出了三洞河，来到了一个新的天地。凭着一股初来的猛劲，在开学半学期的分班考试中，我拿到了全年级第二的成绩，这也是高中阶段个人的最好纪录，在大礼堂上台领了奖。不知是骄傲松懈，还是初中的学习底子不厚，此后便一路倒退，紧赶慢赶都赶不上来，名次始终在十几位、二十位上下徘徊，到毕业时，维持全年级二十多位名次。自己也有反思总结，不外乎是初中的基础不好，没有城里学生那样扎实，还有方法欠缺，仍然死记硬背，等等。除课本和作业外，也没有其他学习资料，接触的题型很窄。每个星期要在家与学校之间往返一次，浪费了大量时间和精力。除晚上上自习、做作业外，也不怎么熬夜，没有下苦学。

当然，还有伙食低下，干粮不足带来的营养不良、体力欠佳这个最大的难题。周五下午放学回家，常常是饿着肚子步行四十里路，好几次快到家时，因体力不支，累倒在地。高中两年下来，人已消瘦变形，貌似老头。高中阶段，留下了用功不够的缺憾，苦熬但没有做到苦学。没有报考大学，没有上大学，成了终身的遗憾。

还有穿衣方面的窘态。到了冬季，那件布纽手缝的黑袄子已不能御寒，父亲找出他的那件旧短大衣给我穿。这件灰颜色短大衣购置于50年代，是父母当年结婚的"礼服"，我穿上显得过于宽大，引来了许多异样的眼光，但也没有办法。两年下来，这件短大衣已有几处破洞。母亲从商店买了一块黄色的布料，试着给我做了一件四个兜的"干部服"，结果因为手艺不佳，两个上衣口袋安装位置不正，口袋盖子也不平整，看起来有点"扭扯"，看相极为不好，但既然做了，只好穿上。在高中校园里，我穿着这件变形的上衣，实在别扭，有点难为情，也招来一些笑话，但还是厚着脸皮，穿了一段时间。

追影记

还有因饥饿而引起的有趣"烂事",不得不说。

有几天,我们突然发现,同宿舍的两个同学不断从自个的箱子里取出红艳艳的苹果在吃。这两位同学,一个胖又大,一个巧而小。反复追问,俩人才吐露,苹果是从学校大门外河边苹果林中偷摘来的。原来这两个班上最精明的人已经多次"作案"。苹果确实香甜诱人,在我们的请求下,他俩答应带队去偷。

到了下半夜,大致凌晨一两点钟,万籁俱寂之时,一行人手拿空书包,蹑手蹑脚溜出校门,到了旬河边的苹果林子,轮流"望风",轮番上树,把苹果往袋子里塞,装满后,又无声息地返回,闻着看着一大堆苹果,一阵惊喜低呼,锁于各自箱子内。这种行径,我只参加了两次,所摘的苹果不长时间就吃光了。但胖又大和巧又小两人,似乎存货较多,他俩的箱子大,好像聚宝盆似的取之不尽,惹得我们总流口水。他们好像挺有摘苹果的经验,搞到的苹果又大又红,在收进箱子时,还很讲究地用白纸挨个包好,类似于今天市场上的高价精品苹果的包装。后来听说,胖又大、巧又小背着我们,又独自去偷了几回,故而老是吃不完。

班上也有"笨贼"。一位同学饿得发慌,大白天去学校西边苹果园偷摘,让一位大娘逮个正着,一问才知与大娘的孩子在一个班,就放了他。同学们知道了这件事,把那个笨同学笑话了好久。

现在,那些苹果树早已荡然无存,所在的土地已变成了一片片水泥高楼。

毕业时,我们这个五十多人的"尖子班",除七八个同学落榜外,其余的都考上了大学和中专。遗憾的是,受"班县长"的引导,农村户口的同学无论成绩好坏,为跳出"农门",一律报考了中专,城镇户口的同学无论成绩好坏一律报了大学。可恼的是,这一年的高考中考用的是一套试题。仅我所上的安康师范学校,当年在本县就录取了一百零八人。

农村的数名落榜同学,或当兵或当民办教师,城镇落榜的同学一个不剩全招了干,进了银行之类的单位。

师 范 生

一

接到安康师范学校录取通知的时间是一天下午。

那天,我正在家背后的马山上干活,姐姐从家里赶上来告诉我,通知书来啦。连忙回家,看到邮寄来的通知书,感到有些意外,安康师范学校是我填报的第五志愿,属于保底的,我的期望是录到第一志愿省公安学校或第二志愿省卫生学校。感到十分失望,当晚就捂在被子里哭了一场,并决定复读明年再考。

过了几日,消息陆续传来,我们尖子班和本公社比我分数高的同学也有不少录到了安师,且听说今年中专录取时,只要见志愿中有安师的,一律先行录取。这种情况在入学后再次得到证实,我们班数一数二的学生都进了这所师范学校。

父母很是高兴,认为不管怎样,可以脱离农村了,不容我有再考的想法。受此感染,我的心情便慢慢平复下来。

随之,开学的各项准备便开始了。

被子需要两床,家里没有新的,就挑了一床最好的旧被子,拆洗干净,父亲拿出他从部队带回来的绿色背包带,教我打背包,练了几次,便能像战士那样打得方方正正。

追 影 记

箱子用父亲当年在安康当兵时置办的那个棕箱子。这个箱子上面用棕丝绣有"安康"的字样，样子不错也不太旧。其实这个箱子也没有什么可装的，因为除了身上穿的衣服之外，还真没有其他东西可以带走。

还要去办理户口转移手续。这个事情好像是父亲去办的。转户口的同时，还要办理粮油供应手续。这些手续一办，就意味着我已由农村户口转为学校集体户口，跳出了"农门"。故而这手续极具象征意义。当时，在城里餐馆买饭，需要交粮票，也得准备一些。换粮票需要大队开证明，用麦子到粮管所去兑换，这件事情在开学前也办理妥当。

通知书上说，入学时要交几十元的学杂费，父亲就准备了七十元。这七十元一学期的标准，以后便成为两年师范各学期的惯例。另外，几家至亲和邻居也来祝贺，送来三元、五元不等的礼金，家里还摆了一桌酒席招待，父亲让我给各位来客一一敬酒，家里的这件大事便告"礼成"。

到了通知书所规定的开学报到日，父亲亲自送我去学校。父亲用背篓背了箱子和被子，和我步行到了汉江渡口，把背篓放在了住在渡口附近的大姐家，肩扛着箱子被子上船过河。这个渡口的"太公"是大姐的公公，他给了我钱和粮票，以后每学期开学过河时，这位长辈都要给我塞上当时极为珍贵的粮票。这位好心的老人今年已经九十多岁了。

过河，从大河洲上到城里，过炮台隧道，走到旬阳火车站。一路上，父亲给我讲坐火车的注意事项和进城后的交通规则，他强调坐火车要按座位号入座。我从来没坐过火车，一直认为坐火车应像在公路上坐拖拉机，哪有什么座位，对父亲的交代不以为然。到了火车站，买火车票时，父亲特意给售票员说给座位，售票员并不搭理，只是把票推了出来。后来我才明白，当日我们来得迟，买的是无座的站票。

上了这趟开往安康的火车，见车厢里坐满了人，我和父亲就扛着行李走了几节车厢，都是满的，只好在车厢接头处的过道停下来，蹲在那里。火车摇摇晃晃，哐当哐当开了。

在过道干蹲了一会儿，太累，父亲起身到后面的车厢看了一下，发现第一排空出了一个座位，就让我去坐，我不敢去，父亲就把我领到座位处，空

师范生

座对面坐着一个穿着考究的男人,眼睛斜着,冷冷瞟着我们,似乎不情愿让我们坐,我便不敢落座。直到父亲给他说了一些求情的话,他才不再瞪我,我才小心翼翼地坐下,但坐姿不太自然,始终胆怯地斜着身子,生怕这个人赶我走。

在这个遭白眼座位上坐了一会儿,我浑身不自在,又想着父亲一个人在过道蹲着,于心不忍,就离开座位回到过道,与父亲一道,蹲到了安康。

火车到了安康站。正如通知书上所说,车站外有打着横幅接站的,接我们的是一辆大卡车。等到车厢上满了人,就开了车。这是我第一次到安康,也是第一次接触一个城市,也是第一次坐汽车。

一路行驶,卡车到了新城内的安康师范,即今天的汉滨初级中学。当时的安师,有上下两个院子。路南是生活区和操场,路北是教学区。我的班级为八二级十班,注册学号是1474。宿舍在路南一栋瓦屋平房里,一个宿舍五个架子床,住十个人。先来先占,我报到迟了一些,只剩下一个上铺。

路南路北两个院子隔街道相望。这路南校区内有一个大操场,一座大礼堂,一座大伙房,一栋长长的平房。这平房便是学生宿舍,我们在这栋平房里住了一年。第二年,路北的校区建起一栋新宿舍楼,我们就搬到了那里。

父亲在学校住了三天才走,与我同宿上铺,床太窄,勉强塞下俩人,那床被子铺一半盖一半,也能将就。所好开学不久,学校按家庭状况发放救济品,给我分了一床被子和一条棉裤,算是解了燃眉之急,不至于入冬后晚上挨冻。

入学注册,安顿好宿舍。父亲领着我在城里逛了一圈。父亲50年代曾在安康军分区机关当了两年兵,这次来安康,属于二十多年后的故地重游,也是父亲最后一次到安康。父亲见我只有身上穿的一条裤子,就在一个小摊子花了几元钱,给我买了一条蓝色的裤子。不承想上了当,这条裤子上身后严重褪色,把我的腿杆子都染绿了。脱下来洗,淘洗十几遍仍是黑汤。再洗上几次,就开始泛白了。原来这是用劣质颜料在白布上染出来的,害得我在公共水池洗衣服时,很不好意思。

三天后,父亲要回家了,我依依不舍地把他送到了新城城门处,看着他朝远处走去。

这一别，意味着我开始独自步入这个纷繁的社会。

二

入学教育开始了。

当时的师范，在人们心目中地位较低，远不及农校、卫校之类。这是由于这所学校以培养小学教师为目标，毕业生的分配方向是众多的农村小学。在村村都有小学的那个年代，师范毕业生并不能脱离农村。所以被录入师范的学生，彼此见面都唉声叹气，好像被打入了另册，在其他中专生面前抬不起头。入学后，大家津津乐道的是附近的卫校、农校如何如何，情绪普遍低落。

对此，学校似乎了如指掌，连连搞了几场活动，开展入学教育。开学典礼上，请来了时任行政公署一位陈姓副专员讲话。陈副专员早年毕业于这所师范学校，现在又分管文教工作。他的出面与讲话，让我们从迷茫中看到了希望。那位长得挺瘦的校长的讲话，也富有感召力。接着，又请来了这所师范学校附属小学的陈校长，给我们介绍从教经历和经验。这位陈校长已是正教授职称，又是特级教师，教育成果丰硕，其风度与事迹让我们热血沸腾。这一番连贯性教育鼓动下来，确实收效显著，让我们觉得搞教育有干头，有奔头，老师是辛勤的园丁，职业神圣，使命光荣，从心里接受了这个未来的职业。

入学后才知道，上师范几乎是免费的，不用花多少钱。伙食费每个月十五元，饭票按月由伙食委员领取后发放到人，不收钱。这饭票早中晚各一大张，按纸张的颜色来区分，印有日期，像一张月历，到了哪一餐，就裁下相应的一张。放假时，学校会依据放假的天数，把伙食费换算成现金，发给学生。故而放假回家，还能领到二三十元钱，顺便给家里人买几样礼物，颇有吃公家饭的成就感。

还有助学金。助学金的标准不高，最高四元，最低二元。我被评为每月二元档次。助学金也由伙食委员按月发放。当时士兵的津贴据说每月才几元钱，能拿到这两元助学金，也就很满足了。

普通师范的课程开得太杂，像个"杂货铺"。除外语、体育设有专班外，语数理化，音体美，都是主课。数理化用的基本上是高中教材，等于又上了一遍高中，只是其中新加了难学的数学理论，还有后来使我一度入迷的微积分。音乐、体育对我来讲也难学，是我的弱项。熟悉掌握了简谱和音节音调之后，普遍的冲动是试着自创谱曲，用简谱创作一首短曲子，再填上自以为好笑的歌词。

音乐课的成果最后要体现在风琴的演奏上。风琴室内放了四五十架脚踏风琴，全班一同练起来一片噪音，根本听不出自己的弹奏声。我没有这方面的天赋，老是学不会。用了好大的劲，仍弹得很不连贯，考试时勉强弹了规定曲目，只得了六十分。

音乐课的延伸是幼儿舞蹈。这幼儿舞蹈要求身子柔软，动作连贯轻盈，不太好学。女同学跳起来样子很好看，男同学跳起来就显得有点别扭，但是还得耐着性子专心学。学《我是一棵小白菜》舞蹈时，一个不断重复的动作是把身子卷曲成一棵卷了心的白菜状，并不时做舒展开叶子状，我们这些动作粗笨的"白菜"样子实在有些滑稽。

教美术课的是一位资深教师。先从写美术字开始，在美术纸上先划下格子，再用铅笔勾出粗体字的轮廓，最后修正填色。反复练下去，到熟练时，便可以一笔成型，但这需要一学期才能达到。记得第一次交美术作业，我竟然把"五讲四美"写成了"五美四讲"，毫无察觉交了上去。结果被老师在下一堂美术课上展示点名。这位老师举起我的作业本说：这样写，就不美了呀！搞得我很狼狈。

美术课的第二阶段是教透视法。经典的方法是画一幅笔直的公路，路两旁有笔立的行道树，可以直观体现"远高近低，近大远小"的透视原理。接下来是写生，先描静物，讲究光线明暗的表现，要画好极难。接着老师把我们带到附近的村子里去写生。其中一次是去现巴山市场处的一个院坝画一群牛。这些牛或卧或立，基本不动，晒着太阳，正适合作"模特"。我精心画了一幅群牛图，并上了色。此写生作品被学校挑中，参加了学校的作品展，让我高兴了好一阵子。

追影记

　　语文的教材为中等师范专用教材，从语法到文选，从古文到诗词，体系庞大完整，共有十六册之多，每学期要发好几册。老师讲授时，只能挑其中的一部分来讲，其余的要靠自己阅读自学。这套内容丰富的教材让我大开眼界，更加爱上语文，爱上了作文。一段时间，我的"创作"激情迸发，构思了好几篇"中篇小说"。其中最长的一篇是"红军老祖的故事"。当时，我只听过红军老祖故事的片段，并不了解这段史实的全部。便凭着想象构思了两位红军战士负伤掉队，在风雪严寒里顽强追赶主力部队，最后双双牺牲的情节。对严寒环境的烘托，两位红军相扶艰难而行的场景描写，确实有点意境。还"创作"了一部具有当时流行的"蒙太奇"手法的"青年抗婚"电影剧本。在所谓的文学创作上折腾了一番。

　　正因为"创作"上的这些"成果"，在毕业前夕，县政府欲从应届毕业生中挑选有写作专长的学生去当秘书，语文老师肖老师推荐了我。因语文方面的专长，意外地转行，这是我做梦都没有想到的。

　　二年级时，数学课中开了高等数学。这门课与其他课程不同，在高中阶段没有学过，有新奇感。那些经过严密推导才能完成的一元函数、多元函数、微积分演算，很有刺激性和挑战性，似乎能打通大脑的各个关节，是严格的思维训练，让人变得聪明起来。一段时间，我迷上了这门课，迷上了解题。每当解出一道复杂的题，就有一种成就感，好像又贯通了脑子中的一个结点。这种痴迷与上瘾，持续了好长一段时间。这期间，我的数学成绩出奇的好，考试几乎都是满分。至今我仍然认为，这是对我思维成长成熟的一次关键性的训练。

　　意外的是，我对比高等数学简单得多的"小学数学理论"这门课却一筹莫展。这门"数学理论"，净是推导 $1+1$ 为什么等于 2 之类的式子，由于不感兴趣，听课和做题马马虎虎，有一次竟考了个不及格，觉得挺丢人，就加了把劲，硬是补考过了。

　　还有物理课，用的教材不全是高中的，有点难度。我觉得高中时已经学过，就不太重视，上物理课时偷着看小说《歧路灯》，被物理老师发现了，把小说收走了。我吓得不轻，等着接受处理。过了几天，这位女老师把我叫到她的办公室，拿出满是"×"的作业本，一道题一道题给我耐心讲解，惭愧与感动令我差点当场掉泪。后来，班主任肖老师把这本书转手还给了我，并说，物理老师给他说这件事时，他给物理老师介绍说，这个学生爱好文学，作文写得好。故而才有物理老师的耐心讲题，特殊的宽容与关照。

三

入学的当年冬天，遇到的第一个考验是冷。

由于穿着单薄，入冬不久，手脚就有了冻疮。其中手上的冻疮尤为严重，两只手肿得像馒头。在学校门口的小卖部买了两双手套，双层戴着也无济于事。去学校医务室开了冻疮膏抹上，痛痒得心里发慌。经过这一冬的冻疮考验，从此我的这双手就有了较强的耐冻力，很少再患冻疮。

伙食虽然是免费的，但只能勉强达到不饿的水平。当时的安康师范学校，每个年级有十几个班级，全校有近两千名师生，所有的学生共用一个大饭堂，做饭是一长溜牛头大锅。厨师们密密麻麻，打饭的窗口有一大排，开饭时，学生十几路纵队排列，要排出老远。吃饭的饭场设在紧挨身的大礼堂，没有桌椅，打饭后须找个地方蹲在地上吃。

当时的主食以馒头和面片居多。通常是两个馒头加一碗没有油星子、已经泡化的面片汤。天天吃这种没有"油气"的东西，肠胃就受不了，见了就恶心，但还得坚持吃下去。以至于毕业后十余年，我因本能的心理反抗，很少再吃馒头和面片。

偶尔伙食也有改善，隔一段时间会有一次肉吃，通常是回锅肉，一人只能打到半勺。每当打听到这顿有肉，同学们便各显其能，在饭票上做文章，争取多搞一份。最常用的方法是改饭票的日期。手巧的把原日期用刀子刮掉，发挥写美术字的技能，摹写出吃肉的日子，这种方法容易被打饭师傅发现，假饭票被没收，白白丢了另一顿饭。稳妥的办法是用刀子小心裁去原来的日期，在数学书上找相同的印刷体数字，嵌入挖去的窟窿处，用胶水把缝隙粘牢。或是用水把翻造好的饭票打湿，贴在碗里，到了打饭窗口，趁乱朝打饭师傅的桌子上一拨，也可蒙混过去，赚得一份肉菜。

偶尔也蒸包子，但数量有限，去迟了就只剩下馒头了。每逢蒸包子，大家就会飞速离开教室，回到宿舍，拿起饭盆，一路狂奔，齐声大叫：包子有限！包子有限！希望捷足先登，打到包子。也有为厨师打菜时勺子闪了几下，颠掉了菜，菜量减少，不满意与厨师打在一起，或是被厉害的师傅追得落荒而逃的。

有盐没油的三餐之外，对付饿有很多办法。稍有钱的，周日到老城下馆子，点上几个菜改善一顿，这通常是干部职工子弟的做法。我即使周日上街加餐，也只是五分钱一个的烧饼。有同伴下馆子时，我便买一个烧饼，站在餐馆门前等他们，因为这种互请我实在无力承担，就干脆不入围。恒口、五里和汉阴一带有水田地方来的学生，会从家里带来少许大米，放在暖水瓶里，去开水房接满开水，几小时后，就会得到一壶米汤。

大部分同学"加餐"仍以新城内一家有名的烧饼为主。一次，四五个同学一起去那个店子打赌吃烧饼，谁吃得最多，就由其他同学凑钱付款。有一位男同学一口气吃了十个烧饼，创下了纪录。但接下来这位同学就有些后悔，班内班外都在传说他肚子大，能吃，连女同学也在讥笑他。他很不好意思，此后别人再说笑此事，他就脸红脖子粗，犯起恼来。十个烧饼的事成了他最大的忌讳。

一学期六七十元的用度，对家里讲仍是一个大负担。这期间，家里正在盖房，那点储蓄早已用光。逢开学要用钱，父亲便在地里、杌里想办法。有一个假期，为了凑够下学期要用的钱，父亲和二姐在十字河上面的坡上打了一个月"疙瘩"（树根），堆在公路旁像小山一样，出售共卖了七十元。还有一次，我身上只有几角钱了，连忙给家里写信，父亲在回信中夹寄了十元钱，非常仔细地用，才挨到了放假。

上师范的两年，正值80年代初期，改革开放的大幕已经徐徐拉开。路遥的《平凡的世界》每天中午十二时准时在中央人民广播电台连播，农村青年孙少平的命运时时让人牵挂。评书连播《岳飞传》绘声绘色描绘的场景，让人不禁正气凛然。长头发、喇叭裤已开始流行。最时尚的装扮是长发，喇叭裤，尖头皮鞋，一副太阳镜，外加一台放着流行歌曲的手提收录机，且是那种带提手的双卡收录机，还要随着音乐与步子潇洒地摆动。时髦的摇摆舞也越来越流行,男同学都学会了摇摆,不分场合结对对跳。只是学校并不允许学生像社会青年那样蓄长发,穿喇叭裤。

  青春的萌动已经开始。从第二学期开始,就有数对男女同学开始有所行动,或明或暗。我的同桌洪同学喜欢上了一位女同学,向这位女同学要了一张小照,夹于学生证中,上课期间时不时拿出向我展示炫耀,屡屡影响听课,直至我扬言要向老师"举报",他才稍微收敛。我的同乡谢同学风琴弹得好,喜欢上了同样精通琴艺的女同学,但谢同学虽然性格外向,却不敢直接表白,就频繁地起草情书,满纸充斥着文学般的浪漫。每封信起草后,都要向我朗读一遍,请我"润色"。我没有谈过恋爱,只凭想象增减推敲一些字词,为他的情书增色不少。他费力写的这些情书,一封也没有递交到这位女同学手中。到毕业时,谢同学的箱子里,已积攒了一大摞情书,单向的恋情始终也没有点明说破,对方也应该毫不知情,权当是在练习写作吧。

  还有几位男同学,同时喜欢上了一个女生,女生并不理会他们,他们几个沉不住气,常常互相讽刺搞内耗。有一位男同学无法忍受,生病卧床。当同学们告知这位女生,男生是因她而病,劝女生去安慰一下。这位女生倒也大度,前去瞅了生病者一眼,这位同学就很快病愈,爬起身来。

  还有一位平时性情很闷的同学,临近毕业,他打开锁着的箱子,拿出一摞情书,有他写给对方的底稿,也有对方回复给他的,语气都很热烈。这时我才知道,这位同学在与我们同班一位同样很闷的女生恋爱。除他们之外,全班竟然没有其他人察觉,确实潜水太深。他俩的情况我断定一定能成,因为他俩是同一个乡的人。谁想毕业几年后我们再见面时,他们早就断了联系。

四

  中等师范"普师"这个专业不好学,开的课程太多,像个"万金油"。既要学习各门基础知识,又要学习教学法,以期把知识传授、转化出去。

  从第二年开始,我们就开始观摩实战教学。幸好有附属小学为支撑,那里有全地区最优秀的小学教师,又兼做教研课题,有实践又有理论。有好几次,附属小学的课堂搬到了师范的大礼堂,舞台作为讲台,下面的大厅里中间坐着小学生,外围坐着我们这些观摩学习者。那些老师的授课真算得上是

追 影 记

行云流水，讲究启发，讲究板书，讲究师生互动，课堂气氛活跃，一堂课真像是老师精心导演的一场大戏，十分精彩，不由让人心生敬佩，心想着哪一天自己也能做得这样好。那些处于观摩教室的小学生，见周围都是观众，往往兴奋异常，急于表现。遇到老师提问，小手齐刷刷举起一大片。有一堂课中，老师说：同学们，谁能用"什么"这个词造一个句子呀？举手如林，老师点了坐在中间的一个男孩回答，那个男孩兴奋地站起来，脱口而出："什么的大佛！"引起一片笑声。原来，最近城里几个电影院正在放映刘晓庆主演的《神秘的大佛》，"什么"与"神秘"读音很相近。

学校还请了一位汉阴县的全国优秀教师来给我们做专题讲座，这位姓查的知名老师系统介绍了她的一种教学法，让我们大开眼界，觉得要成为一名好老师绝非易事。

接着便是学写教案。写教案即是备课，这真是一门"艺术"，就像是编写剧本，从进教室要讲的第一句话，到板书的设计布局，各部分的转换衔接，提问的设置，拓展举例，到最后的布置作业，需要安排得严丝合缝，确实像在搞戏剧，又编又导又演。主角是老师，配角和观众是学生。各科各写一个教案下来，对其门道便有所悟。接下来便是在班内试讲、观摩。"剧本"有了，要上台"表演"同样不易。第一次上讲台未免紧张，盯着教案，干巴巴地念，连自己都感到不像样子，不好意思。

这期间，还要练写粉笔字。粉笔字的基础是钢笔字和毛笔字。我的钢笔字先天不足，写得不好。进师范后，毛笔字也是一门课，老师只教了几节基础课，接下来主要靠自己练。这方面我走了弯路。通常的做法是先练习楷书，而我不知怎的，去书店买了一本魏碑字帖，照着就练，结果字体走偏，只会写那种笔画如刀削，显得生硬的字体，并且一直没有改过来，错过了书法长进的机会。这样一来，也对粉笔字造成了影响，始终不得粉笔字的要领，写得较烂。这是十分遗憾的一件事。

最后两个月，进入实习实战阶段。

全班分成四五个实习小组，我被分到了城东文武乡的文武小学。出校门东行，爬上党校背后的山梁，沿着山梁走一阵，再拐进牛蹄岭下的一条沟，不远便到。这所学校后来几经改造，周边环境也几经变化，现在处于十天高速公路的一座高架桥侧下方，每次乘车从此路段经过，我都要扭头向这所学校观望一番。

给我安排的实习课程是四年级语文和地理，共教了多少课时已不记得。只记得一次上语文课时，学生们现场纠正了我一个字的写法。在地理课备课时，我发挥美术专长，画了四大张不同肤色人种的挂图，上课时挂在黑板处，引起了学生的轰动。还有就是那些学生很可爱，课余时间喜欢围着我们闹着玩。

实习的一个月，每天早上从学校出发，下午放学后回到学校，形同走读。行进在田埂小道上，最开心的是随胡同学练习不知从哪里传来的"摇摆"，只有八个简单的动作，但熟练后连贯起来，或是两人对跳，样子那是十分的酷。

快要离校了，路在何方。我改写了一首长诗《我是一名光荣的乡村教师》，投到了校广播室。第二天中午，那个甜美的女声便全文播了出来。充沛的感情又一次感染了我这个作者，似乎提前进入了"乡村教师"这个角色，并为自己即将开始的职业而自豪，那是一种真实、真诚的期待。

临近离校了，小情侣们忙着趁夜色去陈家沟田野里窃窃私语。充满幻想的我们在一起海阔天空畅谈未来。不知何时，我迷上了一位同学的一本拳书，找了一个本子，把书中那些拳法图势全部抄描下来，打算毕业后练就一身武艺。其实，这部手抄拳法此后一直沉睡在我的书架上，练拳习武之事并未付诸实施，那不过是希冀自己强大起来的一种设想。

离校的日子越来越近，还有一项活动就是照相留念。几个人在附近街上照相馆请来一位照相师傅，拿着 120 式胶片相机，在校园摆拍。拍照时，通常的做法是手拿一个讲义夹，好似这样才算是教师。杨同学的那件新置的四兜制服，全班男生几乎个个穿了一回，用于增加摆拍效果。但正规的照相还是要相约去照相馆，在布景下庄重地拍摄。

快要分别了。我与有的女生两年间竟然没有说过一句话，于是，在班上的告别茶话会结束时，我特意走到每位女同学面前，鼓足勇气，说了两句话，送上祝福，算是弥补了从不搭言的遗憾。

追 影 记

离校前夕，语文老师肖老师把我叫到他的宿办室，告诉我，你们县的县政府到学校选人，我向他们推荐了你，但不知有什么结果。我内心一阵感动，连声感谢，并说，不管结果怎样，我都会永远记住老师的恩德。

离校前一日，县教育局派了位姓魏的人事股长来到安康师范学校，召集旬阳县的应届毕业生108人开会，代表县教育局欢迎我们回家乡任教，并交代了大体的分配原则：去乡村学校任教，并尽量让大家离自己的家近一些。股长的话，让我自然想到了离家不远，我曾经就读的那所小学。

在此之前，毕业留在地区行署机关和地区直属单位子弟学校的名单已经确定。

命运的分野已经开始！

初入公门

一

1982年7月,我从安康师范学校毕业,回到颜子坡老家,一边干农活,一边等着分配的消息。

一天,家里的有线广播突然响起:通知,通知,富坪二队的某某某,听到广播后明天上午到县政府!连着喊了几遍。

第二天一早,我起身进城。到了过去进城时偶尔张望一下就吓得不轻的衙门口。

这衙门口已接近这座半岛状县城的最高处,也是县城主街道的尽头。不知修于哪个年代的"衙门",坐北向南。大门口一边是民房,一边是高墙监狱,高墙上有荷枪守卫的士兵。因而到了衙门口,眼睛不经意向上一瞄,就可见背枪战士在威严地走动,顿生一份惧怕。县府门口蹲着一个监狱,这种布局确实富有创意。

其实这里并非半岛的最高处,在衙门口正对面,有一条坡度极大的小巷,挨着监狱的边墙,从下到上,直通半岛的顶端,顶端另有一个平房大院,里面是法院、检察院。衙门口正对面,是这座县城曾经的灵魂——文庙,这座孔庙当时只剩下一个大殿,三棵古柏,上下两个土院子,并被改为生火做饭的县政府招待所。

追 影 记

这是我第一次迈进县政府大门。通过四道门厅四重院子，到了最里端的一座四层楼——档案大楼。这是全城的最高处，也是全城最高的一座楼，在城外老远处都能看得见到。

后来我很快熟悉了这座衙门的布局。进了大门，第一个院子，一侧为高墙监狱，一侧矮房设为信访局；进第二道门，一边是公安局办公楼，一侧是犯人的食堂，公安局楼的里侧还有若干小院子，顶里面是武警中队的驻地；进第三道门，眼前是一个花园，道路里侧有一棵古柏，一棵石榴树，大柏树上挂着一口钟，垂下一根绳子，供上下班打铃之用，这便是有名的本县八景之一"二柏一石榴"；从这个花园处，路分两岔，一条路直进到后文要提说的四合院，一条路旁出绕四合院外，经过一个通道，抵达最里面的场坝。

进第四道门，是一个精致的四合院，均为两层带回廊小楼，设为县委各部、各群众团体；出了这个四合院后门，进到一个不大的场坝。场坝的正面，便是赫赫有名的档案大楼。从场坝左转，再往上走，经过一个宽大的台阶，便上到一个平台，这个平台与档案大楼二楼相接，档案大楼的正门即设于此。这正门仍是正北朝南的方位，只是整整比衙门第一道大门高出了一层楼的高度，并向山顶递进了一阶。

在这个平台的上端，还有一个院子，这个院子的高度几乎与法检两院的那个院子处在同一平面之上。这个院子是县委、县人大机关的所在地。

容量最大的档案大楼里，是县政府、档案局、组织部、宣传部等单位的办公处。我要找的县政府办公室，设在档案大楼的二楼。上到场坝上面的第一个平台，进大楼的正门，往右一拐，便到了。

到了二楼过道最里边的一间钉着"县政府办公室"标牌的大房间，自我介绍后，一位和蔼的中年人出来接待我，其他人介绍说这是县政府办公室的雷主任。雷主任把我领到三楼他的办公室，办公室里有一桌一柜一床，显然，这是当时普遍的宿办一体性质办公室。雷主任交给我一张字条，上面写着"人民公朴浅谈"，给了一沓稿纸，让我坐在他的办公室，以字条上的这句话为题，写一篇文章，时间为两个小时。我仔细看了一下字条，发现人民公仆的仆字是个别字，把仆写成了"朴"。但转眼一想，会不会领导故意写了别字，考验我的"忠诚度"或其他呢。我对这个有别字的标题没有改动，照搬过来，在稿纸上写下"人民公朴浅谈"，便来不及多想，埋头赶紧动笔。

我以周恩来总理呕心沥血、日夜操劳国事，是人人敬仰的公仆楷模为开端，谈人民公仆应具备的素养，如何当好人民公仆，大致有一千多字。从这个角度入手写，是因为我在高中时，在县新华书店买过一本《天安门诗抄》，反复阅读，对周总理的丰功伟绩、公仆形象领会深刻。写毕后，感觉时间还够，就又抄正了一遍，自我感觉不错。很快，时间到了，雷主任进来收卷，拿起稿子翻看了一遍，和气地对我说，你先回家，等候通知。然后就将那张有别字的字条用手揉了，扔进了纸篓里。我心想，这下糟了，我故意迁就了别字，人家会不会在"阅卷"时，认为我是个"白字先生"呢！

事后得知，同一天，与我同校的一位男生也参加了这个"面试+笔试"。二中选一，我被选中，那一位去了一个区公所。几十年后，我俩凑巧在同一机关任职，他是我的副职，这也算是一种缘分。

笔试后，我当天就回了家。过了不到十天，公社的有线广播又响起来了：通知，通知，富坪二队的某某某，明天到县政府报到。一连播了几遍。这样，我要去县政府工作的事，全公社都知道了。

这对我家来说，确实是一件大事，全家人都高兴得不得了。我又开始准备行装。这次的准备工作比较简单，重新拾起我从学校带回来的被子和箱子，用一个背篓背起即可。这次送我去单位报到的，是曾经在公社当过半脱产干部的大姐夫。

这天一早，大姐夫陪着我，用背篓背着棕箱和两床被子，出三涧河，过渡船，上河街，经过曾经的南门，从好汉坡的台阶拾级而上。在好汉坡半腰处，遇见同样去人事局报到的小温。他从农校毕业，分配到县农业局。这个相遇印象深刻，多年后我们只要见面，就屡屡彼此提及。

到位于衙门上院的人事局报到，办理介绍信。把介绍信交到县政府办公室，算是正式入职。当年，县政府大院内，从中等专业学校分配进来三个人，巧的是其中一位是我的高中同班同学小周，他从省统计学校毕业，分配到了县统计局，并与我合住一间宿舍。

这间宿舍位于衙门第四进"四合院"的侧面，与衙门大院坎下的粮食局紧挨着，是一排不知建于哪个年代的老土房。这间老土房土夯地面，竹笆顶棚，墙皮已经脱落，破败得不成样子，灰尘也大。我和小周找来报纸，把墙面用报纸整整糊了一遍，样子略有改观。但一到夜晚，老鼠便纷纷窜了出来，在顶棚和裂开的墙皮里乱跑，搅得人难以入睡，就频频起身，拍墙敲顶棚，驱赶鼠群，但老鼠驱走又来，闹个不停，只好将就。

这都不算什么，工作终于有了着落，并且意外的转行进了"首脑机关"，自然得意得很。这时，我还不满十九岁。

工作上的考验随之而来。

二

我的工作岗位是秘书。

县政府办公室秘书在一个大办公室里集体办公。办公室的旁边是九位县长、副县长的办公室。办公室连我在内有三位秘书，另两位是资深秘书。一位是汉中人老钟，四十多岁，圆圆的脸，戴着眼镜，长得富态。他的业余爱好是修理钢笔，常常把几支钢笔拆成零件，拿一个放大镜和小镊子，在桌子上慢慢侍弄。他因体态、脸型、气质太像领导，跟随县长下乡时常被区乡干部和群众误认为是县长，让真正的领导比较尴尬，渐渐地，跟随下乡的次数就少了，成了常坐办公室的内务。老钟钢笔字写得漂亮，完全可以当作字帖。他待我这个新人很和气，从通知会议、装订整理报纸到公文起草，都耐心教我。他四十多岁，仍是一般干部，对自己的现状略有微词，一直想调回家乡汉中。几年后终于如愿以偿，调动走了。走时，老钟送了我一张他的照片，这张帅气的照片曾被县国营照相馆作为宣传广告，放大张贴在大橱窗里，风光一时。

另一位秘书老杨，是办公室的大笔杆子，整日趴在桌子上写材料，手里的烟一根接一根，没有断过。老杨为人很是玲珑，此后仕途一直很顺，从秘书到副主任、主持工作的副主任，到主任，大概只用了两年时间。

记得上班到办公室的第一件事，是办公室主任老余教我打电话。这种黑色带摇把的电话机我过去没有摸过。老余教我先提起听筒，歪起脖子，把听筒夹在脖子，贴在耳朵上，腾出双手，一手按住电话话筒架，一手摇动摇把，很快耳机里传出女接线员的声音，告诉接线员要转接的单位，接线员接通对方后会说一声某某接通了，便可开始通话。县上"首脑机关"的总机接线员有固定的人，时间长了，一接通电话，你喂一声还没来得及说话，接线员就知道你是谁。后来调来的秘书小明就是通过这种总机接线，认识了一位总机接线员，恋爱结婚，现在他们的孙子都上小学了。

开始阶段，我干得最多的就是用这种电话通知会议。接到领导签字的会议通知单后，就摇电话要通总机，把所要通知的参会单位一齐说过去，由接线员逐个转接；若参会单位较多，就要花费几十分钟，很占时间。时间长了，与县直单位的领导在电话里都熟了，有时接通电话，对方喂了一声，便知对方是谁。

一段时间后，就开始上手起草简单的公文。才知通知与通告，报告与请示、批转与转发等公文文种的区别。从简单的模仿，照猫画虎到熟练有一个过程。起草这些公文，是秘书的初级阶段，真正的"大秘"，是起草领导讲话，能拿大材料，这时我的水平和资格只能望其项背。为了抓紧适应，我系统阅读文秘类书籍，又报了当时颇有名气的"中国语言与逻辑函授大学"，可惜读了一年多，没有坚持下去，失去了通过函授，尽早拿一个大学文凭的机会，但通过学习，在语言、逻辑知识方面收获不小。

还有一项基本功要练，就是做会议记录，写会议纪要。为了提高记录速度，买了一本关于速记的书，里面速写符号过杂过多，研习了一段，没有掌握透彻，就放弃了。转而练习"快手"写字，高速记录。一段时间后，便能达到如录音机那样，一字不差把参会人员的原话记录下来。虽然字迹比较潦草，字也写得不好，但总算过了这一关，具备了记录的基本功。此艺上身后，当别人只写到四五个字时，我能超常规地写上一行。

有了完整的会议记录，写会议纪要就有了底子。特别是每次会议的最后，主持会议领导的总结性讲话，只要原原本本记录下来，稍做加工，即是纪要的基本内容。这是写会议纪要的一个诀窍。随着记录速度的提高"达标"，记录纪要问题就迎刃而解了。

追 影 记

当然，作为一位职场新人，一个"娃娃干部"（这是时任县总工会主席、县长夫人对我的称谓），还要拿出一定的时间和精力"打杂"。每天早上，提前到办公室，提上办公室的四个"电壶"，到楼下的开水房打开水。若有时间，还要帮通讯员给各县长办公室打开水。最厉害的一次，是一只手抓四个"电壶"，双手一次提八个"电壶"，创了纪录。水打好后，就拿起扫帚、拖把扫地拖地，用抹布抹桌子，抹板凳。老同志上班进办公室，赞许地笑笑，便有一种成就感。

还有一项工作就是整理报纸。这项工作是跟随老钟学的，每日下班前，把大家阅读后的各种报纸整理夹好，放置于报架上。到了月底，把当月报纸分门别类，用锥子和线绳装订起来，放在大文件柜里，以便查用。这些报纸若不是在政府的辗转搬家中丢弃，放到今天，那便是十分难得的历史资料。这个装订报纸的习惯，让我养成了勤于积累资料并装订成册的习惯，为此而受益不浅。

陪领导下乡，也是我这个"新人"的职责，这项工作充满了新鲜感。我虽是本县人，除过老家所在的乡之外，县内其他地方并未去过。通过跟随领导下乡，才知道本县按三条河，分为东、南、北三个区域，有十个区，六十四个乡镇。

由于秘书太少，副县长下乡一般只带部门的人，不带秘书。只有县长这个一把手下乡时才有秘书跟随。两位老秘书已有年岁，一人坐办公室搞内务，一人写大材料。这个为领导"提包包"的事，自然落在我的头上。

当时一把手杨县长是一个十分干练的中年人，他的夫人姓何，外地口音，长得富态，个子似乎比县长高，是县总工会主席。他们有一儿一女，儿子在铁路上上班，单位在本县的庙岭火车站，我随杨县长下乡时顺路去过他儿子工作的单位。女儿正在上初中或小学。县长的家就安排在四合院的一楼的侧面，他家与我的宿舍隔一条通道相对。随杨县长去过多少地方已记得不太清了，印象最深的是随县长去了几次蜀河，住在区公所下面十分潮湿的招待所里，以及跟随县长由蜀河步行到双河。这位杨县长下乡有一个习惯，就是随身携带一个小床单，入睡前铺在床上。那时的区乡招待所或客铺的卫生条件的确较差，另带这个床单，似乎很有必要。双河区的一位领导还拿这个事开县长的玩笑，说的是，县长下乡朝家里返时，老远就要把这个床单从包里取出来，小心翼翼地折叠整齐，生怕回家后夫人"嚷"他。还有随后一任县长陈县长去棕溪区公所，晚上区上招待，被劝了一盅酒大醉的经历；还有随陈县长的那次难忘的羊山之行。

三

能写大材料，成为"笔杆子"，是秘书的价值所在和孜孜追求。进到县政府机关已有一段时间了，我仍在做"打杂"之类的事，大材料轮不上我，假使轮上我也拿不下来。原有的作文特长一点也用不上，看来文体之间也是隔行如隔山，很是着急。于是，原来的文学梦、教书梦又萌发出来。

毕业离校时，毕业于陕西师范大学中文系、学道很深的语文老师肖老师，在我的作文本后面有一大段批语，希望我能成为一位作家。临别时，肖老师更是谆谆教导和鼓励，期望我成为文坛新人。每当想起这些，我便有一种莫名的感动和激情。于是乎，从县图书馆借来全套的文学史和文学理论书籍，开始系统阅读。文学如同海洋，博大精深，作家名家灿若星辰，越看越没信心，多次提笔"创作"，好似无源之水，无本之木，"挤"不出来，慢慢地，就怀疑自己不是当作家的料。

退而求其次，我又想转回去当老师，当小学、初中老师未免目标低了点，要当就当一个高中语文老师。于是就购了一套高中语文教材，开始阅读。坚持了不久，因办公室事务太多，精力有限，也放弃了。

转行想走的念头，有作家、教师梦方面的原因，也有自身对行政工作的不适应，也有青年阶段对前途的迷茫。在别人眼里非常羡慕的转行进入"首脑机关"，在我的头脑中竟渐渐趋于平淡。至于在这条路上走下去，以求混个一官半职，在脑子里也没有这个概念。这是"理想信念"出了问题啊。

梦想难以实现，现实又很无奈，于是对自己就有所放松。下班后不再怎么读书，邀上一群同学、好友"穷聊"，在半岛上结伴转圈逛街。分配在乡下的同学进城，我这里便成了集散地、联络点。这种"热闹"，难免突破了"首脑机关"工作人员应有的内敛、低调，引起了办公室老同志的一些猜想和看

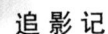

法，也为此后离开办公室，去搞县志工作埋下了伏笔。

当然，还有个人性格上的原因。幼时，我爱玩好动，调皮捣蛋，性格活泼外向，没有少挨父亲的荆条和棍子。进入初中，走出家庭邻里这个小天地，我这个"门背后的霸王"才知道天外有天，世外有人，不可横行，性情便收敛起来。这一收敛，收得过于干净，矫枉过正，性格日趋内向，胆子变小，见人不大爱说话，与别人说话脸就红，也不善交际。这种性格一直延续到参加工作，仍没有多少改变。除却同龄的同学、朋友之外，与机关的同事似乎无话可聊，在领导面前也迟迟学不会说场面上的话，木讷得很。这种状况，直到十余年后我当上了独当一面的所谓正科级领导，才被迫有所改观。这世上，最难改变的，实际是自己。

这里面，还有经济拮据带来的自卑和无奈。参加工作，办完工资手续，才知道入职月工资为三十三元伍角。这个工资水准在当时不算低，除去每月在机关食堂上伙需要十五元左右外，还有二十几元的余地。每当工资发下来，除过留当月伙食费和几元零用钱外，其余的都存到了银行。存了几个月，攒了五十元。有几天，手头一点钱都没有了，心想存的钱应该生了一些息，可以取出来用。于是就去银行柜台取钱，营业员一算，只有五分钱的利息，少是少，还是取了。尴尬的是，这位办理存取款业务的柜员是我高中同班的一位女同学，一次从同学手中取五分钱，实在丢人。

到了当年年底，我的存款已有七十元，这相当于我上中专一个学期的费用。春节放假回家过年，我很骄傲地拿出这张存单，交给了父亲。这是我成人后第一次给家里钱，父母的辛勤抚育终于有了点滴的回报。当时，几个弟妹正在读书，父母早年的一点积蓄已全部用在了盖房上，家里正处于青黄不接之时。

入了公门，就有亲戚朋友来找办事。来者多为邻里界畔、打架纠纷之类，以我当时的资历、能量，不堪揽此"重任"，也不能介入这些是非之中。思考一番，给自己定下一条规矩：但凡乡里乡亲，都是低头不见抬头见的熟人，不是亲戚就是转折亲，盘来盘去说不定还是老表，维持了这个必然得罪那个。凡遇这类投诉托请，一律拒绝。这个自我约束的规矩一实行，来找我的人就慢慢少了,最后彻底绝了迹。这一规矩我从入职到现在,一直坚持,省却了很多麻烦。在家乡这片土地上,也没有因此而结下"仇家"。

老钟调回汉中后,办公室新调来两位比我年长几岁的年轻干部,补充为秘书。我便慢慢成了老钟原来的角色,整日坐办公室,上传下达。这样一来,便有一样躲不过的业务——接待上访。当时已设有信访局,但拦不住那些久拖难决的老上访户,他们入政府院子如同走亲戚,长驱直入,谁也挡不住。

其时,正处于"文革"后落实政策的扫尾阶段,容易解决的问题都化解了,剩下的都是难缠的事。印象最深的是两宗信访。一宗是曾在旬阳工作的湖北老河口人程儒卿,笔名老沉。他早年是一位作家,写过《红军老祖的故事》,刊于《人民日报》,反右时被划为右派,丢了工作,回到了湖北原籍。他来旬阳上访时,已是一位老者,发须皆白,落魄的样子。他递上上访信,叙述他的冤屈,要求平反,恢复待遇。这样的大事我当然无权处理,只能收下他的信,向领导汇报。所好办公室的老人手都听说过他或认识他。老沉为此事在旬阳待了一段时间,几乎天天到办公室来诉说,让人十分同情。他的事最后怎样结论的,我记不清了。

最近,县老区建设促进会陈会长邀我参观他创办的"旬阳革命老区文物陈列展",在展品中很意外地见到了程儒卿当年作品的原貌。1952年8月19日《人民日报》原版,是花了两千元从山西一位收藏者手中收购回来的。同时,还看到了陈列的著名文学评论家巴人所著、上海文艺出版社1959年1月初版的《文学论稿》,该书"引言"一大半的内容,是原文引用程儒卿《红军老祖的故事》原文,借以阐明"人民总是在自己的斗争中创造自己的文学作品:思想明朗,感情丰富,调子响亮"。

还有一宗,上访者姓王,名字中有一个"功"字的县城居民。他五十多岁,穿着邋遢,头发老长,不修边幅,像个流浪汉。但他性情开朗,声音洪亮,能言善辩。他说他的父辈以上都是大财主,有钱人,在县城有一大院房产,解放后被县武装部占用了,现在无房可住,也没有职业,无法生活,要求落实政策,给房或给钱。打听了一下,才知他栖身于黄坡岭一个窝棚里,靠捡破烂和领临时救济为生,确实可怜。他上访多年,得到的一致回答是:

大地主的房产按政策没收，不能返还，有困难找城关镇解决。这个老王毫不气馁，天天找，天天来，成了政府机关的熟人，他的上访渐渐变成了例行的"聊天"。干部们见到他来，就笑着招呼："功娃子来啦"，只是应付性的闲谝、逗笑，这样一来，他的上访不知不觉中被笑"油"了。直到我离开政府机关，这个年老的"功娃子"还在频繁出入"衙门"。又过了几年，听说他在那个窝棚中死去了。

"功娃子"世居的县人武部大院，几年后拆旧建新，挖出的地基土被倒到了旬河边，一个姓宋的学生放学后从此土堆经过，不经意间踢开一个土团，土团中裹着一枚印章，这便是轰动世人的北周柱国大将军、被誉为"天下第一老丈人"独孤信的"多面体煤精组印"，被专家鉴定为稀世国宝。去年高考，这枚印章进了高考数学试题，又轰动一时。这个曾经显赫的王家与此印有何关联，不得而知。

山里三月

1983年春节过后，我接到通知，去县委党校参加为期三个月的学习培训，名为"全县青年干部培训班"。当时，县委党校设在旬阳最南端的一个区——赤岩区公所所在地，因此习惯上称为"赤岩党校"。

赤岩是全县最边远的一个区，辖有赤岩、七里、沙阳、水磨、泰山、铜钱关等六个乡，因此地古时有红岩寨而得名。其实这里过去最有影响的名字叫七里关，是鄂陕交界的军事要塞，明末清初设有总兵，建有军营堡寨，用于防御李自成余部李来亨农民军。区公所附近的山上，有过去国营县办茶厂的遗留茶林。"文革"期间，党校改为"五七干校"，需要有农场作为配套，县委党校便由县城迁到了这里，在吕河的支流马力沟建了一院二层青砖瓦房，作为校舍。

干部队伍中缺乏年轻干部，似乎是组织工作的一个老大难问题，每个时期的情况都极为相似。当时的情况是"真缺"，是硬缺口，不似现今阶段的结构性"假缺"，有年轻干部而没有加快培养使用。针对当时乡级班子年龄老化问题，县委下了决心，在县直各单位、各区乡、各企业搜罗了五十多名青年，送到党校脱产培训，准备毕业后选配为各乡副乡长。当然，这里面也有几名三四十岁的中年人。

县委、县政府大院里派出了两人参加培训。一个是我，据说是领导点名。

另一位是机关小车班的班长老马。老马出身农村,当时已有四十多岁,是一名退伍军人。老马不仅车开得好,人勤快,而且善于观察动脑筋。他经常随县级领导下乡,每到一地,检查工作结束,待领导上车,老马就要对刚才检查的工作做一番评判。他的意见往往切中要害,又有新意,令领导刮目相看。渐渐地,大家都认为,让老马继续当司机,实在有些屈才,便有了提拔他去乡下任职的打算。可是老马只有小学文化程度,只能说不会写,理论上也需要提升。于是,老马就有了这次破格参加青年干部培训班的机会。老马经过党校培训后去乡政府当副乡长这件事,开了本县首脑机关司机下派任职的先河,老马之后,县委县政府机关相继有数位司机下派任职,都干得不错。

有老马相伴去偏僻的赤岩党校,我心里便有了一些底气。

三月的一天,是培训班的开学日,一辆帆布小吉普把我和老马送到了这所山沟党校。

这是我第一次到赤岩。党校的院子有三栋房子,呈品字形分布,品字头的一栋是餐饮用房。两边的两栋,一栋作教室和教师宿办,一栋作学员宿舍。这里宿舍的布局是,女生在一楼,男生在二楼。床是木板大通铺,睡觉时人挨人。

学员的来源和成分颇为复杂,有县直机关干部,区乡机关干部,商业、供销、交通系统的职工,还有地方国营工厂的工人,其中女学员占了三分之一,多为各单位的妇女干部。学员大都是二十多岁的年龄,叽叽喳喳,颇为热闹。这也是我第一次与这么多行业的同龄人接触相处,感到新奇新鲜。

别小看这个不起眼的山沟党校,教师的阵容却很强大。从校长到教员,都是五六十年代的正牌大学生,且以关中人居多。校长姓朱,一位黑脸关中人,是资深的党建理论教员,副校长姓何,也是关中人,来自县委宣传部理论组。其他教员,大多数是关中人,都术有专攻,堪称名师。这个阵容,远超今天的市一级党校。

当然,在这所党校,我还有一个重要的"关系"。

毕业不久,我收到曾推荐我转行的肖老师的一封信,他说自己认识旬阳党校的一位张老师,言这位张老师毕业于陕西师范大学历史系,对安康历史颇有研究,可以结交拜为老师,对我肯定有所帮助等等。于是,我给远在赤岩党校的张老师写了一封信，张老师很快给我回了信，说了许多鼓励的话。想不到仅仅过了几个月，被派去上党校，真的成了张老师的学生。

一入学，我就到张老师的办公室拜会了他，从此，我与张老师开始了几十年的师生交往，并从中受益颇多。两年后，张老师调到县博物馆，兼任县志主编，带着我编写县志，直接在一起工作了三年时间。三年后，张老师夫妇调到咸阳工作，编写咸阳教育志，也因县志之事多有过往。后来，张老师转入咸阳教育学院从事历史教学研究，嗣后专注于古籍整理，硕果累累。目下，张老师已七十高龄，受聘于陕西省地方志办公室，奔波三秦大地，承担各地市志、县志的省级终审，我们之间的联系也一直未断。若干年前，县上及张老师接受我的建议，特聘张老师担任新一轮《旬阳县志》主编，年岁已高的张老师没有过多推辞，来往奔波，让一部半成品的志稿，达到了送审水平，并顺利出版。跨度三十多年，两次担任同一县的县志主编，这算得上志坛的一段佳话了。

一切都安顿好后，便是开学典礼。县委一位副书记到场讲话，黑脸校长讲了教学安排和纪律。用餐在楼下的大食堂，八人一桌，自愿组合。由于学员太多，另在厨房外搭了一个棚子，地方还是不够，就把桌子搬到了院子，或者干脆在地上围成一圈蹲着吃饭。

在推选班干部时，大家一致推荐老马为班长。这老马从小车班班长，摇身一变成了培训班班长。老马做事认真负责，关键时候还能抹下脸面，这个班长算是选对了。

开始授课了。

课程安排得很满、很紧张。基本课程是马克思主义三大组成部分，哲学、政治经济学、科学社会主义。哲学课由张老师讲授，以毛泽东的《矛盾论》《实践论》为主教材，逐句逐字解析，深入浅出，把唯物论、辩证法和历史唯物主义的观点、思维方法都讲透了，特别是"两论"的解读使我脑洞大开。政治经济学讲的还是计划经济那一套，科学社会主义课程内容较新，有邓小平中国特色社会主义的内容。这几门课都没有发教材，只发简单的油印讲义稿，授课内容靠课堂笔记才能记住。这时，我的记录、速记"功夫"派上了用场，一堂课下来，我的笔记最完整，记录慢或不会做课堂笔记的学员便纷纷借阅抄录，我的课堂笔记成了抢手货。老马由于自身条件所限，课堂笔记残缺不全，往往一下课就要去我的笔记，趴在桌子上补记。作为来自一个单位的同事，我当然首先要保证老马的需要。老马与我的感情日增，我也形同马班长的"秘书"。

每堂课都布置有作业，以议论题居多，需要借助课堂笔记，并靠自己发挥才能完成。几乎每天晚上的时间都用在做作业上了，可见这次学习的确蛮紧张的，只要用了心，真的能学到知识。每门课结束时都有考试，开卷形式，答题要靠理解发挥。这个时期的党校教育显得很正规。这些课程体系完整，内容系统，三个月下来，感觉自己的理论水平确有提高。

也有劳动课。坐上党校那辆卡车，去后山的水磨河运柴，这柴是用来学员食堂做饭的。到了水磨河边的一面坡下，柴已提前砍倒在地，我们的任务是把这些柴扛到公路上，一车装满，一群人就翻身坐上车厢，躺在、站在柴码上，一路大呼小叫。见到路旁的当地老乡，还模仿领导的样子频频招手，招得淳朴的老乡也举手向我们回礼，真是年少轻狂，做足了怪。

在赤岩党校期间，张老师约我去了一趟香炉沟，考察位于这条沟垴的千佛洞和万佛寺。那天一早，我俩带了一些干粮出发，从马力沟口对面上山，沿途可见山坡上的老茶树，可惜无人管护，任其乱长。翻越这座山，进入香炉沟流域，基本沿着山脊线而行，上坡下坡，一路打听，一直走到香炉沟垴。

先去千佛洞。千佛洞处于一块平地上，外面的庙宇已经坍塌，残垣破院中不知谁放了几头牛，正在吃草。庙的顶里边，有一个洞窟，设有上锁的木栅栏，只能隔着木栅栏观看。洞窟的三面都是一层一层的佛像，其中正中一面佛像体量稍大一些。没有仔细数数，应该符合"千佛"的称谓，洞窟前立有保护标志。可惜的是，过了不到十年，这里兴起以基督教为名的门徒会，听说洞窟和佛像都被所谓的"教民"给毁了。

又朝山上走了一段路，在接近山顶处，见到"万佛寺"。寺院已经不见踪影，只见一道大坎之上，立着几十尊与人等身甚至比人还高的石雕佛像，栩栩如生，十分精美。从佛像的数量、工艺及寺庙废墟的规模看，这是一个大庙。张老师说，从佛像的形制和精美程度推测，寺庙应建于佛教地位很高的唐宋时期。也很可惜，这些堪称国宝的佛像在后来也同样遭到"教民"或盗贼的破坏，有两三尊最大的佛像头被"斩首"，至今不知去向。越二十年，在各方的呼吁下，县上出资，雇人肩扛背驮，把几十尊佛像运到了县城后城洞儿碥下路边存放。县博物馆改造后，移入博物馆下院，辟专厅陈列。这些汉江流域罕见的珍贵佛造像终于得以安全庇护。

也有对学习不上心，混日子的。当年的乡镇工作生活条件差，有的学员听说毕业后分到乡镇工作，心里不愿意，有意不学。有的见有这么多年轻人处在一起，便图热闹，整日寻思着玩。也有单位选派学员时，故意把那些调皮捣蛋的推了出来，以图卸包袱。真可谓"鱼目混珠"。

赤岩盛产竹子，一些抽烟的学员就用竹筒做成水烟袋，斜躺在床上呼噜噜呼噜噜地抽，还戏称这是在"吸鸦片"。赤岩也出美食，几处食堂的炒菜做得好，一些好酒者经常喝得大醉，在小小的街道上乱走乱窜，到处乱吐。与我同宿舍的一位，一次大醉后昏睡于通铺之上，口里像喷泉般向外冒泡。学员中有一习武者，能够前后空翻，赢得一批追随者。还经常在赤岩区公所门前的桥上展示他的绝技——背仰双手双脚撑地呈拱形，引发围观。

这批年轻人绝大多数未婚，长处一起，难免生情，于是陆续有成双成对出入者，山前水岸，结伴约会者也有所见，更有风闻在校外出格者。接着，也就有了带有戏谑色彩的"恋爱歌谣"：八点半，桥头见，谈理想，谈信念，如果你不干，东西退一半！

这种情形，对于地处边远的赤岩来讲冲击不小，不好的议论、舆论随之而起，并通过各种渠道，反映到了县上。领导们得出结论，这是一期失败的培训，原来的下派任职计划变更，学员结业一律回原单位工作。

只有一个人例外，老马被派往汉江边的一个乡任副乡长。

十余年后，老马任职的这个乡与相邻乡合并为一个新设镇，我被派往这个镇任职，一打听，才知道老马已经在几年前因病去世，他的儿子顶班参加工作，随着改革也到了这个新设镇。我看着这个小马，身上满是老马的影子。老马给此地留下了一个冷笑话，广为流传：一日，乡政府机关炊事员做饭，把盐放多了，饭有些咸。分管机关工作的副书记老马板着脸，对炊事员严肃地说：你做饭是一个严重（盐重）的问题！当下把炊事员吓得不轻。

那场大水

三个月的山里党校生活结束，大致已到了公历五月底，我返回单位上班。此时，我原住的土房宿舍已经被拆，在原址建一栋新宿舍楼。我搬到档案大楼一楼最里边的一间房子住宿。这房子实际只有半间宽，里墙是这座楼的后背墙，潮湿发霉，开间太小，支一张床外，已经没有多大空间。但比起原来老鼠横行的老房子好了许多。

这间房子的过道对面，是一间比这间屋子更黑的黑屋子，由于没有窗户，十分阴冷，只能用来存放杂物。政府办公室分管后勤的副主任老王，是来自粮食系统的美食家，他利用这间屋子酿米酒，两个大坛子装着发酵的甜酒，隔上一段时间，老王就要拿上一个小坛子，把大坛子中已变清的米酒舀出来，倒在小坛子里，再向大坛子里加一些冷开水，这两个大坛子便源源不断向老王供给清冽的米酒。遇到我在家时，他只要打开"酒窖"，就会大声呼叫：小陈，快来闻，好香的黄酒！我便赶紧跑过去，使劲地闻着酒香。因为早年我的宿舍对面有此"酒窖"的缘故，我后来也学会了做米酒，并能以米酒制出黄酒。

接下来，我亲历了1983年7月31日的"7·31"汉江特大洪水。之所以叫与臭名昭著的日军细菌部队同名的"731"代号，是因为在7月31日午夜之前，这场波及汉江上游广大地区的洪水在旬阳县城段达到了峰值。在那个

那场大水

时间节点之前，这场洪水还经历了一两次小幅涨落波动，但整体的趋势是上涨。

那场雨持续了一个多星期，中雨等级，一直没有间断过。上级和县气象站、防汛办公室通报的情况是：汉江上游地区都在下雨，汉江及各个支流的水都在上涨。

县水电局一大一小两位科班出身的专家来到了县政府办公，以便及时分析雨情水情。他们的基本工具是一幅水文地图，一把尺子，一个算盘。根据上游安康火石岩电站放水下泄的流量，以及电站下游月河、黄洋河、坝河、旬河各水文站的流量测报数据，测算汉江旬阳县城段的流量和水位高程。根据蜀河吕关铺水文站的流量，推算汉江蜀河镇段的流量。通过上游各地降雨量的收集汇总及水的流速，测算洪峰到来的时间。这种半手工的测报往往预测的都比较准，不似现今这样到处都有自动观测设备，数据、洪水曲线可以自动生成。

我当时在县政府办公室干一些接打电话、上传下达之类的杂活。身处抗洪一线指挥部，感觉气氛越来越紧张，特别是"7·31"的前几天，水涨得太猛，指挥部一个命令接一个命令发布，督促居民搬离撤退，安装在临崖寺的高音喇叭，一遍又一遍播放《三大纪律八项注意》曲子。到最紧张的时候，陈县长亲自去广播站口播命令。随着水位持续上涨，河街已淹，撤退路线断绝，那些一直在等待观望的商店乱作一团。我被编入机关抢险队，从西门内城墙垛口拽绳而下，去城墙下边县城最大的商店——百货公司抢运商品。由于百货公司到城墙之间为一陡崖，扛着东西非常难行，忙了半天，也没有抢出多少货物。

也随领导不停地去看水情。半夜，水位最高的时候，我们到了垭子口，只见洪水位涨到了距"骆驼项"顶端只余两步台阶处，汉江和旬河的水只差丈余宽的距离就可贯通"拉手"，两边的洪水像海洋波涛那般"波浪波浪"摆动，电已停，四野漆黑，半岛四周一片汪洋，恍有世界末日之感。

洪水涨得太快太猛，安康已经封城，把在旬阳检查工作的地委阎副书记隔在了这里。阎副书记住在县政府院外不远的县招待所，带着一位年轻的秘

155

书，频繁出入县政府大院，在县政府办公室办公，与地委保持联络。从他与地委通话中，我们已经得知，安康洪水已经破城。此后，地区与县上除保持机要电报联络外，其他联络方式暂时中断。"7·31"后，去火车站的公路从洪水中刚刚露出，这位副书记就与秘书匆匆乘坐火车赶回安康去了。

洪水在退。县上突然收到一个消息，说是旬河上游干流上出现了一个大滑坡，形成堰塞湖，一旦决口，将会对下游城镇形成"扫荡"。形势陡然紧张起来。县上急忙派出由分管农业副县长带队的工作组，昼夜兼行朝旬河上游赶去。同时紧急通知沿线的小河、赵湾、甘溪等区组织动员沿河集镇村庄人员撤离。工作组出发的同时，两位水利专家连忙调出旬河上游高比例尺水文图，根据堰塞湖所在地镇安县提供的数据，对堰塞湖的库容及一旦溃坝的下泄流量、速度、高程进行计算。推演结果，认为堰塞湖容量有限，下游河道比降小，消解洪水的时间长，不会对下游造成太大危险。工作组步行至小河时，得到了此消息通报。几乎与此同时，县上也接到省上和镇安县的测算分析通报，均证明不会对下游构成威胁。这场惊吓，更让人心慌意乱。

这场大水，因地形有利，撤退及时，全县没有死一个人。但经济损失十分惨重，沿江沿河城镇村舍被淹被毁甚多。洪水过后，我下到河街一看，原来的土石堤坝已经垮得不成样子，到处都是豁口。街道上有一人多深的淤泥，除砖房外，很多土木结构的房子都被冲垮或在退水时被拽垮了。各区乡的损失也陆续报来，全县工作进入救灾恢复阶段。

街上被淹的商店开始清理淤泥，清洗商品。新华书店里，一地的烂书，用水清洗后摆在地上，几分钱一本，我抽时间光顾了两次，买了十余本，拿回来放在太阳底下晾晒，都成了"卷卷书"，但勉强能看。目下，我手中还保存有几本这样具有洪水印记的书，它们已经成了特殊的老物件，很有收藏价值。

这次大水过后，我在蜀河看过杨泗庙下边的水文题刻，才知这次大水在历史上并不是最大的。有记载最大的洪水是明朝万历十一年的那次，指示的水位刻度在"7·31"水位之上，并刻到："水至此高三尺"。据观测资料，1983年"7·31"洪水中汉江旬阳段的流量达到4.5万立方米每秒。那么明朝万历年间的那场大水的流量就与现今长江发大水的流量差不多了。

这次抗洪,我身处"中枢",也知道和熟悉了一种叫"备忘录"的文种。这种防汛备忘录把每日每时接到上级和各级电文,以及向下发的指示摘要出来,按时间排序,形成简报印发出来,向上报送,也向下发,像是工作实录,又像责任清单。此文种一出,各方面在防汛这种大事中所做的工作便一目了然,特别是频繁的发文、发电有了明确记载和提醒,让下级增加了落实的压力和责任感,万一出了事也便于"按葫芦扣籽"予以追究。精明强干的老杨也因这个发明和精心的参谋作用,在大水后连升两级。

此后,每逢汛期和其他"咬手"工作,这种文体就派上了用场。备忘录的滥用,慢慢演变成了某些机关推责诿过的工具,这样的东西,与现今名目繁杂的微信这群那群很是相似。

"731"后,防汛工作的地位陡然上升。每年汛期从五月一日到十一月底结束,在此期间,各级都要排班值班,一切与水有关的生产活动都要严格管控,悠悠万事,唯此唯大,其他的事都要让路。这方面的文件也是越发越多,目的是落实责任,到头来实际是层层推卸下甩责任。这种做法,慢慢走样了。

过了几年,我在县志办公室工作时,系统查阅了本县的自然灾害资料,尤其是1949年后有档案资料可查的各年度灾害资料,以及各年度经济指标变化。系统收集、整理几十年的资料后,我用在师范所学的高等数学知识,试着建立了一个数学模型,计算出旱灾、洪涝、风灾等主要自然灾害与主要经济指标的相关系数,最后得出结论,旱灾才是本地经济指标增减的最大相关因素,洪涝灾害对本地经济的影响相对较小,提高抗旱能力才是本地抗灾的重点。我把这篇长篇论文送给一位老领导把关,然后将文章投递给了《安康经济研究》杂志,等了好长时间,才在一期的杂志的最后"论点摘编"中看到了这篇文章的摘要。虽然没有全文刊载,但我觉得还是通过一个渠道,真实表达了自己的观点,表达了对某些方面形式主义的忧虑。只可惜,我的这篇具有一定"科技含量"的稿子,并没有留下底稿。

追影记

写这篇文章时,我翻出了记于1984年下半年的一个笔记本,里面有我全文手抄的一篇资料,题目为《汉江安康1983年8月特大洪水调查分析》,资料的落款为"长江流域规划办公室,水电部北京勘测设计院,一九八三年九月三日"。现原文摘录两段关键性的资料,以求科学了解这场大洪水的来龙去脉。

暴雨的天气成因。

环流形势。暴雨期间的环流形势是暴雨天气系统演变及水汽输送的背景。本次暴雨期间,亚洲地区中高纬度气流平直,乌拉尔山地区和贝加尔湖至河套到川陕地区分别为槽区。中亚高脊发展东移至西藏高原上,7月30日8时500毫巴强度为593位势米。

西太平洋副高脊线在北纬27度,高压中心在北纬27度,东经125度,两高对峙,川陕为辐合槽区。

暴雨天气系统的影响过程,7月27日晚,从河西到高原中部的500毫巴低槽东移,汉中地区开始降雨,其西北部的留坝、勉县一线出现49毫米的降雨量,由于500毫巴低槽缓慢东移和700毫巴上延安—天水—武都的切变线南压,使洋县及其以西的宁强、留坝、南郑和汉中于28日开始出现暴雨,最大的汉中日雨量68毫米,但由于副高的阻塞作用,暴雨区稳定少动,雨区扩大。29日勉县、城固雨量也达暴雨,最大的南郑,日雨量82毫米。至30日,由于中亚高脊东移发展,在西藏高原上迅速建立一强大高脊,脊前冷平流加强,造成高原锋生。30日下午冷锋经过陕南东部,促使副高西北侧略有减弱,因而暴雨区于30日夜潜入安康西部。此时,由于500毫巴的低槽和700毫巴的低涡切变与地面冷锋的有利配合,使陕南暴雨加大,暴雨区范围东到汉阴、紫阳与安康岚皋之间,西至南郑、勉县,北达秦岭之巅,最大在米仓山。其中西乡、石泉、紫阳、镇巴30日的雨量超过100毫米,最大的镇巴为137毫米。31日中午,副冷锋过安康,峰后大雨如注,此时暴雨中心移至紫阳,中心雨量为89毫米。

这次降水过程，水汽供应充沛，高原上的高压与西太平洋副高压在川陕之间形成强烈的辐合，有利于暴雨的发展，由于强冷平流的作用，出现了盛夏季节少有的强冷暖气团的交汇形势，产生了位势不稳定的大气层结，提高了降雨效率，流域平均四天雨量为166毫米，最大中心的钟家沟四天总雨量达300毫米。

……

洪水的来源及地区组成。

安康以上流域，举凡大洪水多属由全流域来水所造成。单独上游或区间来水，都难以形成特大洪水。

"83081"特大洪水，就是由7月27日—30日的暴雨造成石泉以上流域干、支流大水，石泉水库最大泄水量为15600秒立米；接着，7月31日暴雨东移至镇巴、紫阳、汉阴和安康之间，东移后暴雨又获加强，以至石泉至安康区间各支流洪水迅速上涨，其中任河瓦房店站7月31日14时最大洪峰流量5900秒立米，接近建站以来最大流量6320秒立米；任河支流渚河红椿坝站7月31日14时最大洪峰1190秒立米。月河长枪铺站3920秒立米，超过1960年建站以来最大的3190秒立米。此外，洞河洄水、大道河明珠、岚河六口等站7月31日的流量约为500秒立米。由于暴雨先停滞在汉中地区，而后东移，其中心走向与河流流向一致，所以造成干流石泉以上来水恰与石泉—安康区间洪水遭遇，这种恶劣的时间、空间组合，导致安康站8月1日1：30水位上涨达到259.23米，成为接近于1583年的特大洪水。

西岔河畔

一

"社教"是社会主义路线教育的简称。

我参加的这一期社教,应是那次社教的最后一期。那年七月,我被提拔为单位的副主任。按照惯例,"社教"布点进行到哪个乡镇,联系这个乡镇的县直单位就要派干部去驻乡参与。当时,我们单位联系乡是双河区下辖的西岔乡。我刚刚提拔,资历最浅,自然是社教的首选之人。

西岔乡位于蜀河上游的一条支流——西岔河流域。西岔河源出羊山古木岭,东流三十公里,在双河集镇处汇入蜀河。西岔河河谷平坦,有水田两千多亩,是旬阳水田最多的一个乡。全乡当时有九个村,从西岔河发源的青沟依次而下排列,计有:青沟、锅厂、石窖、胡坪、旱阳、椅子湾、卷棚、马家、桑园。

进驻西岔乡的社教工作队阵容庞大,有五六十人,队员主要来自双河区下辖的各乡,每乡由一名副书记或副乡长带队,组成工作组,一个工作组进驻一个村。工作组之上,设社教工作队,由区委副书记任队长,县农办一名退二线的督导员老田、县人武部军事科长老庞和我任副队长,社教工作队代表县委负责全乡社教工作的组织领导。县政府办公室另外派了一名年轻干部小胡与我一道参与这一期社教。

西岔河畔

社教进点时，已交冬季。办公室派车将我和小胡送至西岔乡政府所在地——早阳街道，车便回去了。从此，我就要在这个乡待上三个月了。

西岔乡一直是县政府办公室的联系乡，过去我曾来过两次。其中一次是随县政府办公室常主任，到西岔乡抓玉米营养钵种植技术推广。此地高寒，主粮晚玉米常因阴雨低温"青封"，迟迟不熟。农业技术人员通过实验，发明了"两段栽植法"：先用营养土制成营养团，用营养团提前集中育苗，在麦收之后移栽营养团于大田。这样既可缩短玉米在大田的生长时间，避开伏旱，又可在秋季地温下降之前收获，避免"秋封"。当时，我随常主任去了位于西岔河垴的青沟村，查看"营养钵"技术推广情况。到了一户人家，见这家人正在用猪粪拌土制作"营养团"，乡镇干部出身的常主任二话没说，上前就双手抓起猪粪，示范着捏了起来，把我搞得很吃惊，继而很佩服主任以身作则的过硬作风。再朝山上走，推广"营养团"似乎已不可行，因为山上的住户种的都是一块一块零星分散的"火地"，烧一块，种一块，一年还要换一个地方。"火地"很陡，全是石头，只能插空而种。这样大坡度的地块耕牛上不去，只能靠人力用锄头去挖，因而这里农民的腿上都缠着长长的裹布，以免在陡坡上干活开挖时滚石砸伤腿杆。我们在这个村的支部书记家里住了一晚，条件的艰苦程度不必细说。油毡似的被子，连我这个出身贫苦农家的人也难以忍受和入眠。主人拿出了最好的东西招待县上来客，炒了洋芋等几个菜，喝当地的特产甜秆酒，主人不停地劝着我们吃菜，主食是"青封"玉米做成的"浆粑"。我打听了一下，才知这种浆粑的制作过程：从坡上收回迟迟不能成熟，也不可能成熟的玉米穗子，用刀将玉米粒削下（因未成熟的玉米粒无法脱粒），放置储藏于一个大木梢中，用塑料纸封住梢口，食用时舀入锅中煮熟即可。这样一梢"浆粑"，往往要吃上一年。放置时间不长，浆粑就会发酸变酸，不习惯的人还真的难以下咽。但一想，这便是此地农家的日常生活，我们偶尔体验一回又算得了啥呢。

还有一次，是因公去西岔河一梁之隔的竹筒河，顺便去了同事老郑家。结束后，随老郑一道翻山抄近路去西岔河。从位于竹筒河右岸一条支流深处的老郑家出发，翻过竹筒河与西岔河的分水岭，蓦然看见西岔河对面山的中间有一个穿山大洞,当下惊了一跳,不承想此地还有这么神奇的景致。老郑便讲:这个穿山眼传说是二郎神担山时钎担戳出来的。愣愣地呆坐着观赏了一阵,便向山下走去。出了一条沟,便抵达西岔河岸的公路边。老郑指着公路里侧不远的一座跨沟老桥说,这里还有一个古迹,叫卷棚桥,并引着我们走近查看。这是一座石拱桥,半截已埋于土下,拱石的缝隙用铁水浇铸,虽然早已放弃不用,但仍显得很坚固。后来才听说,这座桥修于汉代,2000多个年头了。

这便是西岔河对我的最初印象。

西岔乡政府机关是一个青砖四合院,院内房均为两层。我被安排于下厢房二楼最里面的一个大间客房,客房里支有三张木板床,一张桌子,我与军事科长老庞各占一床,剩下一张床供给临时来人使用。这里既是宿舍,也是办公室。隔壁便是临时设立的"社教办",有区上来的一位老孙和乡上的文书小刘在那里办公。

进点当天就开了动员大会,区委书记和县社教办领导到会讲话,袁队长作工作安排,宣布社教工作队和各工作组分工。我被分配协助分管乡社教办公室工作,没有具体负责哪个村。我知道这样的分工,对我是一个明显的照顾,不熟悉乡情和农村工作,也可以稍微发挥自己的特长。

动员大会后,参会的各村干部领着驻村工作组,四散而去,区乡领导也随之而去,大院里只剩下我、老庞和办公室老孙、小刘及一个炊事员。顿时觉得无事可做,"分管工作"也无从下手。就与军事科长老庞一块出了院子,来到沿河公路上,边走边看。老庞早有准备,从手提包里拿出一幅大比例尺的折叠军用地形图,对着眼前的山水,一一指认、确认,终于有事可干。就这样勉强打发掉了半天时间。

第二天,老庞接通知返回县人武部去了,留下我一人"独处空房"。待在宿办处看社教文件,文件没有几份,很快就看完了,接着看从家里带来的书,想写一点东西,脑子又空洞无物,下不了笔,便不由烦恼起来。无所事事又过了一天。

第三天,实在不想在机关待了,就寻思着下村走走。朝哪里走,也是一个难题,各工作组都是双河区各乡的干部,绝大多数是第一次见面,生疏得很。想来想去,才想起锅厂村的工作组长是一个乡的副书记,是县上一位领导的弟弟,过去在县上见过面。于是便沿西岔河而上去锅厂村。锅厂村并无村部,工作组住在公路下边的一座农家土屋内。我去时,认识的组长到农户家去了,屋里只有一名工作组员。"社教"刚刚开始,还处于"调查摸底"阶段,也没有多少事情可以了解,我也说不出什么"指导意见",坐着聊了一阵,便起身告辞。这样又过去了一天。

第四天,县社教办公室检查组来到西岔乡,我随社教队长陪同,看了两个村,对工作组进点情况有了大致了解,当天检查组就走了。这样又过去了一天。

第五天一早,到乡社教办公室,建议办公室要加强宣传,在社教工作的每个阶段都要有宣传稿子,向县广播站和旬阳报社投送。办公室的老孙和小刘接受了我的建议,写了一篇西岔社教工作队进驻各村,开展社教动员,走访摸底,起步良好的稿子,由我略作了修改后,让他们誊写了一式两份,装入乡政府的信封,贴上邮票,投到了邮电所的邮筒里。把这个工作做完,我才有了一点"成就感",感觉慢慢进入"副队长"的角色了。

第六天,我感到还得找一个点,了解一下具体情况,最后决定去马家村。与我同单位的小胡是那个村的工作队员,去后一问,才知小胡被分到了西岔河对岸的一个村民小组。这个村民小组处在一条不长的沟里,小胡住在组长家的土房里。看了小胡的住处,见这家主人把小胡安排得很妥当,单间单床,向主人表示感谢,又问了组上的一些基本情况。小胡领我出门,下到这条小沟的水边游玩。这个沟有一定坡度,由一个接一个"乌潭"组成,小水潭里到处都是小螃蟹,见到人就横着身子乱窜,一次见到这么多野螃蟹,真是稀奇的很。

时间,就这样一天一天过去了。

社教进点十天后,大致到了9月中旬,我向队长写了请假条,回到县城送弟弟去上学。这年高考,弟弟考上了北京大学政治学与行政管理系,在本县引起了轰动。

我提前买了两张硬座票，陪着弟弟从旬阳火车站乘火车，二十多小时后抵达河北石家庄。

这届高考生按规定，入学后要进行一年的军训和思想政治教育，北京大学的军训学校为石家庄陆军学院。按照入学通知单的指引，到了规模庞大的陆军学院。排队、注册，领被子、军装等生活用品。然后由军校的政治指导员与新生和家长谈话，询问家庭基本情况和思想动向，都一一作答，顺便表了"政治正确"决心。

随后去军训宿舍，安顿好弟弟，我便出了军校大门，准备乘当日下午的火车返回。弟弟送至门口，叮咛声中匆匆别去。乘上返回的列车，一阵伤感便涌了上来。弟弟从未出过远门，一人出外闯荡，难免让人有些担心。弟弟远行，不可能再回旬阳这样的山沟发展，兄弟两人今后将天各一方，人生聚散无常，不免滴下泪来。

二

"社教"有几大任务：宣传政策、清理财务、处理纠纷，还有当时普遍倡导的发展多种经营。

宣传政策，着重是强调坚持社会主义集体所有制，巩固统分结合的"双层经营"体系，让群众明白：土地、林杈等都属于集体所有，农户只有承包经营权，所有权和经营权的分离只是经营方式的改变，并不改变社会主义集体所有制的性质。土地联产承包从八十年代初就开始实行，到这次社教已历时十年，适时地提醒强调，树立"集体观念"，似乎很有必要。这项工作往往是与清收农户所欠农业税、农林特产税和土地承包合同款搅在一块的。这几个款项摊到每家农户，一年也是一个不小的数字，有能力交的已年清年结，没能力交的就连年拖欠下来。路线教育声势浩大，"钉子户"迫于压力，纷纷被"攻破"。

清理财务，类似于后来的"审计"，通俗叫"盘账"。除了清缴农户的各项上交款外，还要对村级历年的收支逐笔核查，各工作组设有专门的查账组，配有专业人员，搞得很细致，村干部最"怯火"的是这项工作，把爱多吃多占的人吓得不轻。

西岔河畔

清理财务进行了一段时间。距乡上不远的一个村,查出不久前离任的一个老村长有问题,需要退赔一些钱。这个老村长仗着资历老、年龄大,就是不配合,去了几拨人做工作,都被顶了回来。于是便有人出主意说,让县政府的小陈主任出面,或许能把这个倔老汉压下去。我不知底细,就不假思索接受了任务。到了"下野"老村长家,只见老头嘴里叼着一个大烟袋,很霸气地高架腿坐在堂屋板凳上,刚接谈几句,意识到是来做工作,让他退赔的,老头就怒气大发,说自己资历如何如何老,对村上贡献如何大,现在有人借"运动"想整他,大不了这把老骨头不要了,不活了云云。见老头说出"不要老命"之类的威胁话,明显是在"耍赖",我只好尴尬地带着同来的两个干部怏怏而退,任务失败。此后又僵持了一段时间,老头最后还是退赔了钱。这是我实质性接触农村工作遇到的第一个挫折。分析自身原因,还是缺乏经验,不会做思想工作,对可能遇到的难题没有预见性,方法过于简单。过了若干年,我在省委党校学习,曾在一次心理学考试中引用了这个案例,又一次进行了自我反思。

社教中还有一个硬任务——发展集体经济,这是土地包干到户后,最薄弱的一个环节,没有集体经济就谈不上有"统"的成分,干部也就两手空空,没有"统"的手段。这个问题直到三十年后的今天,仍然没有解决好。

为破解这个问题,工作队一直在找突破口,试图找一个村搞一个样板。最后还是老先进石窑村的支书老黄灵机一动,说他们村有一块没有分到户的搁荒地,可以用来搞多种经营,发展集体经济。老黄领着我们钻进西岔河右岸一条发源于羊山的深沟,朝羊山方向走出二里之地,见到一块布满荆棘杂木的荒坡,面积有三四十亩。实地勘查后现场拍板决定搞。

第二天,全村劳力,加上社教工作队员及我们队部的一帮人,拿着锄头、柴刀进了沟,一阵砍挖,清理了杂乱的植被,挖了几百个育林坑,随后栽上了特意从外地调来的杜仲树苗。紧接着,全乡的村干部、社教队员集中在这里开现场会,身材高大、声如洪钟的黄支书给大家介绍如何发动群众搞山地开发,发展多种经营的经验。典型树了起来,成了"亮点",各村纷纷效仿,经验上了广播稿和上报材料。县社教办来人,我还陪同去现场看过。社教结束后的第二年，我在县城遇见进城办事的老黄，问起那块"多种经营"的情况，老黄说：又荒上了，杜仲长不过杂木，没弄成。

西岔河一带，属于羊山的北坡，两岸山上树林较多，盗伐林木的事也比较多，也是这次社教清查的内容。工作队联系调来林业派出所几名警察，与区派出所一道，共同清查积案。其中有一林业警察与我同住一室，每天的办案情形，他晚上回到住处后就有意无意地向我"汇报"。他们的工作"很猛"，案子和人犯源源不断，也时有过激动手打人行为，搞得村民都害怕他们。这形成了这次"运动"的高潮。一天，卷棚村邀请社教队部几个领导去村上参加一个群众大会。我坐在简陋的主席台上朝下看，发现一个中年男人一直满面涨红，低着头，很受打击但明显有怨气的样子，就问是怎么回事。邻座就介绍情况说，这个人一直想争当村干部，这次让人举报滥砍伐林木，昨天被办案警察暴打了一顿，又被强迫参加今天的群众大会。看这位红脸男人，应是一个轻易不服输的角色，被迫如此，勉强就范，实在可怜，不免让人同情。那个红脸男人的不平形象，几十年来不时在我脑中涌现。

按照社教工作队的分工，我还联系乡属单位的社教工作。乡卫生院有五六名职工，却比较复杂，内斗严重。我应邀参加他们的"民主生活会"，素有积怨的职工们见有"上级"参会，就放开手脚互相攻击，你来我往，争持得很激烈。能把平时积在心里的话公开说出来，倒是好事，只是争斗气氛太浓，搞得有点僵，互不相让，开了整整一天，似无结果。最后由我来点评总结，我说：你们这个阵势，是人人怀揣"飞毛腿"，随时准备着射向对方。当时，第一次海湾战争正在进行，飞毛腿导弹很有名，这么一说，把参会的都逗笑了，顿时气氛也缓和了下来。此后，通过清理财务，解决遗留问题，健全制度，卫生院内部问题基本得到解决。我的"飞毛腿"一说也在全乡广为流传，大家见到卫生院的人，都笑问有无"飞毛腿"，搞得卫生院的人很不好意思，这种外部舆论对卫生院职工确有警醒作用。

三

"扎根"于乡上，对地方慢慢熟了，人也慢慢熟了。这里别样的风俗习惯，淳朴的民风，挺吸引和感动人。

西岔河畔

　　这里沿河道都是稻田，不缺当时还比较稀缺的大米。河里又产小鱼，用一个八角锤击打水中石头，便有被震晕的小鱼漂浮上来。这里的农民比较穷，但不少家房梁上挂有腊肉。招呼客人比较讲究，先上"果盘"，果盘中有自制的腌柿子，味道酸中有甜，是独特的开胃菜，让出身于"柿子之乡"的我开了眼界。主菜是洋芋，当时正值挖洋芋时节，家家堂屋里都堆着一堆洋芋，他们把吃洋芋读着"掐绕入"，读音很拗口，需要反复模仿才能地道地说出来。这里人夸奖人的语言也很奇特，称赞一个人能干，就竖起拇指说：你这是三十岁的角猪，老搞家儿呀！

　　这里的甜秆酒很有名，度数高劲头大。人慢慢混熟了，"酒场子"就变得多了起来，人家诚意邀请，你若不去，就是摆架子。我历来酒量小，不善于饮酒，也不会划拳之类，尽管赴宴频繁，但是每次都适可而止，不至于醉。有一天，乡信用社在机关食堂招待几位队长。由于信用社属于"条条"管理，大家便比较放松，整整喝了十斤装塑料壶的"秆酒"。不承想到了半夜，就折腾了起来，最年长的老田和军事科长上吐下泻，连夜送到乡卫生院挂上吊瓶，其他几位也直叫头疼，我因喝的量最小，只是有点发晕。第二天，信用社的人告诉我们，酒是从农户家买来的，当时品尝只觉得酒劲足，酒味香，但没有料到里面加了"敌敌畏"。那个年代，酒里加"敌敌畏"增加酒的度数是公开的秘密，只是要掌握好分寸，滴上几滴也不要紧，但若掌握不好，滴的太多，就会引发中毒。这次不大的事故提醒我，对于酒，尽量不喝，尽量少喝。

　　还遇到一件怪事。一天，我去石窨村公干，当晚就住在村保管室的里间，那里是广播室兼客房。当晚开完会，就住宿于此。闲着没事，就摆弄桌子上的晶体管收音机，想听一下电台广播，转动频道旋钮，突然收音机中传出招呼开会的声音，仔细听了一会儿，才知是陕西省监狱管理局正在向下属单位开电话会，安排工作，信号声音清晰，于是我就势"旁听"了这个会议。过后我一直纳闷，一个保密性很强的内部会议信号，怎么能清晰地传到深山的一台收音机上。我分析，可能是这台收音机连着外面的广播线，这个广播线又连着全乡的广播网，由此形成了巨大的"天线"，捕捉信号的功能便变得异常强大了。

追影记

　　这次社教，时间从九月到十二月，正值冬季。还有一项硬任务——搞冬季农田基本建设，就是修田造地。县上给西岔乡分了一百亩的任务，县上不时检查评比，催得很紧。这项工作难度太大，土地都包到户了，各户都不愿腾出地块，否则就要停止种植，耽误几季庄稼；劳力也难组织，都忙着在自家的地里"挖抓"，谁还有心去修与己无关的地块。但县区逼得太紧，社教乡又要发挥带头作用，也列入了社教验收考核内容，没有退路。于是就选择了乡政府下面河道里的一块地，作为农田建设地点。这块河滩地往年被水冲毁了，又没有主人，属集体的"机动地"。于是就组织这个村民小组的劳力投"义务工"，上了工地，社教工作队也组织干部参加了两次义务劳动。忙了一阵子，勉强修出了大约二十亩的河滩地，离一百亩任务还有相当大的差距。

　　这时，县社教办忽然来了通知，要在棕溪区召开冬季农田建设现场会，要求各社教工作队派员参加，并在会上汇报发言。队长安排我准备发言材料，并参加会议。任务欠账大，工作进度慢，材料不好写，发言也没底气。接受了委派，只好硬着头皮去参会。

　　到了棕溪区下属的构园乡修地现场，那里的修地场面大，并且都是坚固的石坎梯地，让人羡慕。现场参观后开会，逐乡汇报。轮到我时，我拿出事先经队长审改的材料谈如何动员，如何落实任务，如何组织劳力大干，截至现在已完成修地六十亩，决心再大干二十天，全面完成任务等等。不料我谈兴正浓，主持会议的县委副书记打断我的话：小陈呀，你这是在虚报浮夸，哪有那么大的面积。当下把我搞得很狼狈，看来这位村干部出身的领导，掌握下面的实际情况，不好糊弄。这件事给我上了深刻的一课，告诫我任何时候都不能说假话。

　　榜样的力量是无穷的。参加社教，初涉农村基层工作，几位身边领导的风范对我影响深远。

　　老田，接近退休，现任县直部门的督导员，他是西岔乡所在的这个区上一任区委书记，在此地威望颇高。老田重返故地参加社教，如鱼得水，处处都有欢迎的笑声，干部和群众发自内心的敬重，视他为自己人，无拘无束拉家常，让我感叹不已。我知道造就这样的拥戴"局面"，非一日之功。老田在这个狭长封闭的山沟，一待就是整整三个月，一次都没有出过沟，更让我敬佩他的恒心和耐力。我为此还专门写了一篇广播稿，投到县广播站，希望人们领略这位"老黄牛"式老领导的风采，学习他踏实为民的情怀和精神。广播稿播出后，老田笑着对我说：小陈表扬我啦！

社教队袁队长，身材瘦长，年岁不大，才三十多岁，但十分老练，安排工作思维缜密，滴水不漏，强调纪律作风严格犀利，指挥若定，能镇得住人。让初出茅庐的我十分佩服，向往着有一天此等"功夫"在身，也如此潇洒一番。三个月的耳提面命、耳濡目染，老田与小袁，一老一小两位的言传身教，让我初步知道了一名基层岗位的领导者，应该如何工作，这是参加社教最大的收获。五年后，当我走上乡镇党委书记岗位时，便自觉不自觉模仿老田和小袁两位"师傅"的风格。

社教快要结束时，时令已进严冬，一场暴雪不期而至。大雪初起，我从西岔乡政府乘班车回县城，然后再转车去公馆乡参加县上召开的社教现场会。车过双河，雪越来越大，路上积雪也越来越厚，车行驶到拐弯处就不住地打滑，每当此时，司机就要下车去铲沙垫石，一惊一乍，把人吓得不轻。走走停停，用了大半天时间，才在极度惊恐中回到了县城。

第二天一早，从县城顶端的居住地步行走到下菜湾的汽车站，打算冒雪去公馆开会。一夜大雪，街道上积雪已过膝盖，鲜有行人，勉强挪到车站，候车室空无一人，售票处也关着门，车场上的班车也罩上了厚厚的白"被子"。去公馆已无可能，转而踩雪步行，走到上菜湾莲花池县政府大院，给已到公馆的县社教办领导打电话，报告已无法前往开会，只能告假了。

这场大雪，为五十年一遇，创下了零下十四摄氏度的本地极端气温，全县的果树几乎全部冻死了。

这是1991年的冬天。

再说步行

多日前，即兴写了《步行上羊山》，继而有了许多关于步行经历的记忆和联想。

步行，对于山里人来讲，是在交通不便时代出远门的基本方式。

早时，处于巴山深处的老家距离县城有三十里地，令人不解的是，千百年甚至更远以来，出山进城竟然没有大路，出入一直走的是河道。此道路随着季节变化、溪水的涨落经常改道。遇到溪流，就在上面支起"列石"，沿着弯弯曲曲的滩路，顺流而下。在三涧河沟口即将汇入汉江处，突遇一"无梁殿"，一道大梁锁住道路，于是就得转而攀山而上，在殿梁山脊处翻越过去，一条大河突现眼前。顺梁而下，山道沿汉江南岸边而设，直抵县城对岸叫"河湾"的地方，乘渡船过汉江方抵县城。故而，三涧河人一直把进城叫"过河"，沿用至今不变。

幼时，随大人去县城卖柴、送公购粮，都是沿着这条河道与山道步行，沙路绵延，列石相连，缓行与跳跃并用，颇费气力，特别是上无梁殿那面陡坡，脚力体力消耗更甚。一旦攀过山脊，豁然开朗，出山的兴奋便把所有的疲惫一扫而光。从初中到高中，我在这条河道上往返奔走多年。初中时是一天一个来回往返，高中时是一周一个来回。至21世纪初汉江大桥通车前，我在这条道上的步行已不计其数。这条路的分寸细微之处，似乎已刻在脑中。

再说步行

难忘的是20世纪80年代初参加工作后的那几段下乡"步行"。

由蜀河步行去双河。1982年秋,我随时任县长杨宗道下乡,先由旬阳火车站坐火车至蜀河车站,再乘班船到蜀河,然后沿蜀河步行而上。当时蜀河到双河有一条毛路,不通车,只能步行。此路不远,号称五十里。行至吕关铺处,因简易公路弯道太多,抄的是近路,翻过吕关铺,可见河对面的"花门楼",是一个青色碉楼模样。

抵双河区公所,入住区公所院内的客房,并去区公所机关食堂"上伙"。其间依稀记得去了附近的双镇乡和潘家乡,其余时间一直待在区上。杨县长此行的目的是指导双河区的"四级干部会",会场设在与区公所紧邻的双河中学操场上。杨县长作了长篇讲话,其间他交给我一个笔记本,让我在上边摘抄几份材料,具体内容已记得不太清楚,应是农村改革的内容,还让我写一份类似会议梗概之类的材料。因参加工作不久,缺乏常识,在这份小材料中,我竟把"四书干部会"(即区、乡、队、小队四级书记会,即四干会的别称)写成了"四属干部会",闹了一个笑话。县长很宽容,把笔记本交还后,他并没有当面责怪我,但我着实为此事羞愧了许多年。

区上的领导对我这个只有二十岁的"娃娃干部"很是重视,大会期间,专为我在台下第一排用藤椅设一位置。我坐在那把椅子上,一直不停地记,只感觉信息量大,一时难以消化。此间的一个晚上,同为区上干部的一对新人(男方为区团委书记)举行婚礼,我在日记中对此有记载。

这期间,写有三天的日记:

1982年9月6日。

昨日与杨宗道县长由旬阳经蜀河至双河,正值下雨。

道路是泥泞的,每走一步都要付出代价。

只觉得腿越来越沉,简直迈不出去了,但还是咬紧牙关,向前,向前!

1982年9月8日 星期三 晴

追 影 记

今晚双河区委一对青年举行婚礼，邀我参加，未去。男方是该区的团委书记。

1982 年 9 月 12 日
11 日，双河至圣驾公社；12 日，由圣驾经小河、赵湾，于晚 8 时回旬阳。

记得离开双河之前，县政府办公室派的一辆俗称"大沟子"的吉普车从小河方向来，最后去圣驾乡及从北区回城是乘车而行的。

我的日记 1983 年 1 月 21 日记载：杨宗道县长已于上午 8 时走了（赴石泉县任县委书记），雷主任随车去送。

这位雷主任为时任政府办公室副主任。

杨宗道后来由石泉县调安康县任县委书记。许多年前，我曾在市人大门前老远看见过他一次，似有腿疾，前几年听说已去世了。

由蜀河步行去尖山。具体时间已记不清了，大概在 1983 年，是随时任常务副县长李本根去的。李原为部队一团长，安康五里或恒口人，生性耿直，声音洪亮，玩扑克牌时爱骂人，有亲和力。后因年龄大了调回安康县任顾问之类，听说已去世多年。

此行的目的是检查群众生活安排之类。当时的仙河流域由蜀河区管辖，设有仙河、观音、尖山三个乡，路为断头路，不通车，只能步行。去程共走了三天。第一天，到了仙河乡，乡所在地的马王庙尚存，殿内有好看的壁画。仙河河水清澈，河道边有柳树，印象深刻。惜马王庙后来被拆毁。

第二日，宿观音乡。乡政府设在一老庙内（或是一个老院子），是一个四合院，当时的乡党委书记吉明忠刚刚调到了沙沟乡，干部们在谈论。唯此印象。

第三日，到了边关之地尖山乡，记得着重看了粮管所。尖山乡政府以上已无公路，只见一座高山挡在面前，此为"尖山"，没有再向湖北方向走。

从尖山一路返回蜀河，仍是步行，用时多少，已不记得。此行时间安排稍缓，一路走下来，不算太累。加之有一善于聊天的马副区长作陪（副区长名字中有一"全"字，体微胖，有络腮胡），加上仙河的田园风光，一路走下来，倒也显得轻松愉快。

采访县志资料的远足，印象最深刻的，是步行穿越一大串铁路隧道。

那时，我已从政府办公室调至县志办公室工作。那次，为了收集棕溪一带的历史资料，县志主编张沛带着我，先从上渡口乘船，沿汉江东下到辗辕（现已简称"展元"，原意全无）处上岸。据说辗辕这个地方，历史上皇帝或某一大官曾在此路过停留，故有其名。也有历史传说，此地是黄土县县治所在，经常有古物出土。访问当地居民和所在学校的老师，见到了几块古代的砖瓦。辗辕小学有一对教师夫妻，是主编张沛的学生，故而招待很热情。

告别辗辕，转而沿汉江南岸向棕溪区（现棕溪镇）方向而行。为了省路，我和张沛俩人打着手电，进了铁路隧道，踏路轨正中枕木而行。行进中，须时刻警惕来往火车，见远处有火车车灯亮光，便急忙闪到隧道壁处，身贴壁面，一动不动，任火车从身旁呼啸而过，惊心动魄的感觉。到了几千米隧道深处，隧道中间的位置，瞭望隧道两端，只有豆大一点亮光，似乎身处地心，有恍惚之感。

当晚，宿棕溪镇一小旅店。随张沛找棕溪中学教师陆根生。陆是张的老朋友，擅长根雕，他家在区公所的坎上边，室内有不少根雕作品，大开眼界。

第二日，沿棕溪沟而上，抵棕溪沟垴的武王乡。从乡政府处爬坡而上，到了与白河县交界的"县坪"，此处据传是黄土县的另一遗址，或白河县的遗址之一。一当地的老者引路，一一指点介绍了传说里"县治"处的地形，县府、监狱、粮仓等等。

人云亦云，无以证实，下山返回棕溪集镇。这天的步行往返，里程不短，应有四五十里。

第二天一早，从棕溪区出发，继续沿铁路路轨西行，目的地是小棕溪垴。由棕溪镇到长沙之间是一条长达几千米的隧道，隧道的上方是龚家洲，即今天人们称道的"汉江第一湾"所在。穿越这处隧道，"地心"的感觉更为强

追 影 记

烈，但相对于环绕龚家洲的这180度的汉江大转弯，省却的路程和时间确实可观。

抵小棕溪口，转而沿沟上行，一直走到沟垴的华坪，探访一处坡地。华坪当地一华姓教师，多年前在此处不断发现一些古代砖瓦物件，并献于县博物馆，因而引起从事历史考古研究的张沛老师的关注。探访的这处坡地，似乎已无什么遗存，只有一坡的石块，此行收获不大。记得路途中，还碰巧遇到了从杜家沟垴翻山前往小棕溪口办事的三叔父（陈文金），他背着背篓步行，可能是去购物。当时，去处于区外的小棕溪购物，是杜家沟一带人的传统习惯。因为当时，汉江航道尚兴盛，小棕溪口为一重要渡口，也是一处较繁华集镇。还遇到了居住于这条沟内的一位高中同学，他上高中时，经常抄近路从三涧河往返，我们经常途中相遇结伴而行。

当晚，宿长沙乡政府客房。遇棕溪区区长吉明忠也在长沙下乡，他曾到房间打了一个招呼。另外，当日晚乡政府附近学校放映电影，高中同学龚永林在该校教书，约去观看。

翌日，继续沿路轨而行，到了杨河，探访汉代"杨河粮仓"遗迹。再步行至庙岭车站，乘火车返县城。

此次步行，相当于从蜀河走到县城，其间还钻了两条大溪。

当然，印象很深、十分难忘的要数20世纪80年代初，跟随县长往返羊山的那次步行。今年3月，我特意写了一篇题为《步行上羊山》的笔记，引用如下：

> 近日，在《旬阳人物传》公众号上，读到原旬阳县委书记陈声环的回忆文章，从文后附注中才得知老领导已于年初辞世，不禁黯然伤心，也勾起了关于老县长的一段回忆。
>
> 当年，陈声环从岚皋县常务副县长升任旬阳县县长，后转任县委书记。到任后，给大家印象最深的是，陈县长特别重视农业，多半时间在下乡。其时我刚二十出头，在县政府办公室做秘书工作。

再说步行

因入职不久，年轻勤快，陈县长下乡就经常带着我。即使后来他当了县委书记，有时下乡也点名要我跟随。

80年代初的乡镇，很多地方有简易公路却不通车，下乡到村全靠步行。至今难忘的是跟随声环县长的那次羊山之行。

一天清晨，刚吃过早饭，县长到办公室叫我：小陈，走，下乡去，不要给任何人讲。于是县长和我两人就出了龚家梁顶的政府大院，下到东门，从堤坎头下的旬河口过渡，到了临崖寺下的公路上。这时，陈县长才告诉我，今天步行去羊山。

沿着沿江公路即今天的316国道而行，中午时分才走到大磨沟口。坐在路边石头上歇息，已有乏意饿感。陈县长意外地从包里拿出两根麻花，两人就地用了"午餐"。这时我才后悔自己没有经验，太粗心大意。实际上，从县城到磨沟口是通车的，完全可以由办公室派车，乘车而至。再者，对路途的食宿问题我也一点没有考虑，确实糊涂得很。

接着，沿大磨沟溯流而上，有简易公路，但不通车。走了几个小时后，只见路旁一棵大树下，一大堆人正在开会。主持会议的是时任构园乡党委书记薛居俊。当时，我们要去的羊山乡属菜湾区管辖，构园乡属棕溪区，故而我们此行属于取道"过境"。这棵大树至今还在。

简短打了招呼，继续前行。山越来越高，沟越来越窄，路越来越不平。黄昏时分，来到一峡谷进口处，再往前走似乎已无人烟，见公路旁有一院落，就敲门进去。我向两位男女老者介绍：这是县长，要去羊山，晚上想在这里借宿。主人热情厚道，立即生火做饭。用餐期间，记得男主人给我们讲了羊山古时寺庙地窖子和遭火灾的传说。饭后安排里间一床，供我和县长住宿。因路途劳顿，睡得还算踏实。

二日清早，起床，与主人告辞。沿沟前行，经过幽暗的铁锁洞地段，转而上山。路途上，县长又拿出仅剩的两根麻花，充着俩人

追影记

餐食。此时，我愈加佩服领导的周全，憎恶自己的愚钝。

到达羊山乡政府，已是下午。县长突然步行而至，乡干部十分诧异和热情，当晚炖了鸡，热了酒，乡班子都出面作陪。乡政府有客房，睡了一个好觉。

三日、四日，从乡政府出发，去羊山乡最远的一个村——梨园沟。乡政府以上没有公路，步行翻了好几道梁，走了半天才到。看庄稼长势，看农家生活状况，印象中到处是破院子、烂房子，条件确实差。那时的羊山，在全县是贫困、落后的代名词，是犯错误干部和教师的"流放"之地，这种印象，应属正常。梨园沟之行，留下记忆最深的是，村上的一位女干部（应为妇女主任）见到县长亲临此地，激动异常，高声说出了"开天辟地"之类的赞颂词语。当地人讲，陈县长是解放以来第一个到此地检查工作的"县官"，村民欢呼激动，自在情理之中。此情此景，几十年来一直萦绕我的心头，至今仍历历在目。

第五日，随同陈声环县长踏上返程。一路下山，沿磨沟而出。由于是下坡路，比去程轻松了许多。抵磨沟口，太阳已偏西，实在走不动了，天也快黑了。我向县长请示后，去了沟口的国营磨沟纸厂，在纸厂办公室给县政府办公室打电话，请求派车来接。

有了帆布篷小吉普，回城就是很容易的事了。

我的日记记载："1983年11月26日至30日，随陈声环县长步行去羊山，深入到西庵、梨园沟两个大队，着重了解今冬明春这里群众的生活安排情况，走访了几家特困户。"

方志今忆

一

年纪大了，如果有人问，你这几十年都干了哪些事，我会回答：二十岁到三十岁，参与写了一部县志；三十岁到四十岁，参与建设一个新的建置镇；四十岁到五十岁，把这个县的财政收入从二亿元抓到了十二亿元；五十岁到六十岁，创新了一套县乡人大规范化建设的新模式。这不是自吹自擂。当然这里面有集体、团队的功劳，不可独揽。但总的讲，几十年间的确做了一些事，有的还小有影响。

其中1985—1989年五年的县志工作经历，我一直引以为傲，其间形成的阅读习惯和知识积累，对我此后的工作和生活影响甚大甚远。

洪灾过后，我的工作和生活仍延续过去的模式，在平淡中行进。办公室又有新人补充进来，我为人处世的"木讷"状态和灵活度更显得不尽如人意。千篇一律、循环重复的机关生活，难免让人懈怠和生厌。原来的当老师、当作家的念头又一次泛起，也有调到文化馆，发挥自己专长的想法。自己在苦苦寻思、等待新的出路，领导也知晓了我的想法。

机会终于来了。

全省新一轮地方志编修工作在前两年已经启动，本县安排一位历史专业出身的文化局副局长兼任县地方志编纂委员会办公室主任，在半岛顶部的原县检察院院内安排了三间房子,作为办公之用。这位姓何的副局长是"光杆司令"一个,同时他仍以文化局工作为主。他搞了一段时间,出了几期资料简报,便忙着调回汉中老家之事,且有了一定眉目。

这时已是1984年初夏,省上来了文件,陕西省首届地方志编纂人员培训班将在西安举办,要求每个县都要派员参加。何副局长即将调走,不能参训,需要另外物色一人参加。政府办公室主任想到了我,通知我去西安参加培训。

我稍做准备,提了一个人造革小包,从旬阳站乘火车到了安康火车站,买了当天下午出发去西安的火车票。见时间还早,我就在火车站外的路边找了一家小旅馆,付了半天的店钱,在房子里休息等待了几个小时。大约到了下午三四点钟,火车开动,向汉中阳平关方向行进。当时从安康乘火车去西安,全程需要二十小时左右。我买的是硬座票,在火车上迷糊了一夜,第二天午后,火车抵达西安站。这是我第一次到西安。火车徐徐进站时,铁路南边雄伟的西安城墙让我震撼不已。

按照培训通知的指引,在火车站外乘五路公交车,到达培训地——位于小寨西路的中共陕西省委党校。我在正门内一栋苏式大楼的大厅报到,被安排在一楼的一间大宿舍住宿。这个宿舍可以住十余人,架子床,下铺住人,上铺放置东西。从宿舍内存放的物品、书籍得知,宿舍的"原住户"是党校长训班的学员,已经放假回家,我们来此,属于临时借住。其中我所借住的这张铺位,属于潼关县的一位,名字没有记住,他的书桌上有不少书,我不时翻看。

这次培训,全省每个地区、每个县和省直部门都派有人,大约有二百多人。开学典礼规格高,很隆重,时任中共陕西省委书记马文瑞、省长李庆伟等领导出席,会后还在大楼前广场上合影,第一次见到省上高层领导,我很是兴奋。

当时,全国新一轮修志工作起步不久,对如何修好志书,各地都是边探索边实践。这次培训班除了讲授地方志基础知识外,带有研讨性质,常常开展分组讨论。那些工作起步早的县来的人,发言滔滔不绝,头头是道,让我们这些尚未入门的人相形见绌,只有一言不发,手里不停地记笔记。通过领导讲话,专家授课,慢慢明了地方志工作的重要性,感到自己很幸运能被选派从事这项工作,这就是通常讲的思想认识明显提高了。

其时，陕西省地方志编纂委员会主任是省委原副书记陈元方，他亲自上台授课；副主任是陕西省社会科学院原院长吴钢，他也讲了几堂课。还请了中国地方志协会秘书长及外省的学者授课。培训期间，研讨最多的话题是地方志如何发挥"存史、资政、教化"三大功能。诸如如何为经济建设服务，如何科学设置志书篇目，如何记载"文化大革命"，如何撰写人物志，如何做到"厚今薄古"。交流比较深入的话题是怎样撰写专业志，以及修志起步较早地区如何促进当地资源开发的事例。我第一次知道了有一门学科叫"方志学"，中国第一部方志类著述是《禹贡》，历史上最有名的志书是康海的《武功志》，还有著名学者黎锦熙方志学专著《方志今议》。历代留存下来的方志浩如烟海。"盛世修志，功在千秋"，这是当代修志人自我激励和引以为傲的一句名言。举凡盛世，都要修志，目下正逢改革开放新时代，万业并兴，修好志书，功德无量。于是信心决心大增。

培训班也有福利。一次是组织我们坐着旅游大巴去华清池和兵马俑，进入景区分散活动。刚看完杨贵妃洗澡的浴池出来，便有人拿着照相机冲我照相，啪啪啪了一阵就伸手向我要钱，一块钱一张，说是总共五张。这些农民打扮的人可能是看我单枪匹马，又打扮得老土，便盯上了我。我一时懵了，只觉得要上当，情急之下，脱口而出：你们这样做就不怕报道曝光吗？那两个男子一听这话，就赶紧走开了。事后我看有关报道，才明白他们的相机里根本没有装胶卷。当时华清池的门票才一块钱，我身上也只带了几元钱，虚惊了一场，也长了见识。还用了一天时间，去参观乾陵和昭陵，中午在乾县政府招待所就餐，一人交一块钱，吃得倒也丰盛。那时候就是这个物价。记得兵马俑的门票也是一元钱。

学习结束前，我动笔写了一个汇报提纲，准备回县上后给领导汇报，大致包括学习的概况，省上领导讲话对县志工作的要求，对县志编写工作的建议等内容。通过学习，我已感到这项工作很重要，上级催得紧，涉及各行各业，工作环节多，需要真正重视才能完成。

一个月的培训结束后，我乘火车原路返回县上，把汇报材料交给了县政府办公室主任。

二

省上培训班结束，我回到县上，仍在政府办公室干一些杂活。都知道我要去写县志了，也就渐渐不再安排我做一些"重活"。为做好从事县志工作的准备，我从档案馆借来一套清光绪二十八年《洵阳县志》复印本，边读边抄录，几个月下来，把这部十四卷的志书完整抄了下来。同时阅读培训班上发的几本方志学书籍，补充地方志基础知识。

在此期间，县委与县政府办公区"分家"，县政府搬到县城顶端的院子，即原来县法院、检察院的办公处。在新的办公区"双面楼"，给县志办公室分配了三间宿舍，一大间办公室，我搬入其中的一间宿舍，另两间宿舍住着即将调走的县文化局副局长一家，与我住的这间紧挨着。我住在二楼里侧一面倒数第三间。

不长时间，文化局副局长调动手续办妥了，准备搬家。他正式向我办理移交，移交了县志办公室及办公室内的几柜子图书，办公桌椅、印章。因县志工作基本没有启动，除此之外，也没有什么可以移交的。从这天开始，我便成了县志办公室的"掌印人"。不过，仍然是"光杆"一个，工作仍不能正常开展。

很快，县上决定由已经退居"二线"的原县农牧局局长李必勤担任县志办公室主任、主编，还正式发了文件。这位李局长资历很老，解放前参加工作，50年代就在县政府任科长，后来连任了几十年科长局长，几次提名为副县长人选，对县情非常熟悉。李局长走马上任，兴冲冲工作了一两个月，才发现县志办公室真是要钱没钱，要人没人，工作难以开展，就打了退堂鼓，说自己年岁大了，要求县上另请高明。

李局长是一个很有责任、心地和善的老头。不再担任主任主编之后，他仍很负责地发挥长期从事农业管理工作的专长，主持撰写《农牧志》，特别是很难写的《所有制变革》这一部分，查阅了很多资料，记述条理清晰。不久，李局长退休了，便转而以调养身体为主，整日要么快速步行，要么在家里打坐。后来渐渐迷上了一种气功"中功"。之后，我们就极少在外面见到他了。

这样又拖了一段时间，县上决定由政府办公室主任兼任县志办公室主任，另从县农牧局调来一位有文字功底的老赵任县志办公室副主任。又决定起用专业人才，让已从县委党校调至县博物馆的张沛兼任县志主编。县志的组织机构和人事经过一番周折确定下来，县志工作终于可以正式开展了。

由县长担任主任的旬阳县志编纂委员会也成立起来，按照主任、主编的安排，我起草了"新修《旬阳县志》编纂方案"经县志编纂委员会会议讨论后，由县政府发文。方案中，计划用三年时间完成县志编纂、出版工作，这种估计当然比较乐观。实际情况是，从启动到写就送审稿，整整用了五年时间，到最后出版，又拖了五年，直至1996年才印刷出版。但有效的编纂时间的确只用了三年，应该讲，初稿的编纂效率还是比较高的。

紧接着，便是拟定县志的篇目，即章节的设置。这项工作由主编亲自拟定，征询各方面的意见，反复讨论，也借鉴了其他地方已出版志书的经验，还参考了省上的指导性篇目设置方案。最终形成了二十二卷的篇目设置方案。篇目章节一经确定，县志编写工作就有了总纲总目，也有了任务分解方案，资料征集也有了大纲。为了体现旬阳特色，在专业志中，专门设置了自然灾害志。这是因为刚刚经历了特大洪灾，防灾的重要性被提到了很重要的位置。还设置了物产志、方言志、文物志、民俗志等体现地方特色、特点的篇目。

征集资料工作随即展开。我查阅参考资料，起草了《关于征集新修〈旬阳县志〉资料的通告》，经主编和县政府领导审定后，以县政府名义发布。通告太长，需要一个整版纸幅才能装下，旬阳印刷厂无力承担，由我送到位于安康老地委对面的安康印刷厂印制，取回来后寄发各区乡广泛张贴。在县城张贴的密度较大，也是我提着一桶糨糊，上街去贴的。

人们对修志这件事的确很陌生。

旬阳有记载的修志起于明朝，第一部志书是一位叫南兆的知县主持的，惜已失传不存世；清代乾隆年间，江西浮梁人、知县邓梦琴主持编修清代首部县志，此志在咸丰年间有所补辑；清光绪二十八年，知县刘德全主持编修清代旬阳第二部志书，同时，以这部志书为基础，无名氏编纂了一部具有提要简本特征的《洵阳乡土志》，句式押韵，类似于一部通俗乡土教材；民国时期，曾任陕西省代理省长、省参议会副议长的李梦彪回乡寓居期间，曾主持县志馆，编写县志，但因国共战争，此事中断，有无志稿，有稿是否存世，均不得而知。在征集县志资料过程中，在县农业银行工作的一位杨先生向县志办公室捐献了一份手书小楷资料，详细记述了 20 世纪 20 年代初溃兵攻陷旬阳县城，屠杀民众的情节，文笔干练生动，颇有志书的风范。我一直怀疑这篇稿子是李梦彪所修志书的残稿，可惜无法进一步考证。此稿被另加标题，全文录入县志军事卷。

还有 1959 年编写的那部志书。这部志书编写于大跃进年代，薄薄一本，它的体裁有点像批判文章，阶级斗争的成分太浓，资料挖掘程度太浅，内容空泛，故常不被承认是真正的志书。

所以，从严格意义上讲，县志不修已经八十多年了，现代人的陌生当属正常。

普及地方志知识很有必要，也很紧迫。我在请示主任、主编后，以省上培训班学到的知识为基础，又阅读了《方志学概论》等专著，撰写了一组"县志知识讲座"，共分四讲，送到县广播站，广播站分四次向全县广播。这样，我俨然成了这个小地方的县志"专家"了。

这时，到了 1985 年初。

但是，我仍是一个"打杂"的。县志工作起步阶段，县志办公室一般干部只有我一人，一切手脚活都必须靠我来做。因而这个阶段，我一身兼编辑、文书、出纳、油印、通信员、资料员等角色，打水、扫地样样都干。虽然辛苦，倒也充实，是一段难得的综合素质磨炼。

这期间，我出了一趟远门，也是第一次跨出省界。县志工作步入正常，需要打印的材料越来越多，还办了一份不定期刊物《旬阳县志资料》。起初，打印委托县政府办公室打字室或在外边找人打印。调入一名打字员后，用的是县政府办公室退下来的一台旧打字机，一段时间后，那盘铅活字就因磨损严重，打出的字越来越模糊，急需更新字盘。受领导指派，我和政府办公室的打字员小安承担了远赴武汉，购买字盘的任务。

我和小安乘火车到了武汉，按联系地址来到了汉口的航空路，入住闹市区的一家酒店。第二天，找到同样位于航空路的"文荟铸字厂"，购买了两套铅活字，打包成四个小包，俩人一人提两箱，搬回酒店。这铅字很沉，提着它，你才能切身体会"灌铅"这个词的分量。东西到手，就乘便逛了一趟黄鹤楼，记得是一元钱的门票。第一次领略这座气势宏大的江城，看滚滚长江东逝水，不由震撼，脑畔不时响起"晴川历历汉阳树，芳草萋萋鹦鹉洲"的诗句。

回程仍坐火车。印象最深的，是在武昌火车站广场吃的那顿奇特的饺子。广场上支着一口大锅，这口锅的直径超过五米，里面烧着开水，大锅的一侧锅沿边上，安着一台自动饺子机，机口源源不断向锅里吐着饺子，饺子落锅后，被做饭师傅用大铲子搅动引导着，沿顺时针方向缓缓流动，转到饺子机正对面时，即被捞起盛碗出售。吃饺子的人拿着已买好的饺子票，排队依次领取饺子，这是一条效率极高的饺子流水线。

只可惜，这碗新奇的饺子令人十分失望，一咬一个白茬，根本没有煮熟。

在回程的火车上，我和小安对面座位上，坐着一位年轻的军官，交谈起来，才知道是旬阳同乡，在武汉某后勤基地供职。二十年后，我与这位老乡军官在西安一次老乡聚会中不期而遇，此时他已是某军医大学军务处处长。忆起年轻时的那次邂逅，不免唏嘘，感叹时间的流逝。

同行的小安非等闲之辈，他自小习武，会打拳，能使九节鞭，当过武警，爱看书，经常写散文之类的文章。这次外出公干，走时从财务室领了一千元钱，用于差旅和购买铅字。我俩第一次接触千元"巨款"，十分紧张，生怕丢失，商议一番，就把这些钱卷起来，缝在小安的衬衣腋下处。为防万一，小安又在腰上缠上了他的那个钢制的"九节鞭"，一路走下来，倒也没事。

三

政府通告的宣传威力确实有效，修志的氛围越来越浓，县志资料征集工作随之展开。

光绪年间那次修志到抗日战争开始这一段，近四十年间，历经兵匪战乱，旬阳没有官方档案留存下来，这一段的资料形成了硬缺失。补救的办法：一是去陕西省档案馆查找这个时期的省政府档案，找这个阶段县府向上的行文之类，以及省府文书中有关旬阳的资料。为此专门组建了一个十余人的查档组，由赵主任带队，去陕西省档案馆查阅了半月，有所收获。但资料支离，不成体系，也意外查到了一些旧报纸上有关张丹屏、李梦彪、张飞生等旬阳名人的一些珍贵资料，为撰写人物志提供了直接依据。二是向社会征集民间收藏的文字资料、口碑资料。征集县志资料的通告发出后，陆续有各方面的人士或撰稿，或提供实物资料，王生岐溃兵屠城的资料原件就是这期间征集的。也有前来献上清代志书原本的，无奈县志办公室太缺钱，无法收购，只好放弃。

抗日战争至全国解放期间，这段时间的档案比较丰富。县公安局存有这个时段完整的县府档案和上关县档案，这项查阅工作由我承担。那一段时间，我每天上午八时准时到县公安局办公室上班，用了两个月时间，查阅了国民党县政府和上关县民主县政府所有档案。重点摘抄之外，也复印了不少资料，可惜那时没有扫描仪或手机，不然我会把这批档案全部复制下来。最近我听说这批档案因保管不慎丢失了一些，至今也未正式移交档案部门，令人痛心。

通过查阅民国档案，我对民国时期县政权的运转、国共两党在此地的斗争、民国公文的形制有了大致的了解。过去耳闻、口传的一些史实和人物变得具体生动起来。当初公文处理人员随手在文稿背面写上的"黎明即起，培养朝气"等话语，让头脑中原有生硬的民国人物有了一丝的鲜活。以民国元老李梦彪拟定的"洵汉澄清，文武钟秀，四维弘大，民风淳厚"四言诗首字开头，命名的十六个乡名，充满了文化气息。还有当初国共双方在旬阳东区展开的拉锯战，"还乡团"（档案中的名称为"戡乱建国善后工作队"）绘制的内容反动、形式生动的宣传漫画，让你不由感叹艺术真的是有强烈的阶级性的。过了不久，这些漫画的作者、一位民国老人来到县志办公室帮助工作。我曾私下问他，为什么有这么好的画技？这位老人捻着白须，呵呵一笑，随即摆了摆手，摇了摇头，一脸苦笑。由于这批漫画，他在解放初差点被判死刑，劳改了二十多年。

解放后县志资料的收集，主要靠查阅档案，这项工作仍由我来承担。重点是查阅县委、县人民委员会、县革命委员会、县政府的档案，其中包括当时尚未解密的"文化大革命"期间的档案。我每天到档案馆去"上班"，除过穿插开会、外出，陆陆续续查了两个月才告完成。为了全面掌握几十年间县上工作的脉络和重点事件，我按照案卷的编号，逐卷翻阅，遇到重要的文件资料，就夹上纸条，整卷另存一边，当天下午集中在档案馆的复印机上复印。除复印外，还拿有县志办公室专制的活页卡片纸，把重要的资料摘抄下来，到查档结束时，活页卡片已经摞起一尺多厚。"文化大革命"的档案整理很系统，收集得全面，这是"文革"后拨乱反正、平反冤假错案的缘故。这些档案再现了近似疯狂的岁月，对我触动很大，我周围的许多人即是这场运动的当事人，其中还不乏当时的风云人物。查阅后我在日记中写道：历史的悲剧不能重演，要珍惜当下美好的时光。

据我的日记，这批档案共查阅了三百多卷，复印资料四十多万字。通过解放后这个阶段档案的查阅，获得了大量的资料和信息，三十多年县域发展的路径脉络、人文社会演进有了清晰的线条线索。

在系统查阅档案的同时，我们还对旧志展开了收集。县档案馆只存有清代光绪志、《洵阳乡土志》、1959 年志稿。我们又从各种渠道复印收集了乾隆志。不知从哪个渠道知道了台湾成文出版社有旬阳县志出版，开始还以为是一个新版本，连忙汇款邮购，收到后一看，才知是光绪志的影印本，空欢喜了一场。还从安康地区档案馆复制了两个版本的《兴安府志》，后来还收集了一个版本的《陕西通志》复印本。这样，旧志资料基本齐备。

我们也抽时间做了一些实地考察。印象最深的是对小河仙姑碥的考察。仙姑碥位于旬阳到西安的要道，香火很旺，旧志中也有专条记载，是交通志必写的一个环节。考察由交通局负责写交通志的陈先炳牵头组织，一行七人乘坐县交通局的中巴车前往。同行的朱成德老先生晕车严重，中途在赵湾下了车。

到仙姑碥后，我们对这个地段进行了测量，走访了附近的居民，又到小河区、小河乡找老干部调查了解，弄清了 1927 年刘伯承从四川途经此地到西安，辗转赴江西南昌参加南昌起义的情况。当地人回忆：刘伯承从仙姑碥到镇安县后，委托镇安县商会为仙姑献木匾一幅，上书繁体字"灵爽式凭"四字，落款为"中国童子军军团长刘伯承"。这个大匾在解放初被小河乡政府食堂当作案板使用，不久，一个孤寡老人去世，没有棺木，便将此匾做成了棺材，埋在了地下。这也是第一次弄清了刘伯承送匾的来龙去脉。

追影记

一日，随张沛去县城对岸河湾陈家院子考察。此地汉墓多，经常出土文物。在陈家院子的上方，有明代诗坛怪杰张凤翔的墓地。张的后代现在仍住在这个院子里。访问老人得知，张凤翔的墓在"文革"中被毁，有一块墓碑被搬到院子来了。随即这位叫张世宏的老者把我们领到河湾大队的保管室。这保管室一楼是一个地楼子，二楼的房头开有一门，以石板为桥，与上方的院坝相连。这块用作"桥"的石板正是所说的墓碑。粗读了一下，有"张氏八世祖"的字样，应为张氏后代所立。我们就提示说，这块碑很珍贵，应搬离这个地方，妥善保护起来，以免让人践踏坏了。

七八年前，我偶尔听张氏的后人说，那块碑现在乱放在陈家院子下面的公路边，已经裂了，无人管。连忙给县文化局局长打电话，那块碑才被搬进了县博物馆保存。这时，距当年我们的那次考察，已经过去了三十年。

四

县志办公室不知不觉成了"民国老人"的聚集地，无形中成了颇显活力的"统战部"。

修志启动初期，听说要广泛征集历史资料，一些民国时期在县、乡、保供职的人员便陆续来县志办公室打探消息。也有解放前是中共地下党员，后来脱党，尚未落实政策的人员。有的是真的想提供资料，有的是想解决历史遗留问题，试图寻求落实政策。

考虑这些老人是本县仅存的民国风云人物，年龄已七八十岁，抢救资料刻不容缓，一旦老人身体有个闪失，损失就无法弥补。经请示县政府，县志办公室把这些民国老人接到县上，集中采集资料。

这个集中采集县志资料的活动称为"旬阳县知名人士座谈会"，人员由县志办公室反复了解情况，征询熟悉民国情况的老同志意见后确定，共十九人，最小的六十五岁，最大的八十一岁，年龄太大的通知其子女陪同而来。这其中，有原中共旬阳县工委书记鲁世恭，原县政府副县长项春波、县警察局局长朱成德，县参议会秘书李文升，张飞生的管家饶俊义，张丹屏的侄儿张传道等。我们形容说，这是旬阳地区国共两党人士有史以来第一次坐在了一起。

座谈会会场设在位于上菜湾的县招待所，为照顾老人们的起居，住宿都安排在宾馆的一楼。先举行了开幕式，县政府分管县志工作的副县长讲话，县志主编张沛讲征集资料的具体要求，然后转入提供、采访资料阶段。给各位老先生发了纸笔，就地在宾馆房间里撰写回忆材料，题目字数不限，只要史实真实就行。年岁太大，动不了笔的，安排专人采访记录。县志办公室仅有的几个人全员上阵，为老人们提供服务，行走不便的安排有专人搀扶。招待所的大厨龙师傅是县城的老户，与这些老人都熟，故人相见，分外亲热，菜品调剂得好，花样不断翻新。开饭时，他常常站在桌旁，瞧着老人们吃饭，介绍他的拿手好菜，听到老人们的赞许声，就会咧开大嘴，爽朗地大笑。精心周到又真情的照料，民国老人深受感动，"创作"的激情被充分调动起来。

动笔最快的、写得最多的是来自古镇蜀河的项先生。他过去当过国军连长、乡队副，他的家兄做过国民党政权的县长，另一位家兄是著名的中共地下党、革命烈士，还有一位家兄解放后以民主人士身份当过旬阳县副县长，这次也受邀参加座谈会。项先生的家庭和他本人都有故事，素材较多。项先生总共写了十余篇资料，几乎是一天一篇，十分高产。他也很坦诚，并不忌讳他年轻时所做的一些事，文笔生动，他的稿子一交上来，大家都纷纷传看。

曾在安康绥靖司令、陕西警备第二旅旅长张飞生"公馆"当过管家的饶俊义，是大棕溪黄土村人，已八十多岁，身材高大，清瘦、沉静、寡言，他多数时间在床上盘腿打坐。形象有点像圣雄甘地。早上起床和每顿饭后，他都要用随手带着的那个小毛巾过细的"擦牙"，清理牙齿间的餐滓，以此代替刷牙，他的牙齿又齐又白，全不像老年人牙齿的样子。饶先生已不能动笔，他口述，我负责记录，口述了两天。最后，我把饶先生回忆张飞生的资料整理成文，这就是后来刊登于《旬阳县志资料》中的"我所知道的张飞生"一文。饶先生提供的一手资料，填补了许多有关张飞生历史资料的空白。几年后，饶先生在武王乡黄土村去世。若干年后，我在县政府办公室工作时，收到饶先生后人写的一封信，反映饶先生的墓地被人侵占或墓被破坏之事，怎么善后处理的，我已经记不清了。

1940年左右担任中共旬阳县工委书记的鲁世恭，居于旬阳火车站背后的李家那，当时县委的印章为一枚篆刻私章，上刻"草草不恭"四字，巧妙地把这位地下党的当家人名字镶了进去。岁月沧桑，已把这位当年的县委书记消磨成了一个沉默寡言的农村老头。由于"旬阳惨案"造成当时的旬阳地下党全军覆没，没有被杀、幸存下来的党员多数被列为"自首分子"或"脱党分子"。鲁先生在解放后当过一段时间教师，挨过批斗，至今仍是一个农民。鲁先生这次的任务是提供旬阳地下党的历史资料。同时，我们也安排了时在国民党旬阳县政府方面供职的参会者回忆撰写同类的资料，以便通过双方资料的对比，进一步印证史实。遇到不明的情节，"国共双方"也在一块交流讨论。鲁世恭、罗广文、黎文治、康成发四位"跨界"老先生交流讨论后，接连合写了"旬阳中共地下党活动""民国三十年大屠杀惨案"两篇材料，脉络清晰地还原了那段不平凡的历史。

朱成德老先生出身望门，是辛亥革命元老、曾任陕西省参议会副议长、监察院两湖监察使署主任李梦彪（啸风）的外甥。毕业于黄埔军校洛阳分校，当过国军营长、宁陕、旬阳两县警察局局长，身材高大魁梧，声如洪钟。即使在解放后被打成反革命，以烧石灰、抬石头、打零工为生，仍腰板挺直，不失职业军人风范。他虽为一介武夫，却写得一手大楷，他曾送我一幅书法"养天地正气，法古今完人"。

朱先生孤身一人，居于后城的一间小土屋内。从小土屋旁边的一条小道，百十步即可抵达政府院子茶水房边的一个小门。有此便利，朱先生在一次造访县志办公室后，便成了县志办公室的常客。这次参加"知名人士座谈会"，朱先生很是激动，他与"国共"双方的人都熟悉，又善于交际，对历史旧事都能插上嘴，便成了座谈会的活跃人物，不善写只善聊的他也乘兴写了几篇。此后不久，朱先生的黄埔军校身份被认定，加入了陕西省黄埔军校同学会，旋被安排为县政协常委，也享受到一些生活补助。老年的朱先生似乎一下子迎来了第二春，他特意置了毛呢子大衣、礼帽、皮鞋，交谈中还不时冒出一两句西安"官话"，精神为之一振。

朱先生后来与我成了"忘年交"，成了我们办公室和我宿舍的常客，他很愿意向我讲述当年的春风得意和时代更迭后的种种落寞。在敞开心扉、无防备时，老先生偶尔还问及"国民党反攻大陆是否可能"的敏感话题，望着这位"朴实"的老先生,我只能"义正词严"地坦率告之:绝无可能,还是趁早打消这种念头。朱先生也曾邀请我去他在后城的小土屋做客,用特意从街上买来的小橘子招待我,还亲自示范那种可以连皮吃的小橘子的吃法。我像一个历史的追随者、倾听者,对老先生的丰富人生阅历心怀敬重,老先生也似乎在独居中找到了些许的慰藉。这种"忘年"友谊一直延续了七八年。

1994年秋,我即将去西安脱产学习。这时也正值我的大女儿上小学一年级报名的时节。送女儿去城关第一小学报名的那天,我意外地在学校门口遇见了专程赶来见我,给我送行的朱先生。朱先生这年已经八十五岁,挂着一个拐杖,他听说我要去西安上两年学,生怕见不到我了,猜想小学开学日我必来学校,于是便来此地等我。我们一老一少拉着手,站在那里谈了好久,最后我离开时,老先生面容慈祥,向我挥手。春节前,我放假从西安返家,听人说,朱先生不久前过世了。

来自神河的刘先生,做过"南区王"石西藩的账房先生,精瘦干练,记忆力好,也善于文字表达。他除撰写长篇《石西藩传》之外,还撰写提供了一篇价值极高的"旬阳县宗教、会道门"资料。举凡当年江湖会、薅耙会、神团、大刀会、天皇锁、袋子会、九宫八卦大刀会、佛教会、青帮、洪帮、盂兰会、一贯道、同善社等五花八门的民间社团尽收其中。传入、起源、体系、人事一应俱全,另附有同善社的"坐静口诀""往生神咒""起经赞""祝告词"等资料,十分难得。

住在县城小河北黄家院子的黄德培老先生,是一位早年因家庭成分被清退的教师,现在已是地道的农民,但气质中仍透出知识分子的儒雅与沉静。黄先生的太祖、祖父和父辈做过清朝和民国的知县。盛传至今,成为描述太极城名句的"满城灯火列星案,一曲洵水绕太极"就是他父辈的杰作。到了黄先生这一辈,原本也规划着朝这条路走的。1948年黄先生考入以培养官吏为职能的中央大学学习。因国民党节节败退,临解放时,这个风雨飘摇中的大学已撤至汉中。汉中解放,学校解散,他的"县长梦"便告完结。黄先生提供的回忆材料题材比较广泛,包括三民主义青年团组织在旬阳的沿革、县城几次火灾、瘟疫、教育、卫生等各方面的资料。黄先生善谈,常到县志办公室与李文升先生谈县上各类往事，可惜当时没有记录下来。也屡屡谈及黄家三代县官的显赫历史，也可惜没有留下资料。调离县志办公室后，我与黄先生仍有不少交往。

还有曾任县府收发的康成发先生，凭着超常的记忆力，写出了"旬阳县政府组织机构和人事变动"，起于1903年，止于1949年，从清末的"九房三班"到民国初年的"三课三班"，再到抗战时期的"十室四科一局"，按时期排列下来，机构设置、人事更迭一目了然，填补了档案缺失年份的史料空白。

张澍生是一位家居菜湾的白髯老翁，他的弟弟早年赴延安参加革命，时任东北某省省长。他口述了一篇章回体历史资料《康华堂传》。这篇文章写法有点像传奇小说，分为四章，记述了20世纪20年代旬阳民间英雄康华堂的传奇人生。

参加"知名人士座谈会"的老先生里，还有一位重量级人物——项春波。他是另一位与会者项先生的哥哥，解放后以民主人士身份任旬阳县副县长，退休后一直居于蜀河口。我到政府办公室工作后，曾随县政府领导去他家慰问过。项先生圆脸、近视，身材稍胖，手拄拐杖，面容和善，一口典型的蜀河腔调。他回忆整理了一篇题为"旬阳县蜀河镇为什么有小汉口之称"的资料。项县长出身于蜀河口经商世家，又有分管经济工作的经历，对蜀河之所以成为汉江流域商贸重镇，叙述、分析得很是到位：

> 蜀河镇是旬阳首镇，历史悠久，在清朝时就有小汉口之称。因为蜀河是水旱码头，位于汉江中游，在陇海铁路未通之前，山西潞村的盐运至长安县的引镇，由引镇用骡子驮盐，每天有二三百头骡子至蜀河镇，供应安康十大县的食盐外，还供应湖北的郧西、郧阳、竹溪、竹山等地的食盐。骡子返回引镇，就运汉口、老河口转上来的南货，下老河口、汉口就运山货土特漆麻耳桔等。
>
> 蜀河镇的市场经济很繁荣，本省、外省的大商纷纷到蜀河做生意，有好多大商在蜀河落籍，有八大号之称，还有几十家中等和小商号。所以蜀河庙宇也比较多，有黄州馆、武昌馆、江西馆、湖南馆、三义

庙、扬泗庙、火神庙、清真寺等，都是外地大商集资所修。

五

这些老先生中，有一位李先生，是大家公认的秀才，后来也无形中成了县志办公室联络"民国老人"的中枢。

李先生名文升，居于火车站南边的李家那，此时已七十一岁。李先生长脸长须，枯瘦如柴，状若齐白石，背微驼，戴便帽眼镜，手如"鸡爪"（李先生自云），并时常握放双手自嘲曰：像鸡爪，力不缚鸡，命太苦。李先生在20世纪40年代任县府、县参议会秘书，相当于现在的秘书长、办公室主任，类似于过去的"师爷"，算是旧政权中的中枢要员。解放战争后期，旬阳境内国共两军斗争激烈，两度解放，如同"拉锯"。李先生在县府因工于绘画、文案，兼任宣传。此间举凡政治宣传册页、户外标语、漫画，均出自他手。国军如何强大，"共匪"如何不堪，是他笔下宣传品的主题。

解放后阶级清算，镇压反革命，李先生因一幅颇有画技、富有影响的政治宣传画"猪毛图"，被认定为恶毒攻击中共最高领导人，定为反革命，被判死缓，并被押进死刑犯执行刑场，吓了个半死，后被押解至关中一劳改农场服刑。在这家以烧砖为主业的劳改场，李先生因是个文弱的文化人，没有被安排干搬砖之类的重活，劳改场安排他专司"看火"这个"技术活"。"看火"就是掌握烧砖的"火候"，决定什么时候大火，什么时候小火，什么时候滋水、引火之类。李先生由此熟练掌握烧窑这门一技之长，以至于他服刑二十多年后，被提前释放返回李家那后，靠一技之长重操旧业，用于糊口。

李先生创作的那幅"猪毛图"，我在县公安局民国档案里见过，类似于"文革"中脚踏痛打"牛鬼蛇神"的奇异画风，很有视觉冲击力和蛊惑性。他手绘的那个宣传册，是彩色的，属"戡乱建国"的系列宣传画，它是一个母本和"小稿"，在户外可以放大成巨幅宣传画。

李文升在参加"知名人士座谈会"的诸多老人中，是最具文字功底的一位。他记忆力强，字迹工整，语言精练，文案整洁，出手也快。他提供的资料，不限于亲历之事，涉及本县民国时期政治、经济、人文等各领域，掌握的素材多，题材广泛。同时，他也乐于帮助动不了笔的老人记录整理资料，所以李先生无形中就成了这次座谈会的"磨芯子","民国老人""国共双方"都信任他，颇有他任县政府秘书的角色特征。我们县志办一班人对老先生也很是佩服和欣赏。

座谈会结束后的一天，李文升老先生来到县志办公室，他向我们提出一个请求：到县志办公室专门从事资料撰写，不要任何报酬。我们便欣然同意了。从此，李先生就成了办公室的一员，与我们共度了一年多的时光。我们这个写县志的机构，也因老先生的加入，顿时有了一些"历史感"。

我们在县志办公室的大办公室里专为李先生设了一桌，李先生也像我们一样，在县政府机关食堂购买了饭票，一日三餐在机关食堂排队打饭，按时上下班，晚上在位于东堤坎头的药材公司女儿家住宿。

李先生来后，先是撰写他在座谈会期间没有完成的资料。接着便着手撰写两个长篇资料。一为《洵阳山城小志》，原题目为《洵阳山城之今昔》，"小志"之名是全文刊登于《新修旬阳县志资料》时我改动过来的。这篇"小志"系统记述了清末、民国时期县城的地理、历史、风物、人文、商业的变化情况，并附有几幅手绘图，写得十分精致，有史料价值，也是第一篇由历史亲历者写作的县城历史。前两年，我在书房中偶然翻出李先生当年的这篇力作，甚是激动，便将其推荐给县人大常委会办公室主办的、以老年人为阅读对象的《重阳报》。《重阳报》加按语后用了四版全文刊登，也算是表达对老先生当年辛勤劳作的一份敬意。

李先生另一篇大作是撰写《旬阳方言志》，这件事最后半途而废，没有成功。方言志的专业性非常强，已列入专业志计划，但一直没有启动。李先生用的是"老办法"，就是用50年代已废止的拼音标注方言字词。其实要标注复杂的方言，必须用国际音标，否则很多方言的读音就无法得到准确的记录。作为"民国老人"，李先生显然无此能力。他很费力地撰写了一段时间，方言资料积累了一大本，也只是完成了城关区域方言字词的收集，面对旬阳境内五花八门的方言，先生没有精力和时间去实地采集资料，在我们的劝说下，先生只好忍痛放弃了。

除了撰写资料外，李先生坚持每天看报、读书。这个阶段，尽管经费很有限，县志办公室一直在购书，以历史、方志、工具类书为主的藏书有三大柜子，另外订有几十种历史类刊物、报纸，参阅资料非常丰富。李先生读书、看报遇到感兴趣和与方志工作有关的，就会用本子记录下来，类似于读书笔记。我们收的文件对他也是公开的，可以自由读取。这样不长时间，李先生的思想观念已与我们这些"在职"的无异，讨论工作、对话已无障碍。李先生古稀之年仍能"与时俱进"，我们感触很深。这样一来，李先生便在我们外出时，充当"办公人员"，接待来人、接听电话，我们返回办公室后，他都要根据记录，一一交接，从不误事。时跨两个时代，相隔几十年，由青丝到白发，李先生穿越时空而来，在同一"府"中办公，这当是一幅让人充满遐思的历史图景。

李先生的到来，产生了"头雁效应"。县内各方的"民国老人"纷至沓来，到位于半岛顶端的这栋双面走廊小楼，或提供资料，或打听失联多年的熟人，或寻求落实政策，故此，我们这些号称"八十年代新人"便有机会见到了许多意想不到的人，听到了许多传奇式的历史故事，明了了纵横交错的家族关系、历史恩怨。诸多信息、融会贯通，触类旁通，拨云见日，一场县志工作下来，县内各个家族、各色人等，今派旧人，人老几辈子的事便全知晓了。

小小的县志办公室，一度成了全县"民国老人"的聚集交流之地，比专司统战的统战部热闹得多。

有一段时间，那个活跃的老警察局长朱先生也来到县志办公室，找一桌坐下，与李先生及我们同处一室"办公"，纵谈古今，高谈阔论，堪称一景。政府院内，一文一武两位老人让县志办的历史特性愈加明显。

来访老人中，也不乏"奇人"。石佛寺的向老先生年过七十，当时正在到处采访、修撰向氏家族的族谱，经常往返县城，与我渐熟，成了我家的常客。向先生擅长看相。一日，他到我的宿舍小坐，展示他尚未完成的族谱初稿，我在他的稿子里找到一个别字，把"班车"错写成了"搬车"，他大为感动，特意要给我们小两口看相，我说我不信那个，他还是要看。他看了我的手相，观了眉域之类，眼光越过挎在下鼻梁的眼镜，点着头说：你能活八十！接着，给刚刚从卷烟厂下班回来的先室看相,片刻后,他话语不连贯地说:嗯,嗯,能过六十,能过六十!此时我与同岁的先室刚结婚不久,不过二十五岁的样子。向老先生此话一出,先室就很不高兴。老先生一离开,性格开朗的她就气恼地说:烂老汉,胡说八道,以后不让他来我家坐了。因此把老先生骂了一阵子。

不曾料想的是,先室在三十多岁时得了不治之症,勉强挨到三十九岁那年便辞世了。

这向老先生的相术真的很神奇吗?我也说不清楚。

六

按照县上的方案要求,县直各单位都成立专业志编写组,承担"专业志"的编写任务。

为了夯实任务,我们借鉴别的地方的做法,与县直各单位签订编写"合同"。以"合同"方式落实工作任务,是改革开放初期的一个特色,类似于后来流行的"责任状"。设计印制了一份通用合同文本,去哪个单位签合同,就在空格内填上这个单位的名称、专业志名目、字数、交稿时限。代表县志办公室签字的是老赵,彼方往往是要求局长、部长、主任签名,加盖单位公章。

这项工作开展得非常艰难。重视这项工作的单位,找上门去,就很爽快地签了。认识不到位,便把县志的事不当回事,三番五次去,一味推脱。有的没有这方面的人才,也不愿意签字。还有的单位耍赖,要县志办公室解决经费才签。好话说尽,进展不大,就只好向分管县志工作的路兴家副县长汇报,由路县长亲自打电话督促,才略有进展。即便签了"合同",有的并不行动,还得不断地督催。这项签合同的工作,从1985年初搞到年尾,才基本完成。

县志办公室内部也进行了任务分工。建置、自然、环境、人口、商业、人物、大事记、附录等七卷由我担任分卷主编,同时还承担概述、序言、后记的起草工作。大致花费了一年多的时间,拿出了初稿,并打印成册,陆续发送至各单位征求意见。

建置志的综合性、概括性很强,包含自古以来境域变化、历史沿革、行政区划、县城沿革、区划现状等章节,需要系统整理历史资料,理清各时代沿革线索。这是我动笔写县志的首卷，搞得相当吃力，所好有堪称地方史权威的张沛老师悉心帮教，才得以顺利完成，在县志初稿二十二卷中交了"首卷"。在这一卷中，厘清了县名的起源，即"建置志"开首第二段："旬阳之名，得于旬河，旬河发源于秦岭中的旬山，水因山而得名"，这个判断得益于县博物馆珍藏的《长安咸宁两县合志》中的一幅古地图。该图中，现今西安以南秦岭中的一段被标注为"旬山"，此段正是旬河的发源处。这就淘汰了"旬阳"为"寻羊"等无依据的传说。通过附录张沛先生在《地名知识》发表的《"郇阳"非指旬阳》一文，澄清了旧志中的附会和错讹之辞。依据张沛先生的考证，也对颇有争议的古旬阳县治位置进行了考释。但留下了一个缺憾：旬阳建县的年代被记述为"秦设旬关，西汉置县"。但根据十余年前西安六村堡秦宫遗址出土的"旬阳县丞"印章封泥，旬阳显然在古秦国已经置县，是中国建县最早的县份之一。关于这个问题，张沛先生应邀专门写了一篇考证文章，公布于《旬阳人大网》。对此新的定论，社会上仍知之甚少，在有关表述和材料中仍没有完全纠正过来。

就旬阳建县起始时间这个课题，张沛先生多年来一直在收集相关史料，作进一步探究，并取得了重大进展。据张先生对古文献和最新出土文物的研究，结合旬阳王小刚先生提供的"里耶秦简"中关于旬阳县的相关简牍文书实证，旬阳建县的最新结论是：旬阳县至少始设于战国时期，即公元前221年之前。2021年11月，应我的邀请，张沛先生专程赴旬阳市考察交流，在专场报告会上，张先生做了题为"关于旬阳历史文化若干问题的思考"的学术报告，报告中，对旬阳建县问题有较缜密的论证。对此前"郇阳非指旬阳"也有颠覆性的新论。历史大概就是这样越辩越明吧。这是一段后话。

《自然环境志》的成稿，得益于一本重要的参考书，即陕西师范大学地理系编写的《安康地理志》，这部地理学专著是师大地理系组织人力实地科学考察后撰写的，填补了许多地理资料空白，也很有权威性，可以直接引用。"地质"部分只查到零星的资料，记得是花钱请位于安康张滩的陕西地质一队提供的，附有几幅图，可惜入志时做了大量篇幅压缩。"气候"一章用了内部资料《旬阳军事气候志》中的一些资料，同时也将县气象局老杨任主编的《自然灾害志》中的气候部分拆分开来搬了过来。"水文"一章采用了水利系统的一本专业资料。"自然环境"卷由于引用资料丰富,卷内篇目层次条理清晰,数据、记述准确精练,首次盘清了旬阳自然资源家底,应该讲是一次基础性的资源调查,具有里程碑意义。

人口和商业两卷涉及的领域我都不熟悉,让我来当这两卷的主编,是因为涉及的两个部门没有合适的人承担这项工作,只好由县志办公室亲自上手。为了当好这两卷的主编,我先阅读了一些人口学、商业经济方面的理论书籍,弄清了一些基本的、专业的概念。随即开始收集资料,所好的是,旧志中的相关资料我都已摘抄掌握,民国时期和解放后的资料在我的两次查档中也做了复印摘录,加上公安局、计划生育委员会、商业局、供销社提供的资料长编,以及众多的"民国老人"提供的口碑资料,便不太费力地拥有了各时期的资料。商业志因资料有限,写得比较肤浅,引为憾事。对人口志,我是费了一番功夫的,人口统计资料的分类、汇总、分析都是亲自做的,各个时期的人口增长率、死亡率、性别比等都是我亲自汇总计算的。其中的"人口源流"部分还具有开创性。由县志办公室设计了长表,派出了若干个调查组,深入全县各地,选择人口较多的46个姓氏3200余户,开展迁徙源流抽样调查,调查结束后进行了数据汇总,得出结果,旬阳现有居民中,91%系明清两代外省和本省移民后裔,移民定居旬阳的时间主要集中在明清两代,占移民总数的90.9%,移民的高潮时段为明成化年间和清代乾隆年间。这是历史上首次对全县宗族源流、明清移民的抽样调查和统计分析,弥补了历史资料的空白。此间,我以调查资料为依据,写了一篇文章《旬阳人的祖先在哪里?》刊载于《安康日报》,引起许多人的关注。

《人物传》的编写引人注目。以历史人物的影响力和对社会的贡献决定是否入志。当代人物遵守"生不立传"的原则,不在世者才能立传,还在世有功绩、功名者采取"表"的方式列入。这是当代方志的通行做法。但人物传初稿出来后,仍有不同意见。有位老先生拿着人物传油印本找我,很生气:这个东西我几天就能写出来!搞得我很气恼,解释了一番,才知他生气的原因是自己没有"入传"。还有一位民国知名人物的传记,资料主要来源于这位人物的管家，写得客观翔实，既写了这位人物所做的一些坏事，也写了这位人物的贡献。但引起了传主后代的不满，直接来找县志办公室质问，这位管家为何不写他自己当初的作为。这个人物传本子一出，一段时间好像陷入了是非的旋涡。所好的是，人物传的入传范围都是几经讨论审定的，所有的资料都经过了严格的考证，都有过硬的出处。过了一段时间，各类意见也就慢慢平息了。《人物传》从提交初稿一直到正式出版，历经初审、二审、终审，都没有大的改动，经受住了考验。

撰写人物传时，对过去资料掌握甚少的几位"民国名人"的资料挖掘有所突破，应是《人物传》卷的一个亮点。

民国的旬阳，是一个人才辈出的年代，产生了一批颇有影响力的军政大员。王一山，同盟会会员，西安辛亥革命起义时任敢死队队长，后任国民革命军第十七路军参谋长，西安事变后任陕西省民政厅厅长、代理省政府主席；张鸿远（张飞生），国军中将，人称"飞将"，号称李广再世，历任陕西新军混成团团长、陕西陆军第一混成旅旅长，国民革命军第六混成旅旅长、豫陕甘联军第一师师长、陕西"讨逆军"第二路司令、安康绥靖司令；张丹屏（张藩），国军中将，历任西安警备司令、川黔边防军司令、陕西警备第一师师长、陕西省人民政府参事，创办了西安第一个发电厂；李梦彪，同盟会会员，新疆辛亥革命主要领导人，曾任伊犁军政府军政司长、国会候补议员、陕西省政务厅厅长，代理省长、陕西省参议会副议长，监察院两湖监察使署委员。这些"党国要员"的资料只限于民间的一些口传，人云亦云，也不完整。这次修志时系统查阅、收集，找到了这些人物的履历表，当时报纸刊发的人物传记，取得了权威性资料。故而这几位民国时本县最显赫的人物的"事迹"便变得丰满起来，特别是不知从哪个渠道弄来的李梦彪在台湾出版的著述《劫余剩稿》复印本，提供了许多不为人知的地方史资料，也让我们穿越时空，一睹这位民国元老"李胡子"的风采。

《大事记》的资料收集量大面广。民国及以前的史料有限，只要够得上的"大事"就尽量纳入。解放后的资料，越到后面越多，需要筛选甄别。每得到一个资料，就抄写、整理于活页卡片之上，累积起来有一尺厚。然后按年归堆，再次筛选后，按时间顺序依次整理起草，成稿后再根据新获得的资料增增减减，不能有大的漏项，文字尽可能准确、精练。《大事记》卷以编年体形式，按时间顺序记录大事、要事，在全书有总纲的作用。此卷一出，全县由古及今的大势脉络便告明朗、清晰。

七

专业志中有几卷写得很"专业"，具有专业水平，堪称典范。

民俗志是很有名气的青年作家吴建华主编的。建华当时在县文化馆工作，很有才气，勤于观察，长于散文写作，很会讲故事。此前，县文化馆抽了一帮文化人，收集挖掘地方文化资料，编成了地方文化集成，其中有民俗方面的内容。建华主编的《民俗志》大大拓展了这些，为此建华进行了大量的采访，抢救了一批濒临灭失的资料。譬如他去采访羊山一位长于做道场的老人，原汁原味采录了做七天道场的流程、经文。没过多久，那位老人就去世了。民俗志的初稿很精彩，除了记录原汁原味资料外，还有现场感很强的场景式记述，有的部分很像是某一风俗教科书和"剧本"。只可惜，因为字数的限制和政治方面的顾忌，初稿送至县志办公室后，忍痛删减了许多内容，留下了诸多遗憾。若现在把那个原稿翻出来，独立成书，当是对地方文化的一大贡献。

以科学的方法记述方言，在旬阳是个空白。"方言"卷的编写颇费周章。

旬阳居民因从不同地域迁徙而来，方言五花八门。县城周边及汉江蜀河以上、旬河沿岸说的是旬阳"官话"，蜀河、仙河一带接近湖北省，口音与湖北接近；吕河上游的赤岩也接近湖北，但口音接近西南方言。还有两个方言岛：接近普通话的蜀河镇方言岛和仁河、桐木"崇阳话"方言岛。

方言资料丰富，但编写难度大。何况，在专业志启动之初，手头上没有任何参考资料，无从下手。

按照省和地区方志部门的指导意见，借鉴别的县的做法，先要开展方言采集知识培训。利用学校假期，在全县抽调了三四十人，请中国音韵学会会员、汉阴中学张老师来旬阳，在城关第一小学找了一间教室，开展了大约一周的专题培训。培训内容主要是学习方言调查的基本方法、国际音标，及如何用国际音标标注方言。国际音标与汉语拼音有类似之处，但字母要多一些，对声调的标注用的是柱状标尺再转化成1—4间的一组数字，国际音标可以对任何怪异的读音进行记录。老师讲得很专业很通俗，大家学得很专注，通过课堂"练兵"，参训者都掌握了用国际音标记录语言的方法。

培训班结业后，把人员分为若干个组，拿着标准的"方言调查表"，赴赤岩、蜀河、双河、城关几个主要区域开展调查，不长时间，就完成了外业调查。

在此之前，县志办公室聘请旬阳中学资深的语文教师裴少强、高长铁为方言志分卷主撰。调查结束后，两位主撰就带着"徒弟"汇总、分析，开始撰稿。方言志编写进展又快又好，没有走任何弯路，缘于走的是"专业路线"，思路正确，专业指导，又选对了人。对国际音标，我通过参加培训，一度十分熟悉着迷，也频频试着标各种奇怪的读音。时间一长，便忘掉了。现在翻开原本熟悉的方言卷，竟陌生得很。看来知识需要温习，记忆需要重复，方能牢固。

旬阳文物资源丰富，有陕南第一个县级历史博物馆。在确定县志篇目时，把"文物"单列一卷，是大家的共识，能体现旬阳的历史底蕴和特色。主编张沛从县委党校调入县博物馆工作后，专门从事文物考证，成果不断，特别是那几年，旬阳出土文物中，连接爆出几件稀世国宝，如北周独孤信多面体煤精组印、汉代中黄门赵许龟纽银印、汉代象牙算筹等，引起了不小的轰动。陕西省博物馆持省政府公文来旬阳调取这几件"国宝"，被旬阳屡屡挡关，更抬高了旬阳文物的身价。

张沛老师是《文物志》的主编。《文物志》是按单独成书的规格编写的，其间我曾随张老师到乡下搞了几次考察。文物志初稿形成后，张老师便着手跑书号和印刷经费，时任县长陈俊彦很支持，县财政局专门拨了经费，《旬阳文物志》得以由三秦出版社出版，这是中华人民共和国成立后旬阳第一部公开出版的志书。文物卷入县志时，对志稿进行了精简压缩。

此后，张沛老师又着手对安康各县的碑石进行调查，跑了许多县，拓印、收集了一批有代表性的碑文，后编为《安康碑石志》，亦由三秦出版社出版。

这也为张沛老师几年后调入昭陵博物馆，主编颇有影响的《昭陵碑石》做了准备。此后，张沛老师在学术领域建树颇多，力作不断。这个起点，当是最初的《旬阳文物志》。

《自然灾害志》同样很专业，这一卷由县气象局编写。由气象局高级工程师杨继仁任分卷主编。杨毕业于气象专业学校，一辈子都从事气象工作，此时已五十多岁，他性格细腻，做事认真，唯一缺憾的是耳朵"重听"，戴着助听器交流都有些困难。老杨收集整理了气象站积累了几十年的气象资料，又系统查找整理了有关史志资料，资料工作做得十分扎实。在资料收集和撰写的每个阶段，老杨都要到县志办公室，与我们"笔谈"交流。

旬阳山大沟深，山体支离破碎，是滑坡、泥石流的多发地域，在此前1983年的特大洪灾中，旬阳各地滑坡、泥石流灾害多有发生，有的村庄整体移动滑坡。有鉴于此，我们从一开始就关注这一问题，订了几份这方面的杂志，阅读其中关于中国西南地区横断山脉一线滑坡、泥石流的学术文章，熟悉积累这方面的基础知识。在自然灾害卷中专设了"地貌地质灾害"一节，对滑坡、泥石流的成灾规律进行记述，以期引起人们对这个高危性地质灾害的认识，提高防范意识。

若干年后，在县志办公室积累的这一点地质灾害基础知识，竟派上了用处。2003年，我在县政府刚刚分管国土资源工作，兼任县防滑指挥部总指挥。夏季的一天夜里，桐木乡涌泉村发生特大泥石流，摧毁了一整座村庄，我随县委书记前往现场查看。因桐木刚发生震惊全国的"桐木事件"，大家都很紧张。我们到现场后勘察得知，被摧毁的村庄建在一个山槽的中部，因连阴雨，山槽上部沙石水分逐渐饱和，产生流动，因巨大的体积和重力作用，摧枯拉朽，一泻千里，把整个山槽从上而下，拉出一条大沟，睡梦中的十余名村民瞬间葬身于泥石流中。现场查看后原地开碰头会，我根据现场实情，判定这场灾害十分符合泥石流的要件和特征，属地质灾害中的泥石流灾害，且人力不可抗拒，随即在本级和上级的定性材料中，把最初的"滑坡"更改为"泥石流"。这样，就把村民和干部的注意力引导到做好善后工作上来，避免了各种谣言和恐慌。

专业志中，也有凑合起来质量不尽如人意的。如"财政金融"卷中的"金融"章。由于县人民银行牵不了头，便由各商业银行分散来写，交上来的初稿很像各年份的"流水账"，没有一点儿提炼与概括，我费了很大的劲儿删改，还是不如人意。1995年我上省委党校期间，县志交印刷厂排版印刷，县上委托我做校对时，这一章看起来仍像一个半成品的稿子，我勉强改了一些，最后的稿子仍显粗糙。

同样在一个专业志内，财政、税收两章质量就比较高。其中的《财政志》是财政局返聘一位已退休的"老财政"，名叫常学礼的老先生写的。常老先生像个老学究，操外地口音，眼睛高度近视，工作细微认真，从他身上，能体会到长期从事财政工作所养成的严谨风格。《财政志》的初稿写得特别长，有几十万字，整理保存了大量的数据资料。最后入志时，因篇幅所限，精简比例也大。新世纪初，县财政局再次启动《旬阳财政志》编写工作，其中1990年前的资料应是借用了原来常学礼先生编写的那个本子。新的《旬阳财政志》出版时，应县财政局之邀，我还为此书作了序。

《卫生志》的编写搞得动静最大。从卫生系统各单位抽调了六七人，由县中医院一名副院长任办公室主任（主编），在卫生局设立专门办公室。他们做得很有影响的工作是遍访全县民间中医、老草医，开展古医籍、民间谚方普查，在民间找到了一位名医在蜀河镇杨泗庙朝阳洞所撰写的医书《唱医雅言》，并翻印了出来。这个翻印本卫生局赠送了我一本，如今不知放到哪里去了。

八

经费是一个绕不开的话题。

常言道：事业兴衰，关键在人。实际工作中，应加上一句：事业兴衰，关键在钱。

编写县志整个过程，是在经费的捉襟见肘中度过的。这也不能全怪谁谁不重视，那时的全县财政收入就是那区区几百万元，的确普遍缺钱。何况，无限的支出需求与有限的收入之间的矛盾，是财政工作的"基本规律"。

因为一段时间，我兼任着县志办公室的会计、出纳、采买各项，对这方面的情况还是比较熟悉的。

开始两年，尽管县志工作的声势已起，工作搞得风生水起，但每年的财政预算也只有一千元或两千元，征集资料要付稿费，打印资料要按蜡纸张数付费，资料油印量大，须请人才能完成。还有外出开会，下乡的差旅费等等，远远不够，经常到处欠账。办公用具是在第一任主任何局长手里置办的，办公人员增加了，来人没地方坐，去百货公司买了四把折叠椅子，用的是地区方志办公室给的补助经费。为节省开支，地区来人检查工作，很多时候都是在老赵或我的家里做饭、招待。县志启动第一年的1985年，到了4月份，才知道全年只给县志办预算了一千元经费，大家像被泼了一盆冷水，心凉了半截。即使这一千元，到了6月份，仍然没有着落。6月3日我在日记中写道："县志办经费仍然没有着落。现在，我对县志办有些失望了。县志办面临的困难是无钱无人。我早先的热情已被现实扑灭了，不是我个人没有事业心，因为在当今社会，要办成一件事是很不容易的。我们整日冒着烈日去给各单位说好话、求情，其结果甚微。"情绪十分低落。当时正值小麦成熟，一气之下，我请了十天假，回家帮助家里割麦，十天后返回，老赵告诉我说：路县长主持开了一个会，把经费问题解决了。至于当时解决了多少，是否到账，已经记不清了。

为了争取主动，这年12月中旬，我与老赵就坐在一起，编制第二年即1986年的县志经费预算。从实算来，需要20700元，以书面报告报给了县财政局，结果只预算了三千元。这一年，为推动工作，县志办接连举办了三期县志编写会、方言培训班等几个大会，从外地购置了几套旧志，花了不少钱，那三千元不到半年就用完了。于是，作为负责县志办公室日常工作的老赵，便频频去财政局要钱，跑了几趟，只答应给一千元，老赵嫌少，没有要，气得回来躺在床上生闷气。所好，每当我们在经费上陷入困境，分管县长就会出面帮忙说话。有一次，很有眼光的常务副县长陈县长还亲临县志办办公室，召集赵主任、张主编在我的宿舍开会，专门研究经费问题。地区方志办公室来人督导县志工作时，也总是应我们的请求，上门去找县政府办公室主任或分管县长，给我们呼吁、争取。印象最深的地区方志办公室老晏，他能说会道，和善灵活，每次来旬阳督促县志工作，都要帮我们去政府陈说困难，说服领导，常有效果，令人佩服。

但平心而论，没解决的到最后都解决了，到县志编写基本结束，也没大的外欠。

在经费上最作难的是老赵。

老赵是麻坪河人，在农业系统干了几十年，长期担任农业局行政股股长，五十多岁了，写一手好字，是公文写作的一把好手。因人太实在，一直得不到提拔，五十多岁了仍是一个股级干部。被选拔出来担任县志办公室专职副主任，在退居二线的年龄受到提拔，工作自然十分卖力。

但老赵工作上遇到的障碍太多，缺人缺钱，争取了几年，除他和我之外，只调来了一名打字员，一名资料员，最后才迟迟调来一位教师，人始终紧缺。工作协调难，县志编写是个系统工程，基础工作在县直各单位，且涉及所有党政群机关，有的单位不听县志办的使唤，落实任务变成了求人说好话，显得很"下作"。经费问题始终是最大的难题，不停地去讨要，频频受气。

老赵能隐忍，在外面受了气，回来便不停地抽烟，即他说的"扎烟"。老赵的老伴姓钱，从农村来与老赵住在一起，喜好吸水烟，遇此情况，老两口便闷坐于宿舍外走廊上，水烟与纸烟一阵"对抽"，抽着抽着，气便消了，又振作起来。受的气大时，老赵便提着那个人造革公文包，一言不发，进门躺在床上就睡。睡半天后，起身冲一杯浓茶，吸呡一阵，气也就慢慢消了。要么干脆让老伴炒俩菜，坐在屋里对饮。老赵的老伴比老赵大一两岁，我们背后称她为钱老婆，钱老婆出身于大户人家，平生嗜酒，每顿都要小酌一点，不喝酒提不起精神。钱老婆一边咂酒一边安慰老赵：啥不得了的事啊，慢慢来，不着急！喝着喝着，老赵也就缓过来了。我住在老赵的隔壁，时间久了，老赵在外面受了气，我一眼就能看出来。他有时也到我房子来说说情况，发发牢骚，唉声叹气中，还要彼此打气鼓励一番。虽然太难，还得硬着头皮去干。

老赵的确是一头任劳任怨的"老黄牛"，为县志工作立下了汗马功劳。

万万没想到的是，这头勤奋的"老黄牛"突然出事了。

这天中午，老赵突然说头疼得很，钱老婆连忙叫我，我们把他搀扶到博物馆隔壁的中医院，办理住院手续，检查、打针、输液，当时医院没有CT之类，便谈不上深入检查诊断。下午4时，正在吊着液体的老赵突然浑身抽搐，喉咙发出急促的"吼吼"声，医生才意识到发生了脑出血，连忙抢救、电击，已回天无力。从病情急变到断气，只有几分钟时间，让现场帮忙料理的我十分震惊、难过。这一天，是1988年3月23日，距老赵1984年12月5日首次来县志办公室上班，三年又四个月。老赵的后事由县志办公室在县政府大院内经办，成立了治丧委员会，开了追悼会，悼词由我执笔。3月25日，老赵安葬于小河北墓园。

老赵为县志献了身，在对老赵的怀念中，大家加快了工作进度，当年12月10日，随着最后一个专业志稿"金融志"的交稿，县志初稿全部交齐。

但我们的工作进度与地区其他县相比仍有滞后。11月，地区方志办公室发文，对旬阳县工作不力提出了批评。

1988年12月，新修的《旬阳县志》初稿全部完成，但直至1990年12月才印刷出版。其中的原因有主编调走，主持工作的老赵突然去世无人负责这些原因，也有审稿经费、印刷经费落不实的因素。记得当初拟定的县志印刷费是二十万元，对当时的县级财政来说是一个较大的数目。这部县志的绝大部分资料截止时间是1990年底，实为1996年出版，所以严格讲应称为1990版县志。1997年初，县上在县招待所召开新修《旬阳县志》出版发行座谈会，邀我参加。此时，我已辗转几个单位，到了关口镇。

九

进入1989年。这一年，县志工作的主要任务是总纂，即把各单位交上来的初稿进行修改，按篇目设置编纂在一起，进行"统稿"，为县级的初审做准备。原有的县志初稿字数太多，有一百五十万字，需要压缩为原定的一百二十万字，并保持各分卷字数的大体均衡。当时这个字数限制有点"机械"，删掉了一些资料性强的内容，现在看来有点可惜。

县志办早在前两年就被确定为临时性机构，初稿完成，大家就心慌起来，不知出路在何处。在县志办公室，我的年纪最轻，自然比别人还着急，对前途很迷茫，很焦虑，甚至有辞去公职下海的打算。到了下半年，我便开始寻求工作调动，思来想去，没有几个知己熟人，急得睡不着觉。反复考虑了一段时间，便鼓足勇气去找对我比较熟悉的县人大常委会办公室主任雷炳彦，请他考虑能否接收我，雷主任第二天就答复说，可以办理调动手续。在向政府办公室领导汇报准备办理时，政府办公室副主任徐铁军与政府办主任欧昌吉商议，让我留在政府办公室。于是，1989年底，我就离开待了五年半的县志办公室，到政府办公室重操秘书这个行当。

从事县志工作的五年多时间，在接触、整理巨量的资料中，熟悉了基本县情，历史、地理、人文、人事、各行各业，都知其大概。这让我在此后无论从事什么工作，思考问题时有了一个大的参照系，对事物的认识也有一定的"通透感"。让历史照亮未来，确实不是一句空话。这段经历让我终生受益。

首先是县志办五年阅读的习惯也随之"转型"，变为以历史、人文类为主。除县志业务外，业余时间都用来读书，我的爱学习的名声渐起。对方志学著述的阅读是一条主线，旁及手头能接触到的省志、府志、县志等方志类书籍，虽称不上专家水准，在学用结合上，对现代方志学确有系统的体悟。当时，县与县之间的工作交流、工作联系比较紧密，省上也经常开展阶段性培训，这些都有助于方志业务水平的提升。如在参加为期十天的《安康县志》地区级评审会时，我所提的修改意见曾上了简报。其次是适应县志统稿、编辑的需要，学习各学科专业知识，凡是专业志关涉的领域，都想办法购置相关的专业书籍，企图穷尽于"百科"，梦想成为"博士"。至今我仍收藏着那时读过的政治、经济、社会、历史、文化各学科的书籍。但事实上，地处偏僻一隅，购尽、读尽所有行业、所有学科的书籍是不可能的。

对历史感兴趣，来源于主编张沛的悉心指导、教授。初入县志行业，我撰写的志稿和短文，极不成熟，张沛老师就逐篇逐段修改，然后再指着修改稿，详细讲解为何这样修改，应该怎么组织材料，怎样准确记述。这种"现场练兵"对我促进很大。有一段时间，张沛老师在县博物馆他的住处开办了一个历史学"沙龙"，参加者有吴建华、钱周信、我及文博单位的几个年轻

追 影 记

人,一般每周举办一次,每次主讲一个历史专题,从史前传说时代直到隋唐。深入浅出,可惜当时那个笔记本没有保留下来。

从事县志的初始两年,继续深造读大学的打算一直没有打消。买了一套成人高考复习资料攻读,第一年错过了报名时间,第二年去报名,除了电大,没有其他学校可报,只好暂时放弃,转而一心一意写县志。此后,每隔上两年,我都要买上新出的整套成人高考复习资料,断断续续复习,直至1994年,才获得成人高考的机会,为此我整整准备了十年。复习资料中的语文科目中语法、句型分析,历史科目中的历史事件、时间节点;地理科目中的国家分布、气候带、气流洋流之类,早已不知"过"了多少遍,搞得滚瓜烂熟。在频频地复习地理中,我喜欢上了各类地图,站在一幅地图跟前,看上几十分钟、一个小时都不觉得累。对地图的着迷,让我的"方向感"大增,以至于无论走到哪个地方,我都会在脑海里想象出一幅以己为"圆点"的坐标地图,而不像有些人那样,到一个陌生的地方辨不出东西南北。

对地方史的熟悉,也让我有了写东西的冲动。那几年,《安康日报》副刊时不时有我地方史类文章的出现,一度迷上了这类稿子的写作、投稿,盼望着自己的小文变为铅字。这类的文章数量不多,只发表了十几篇,其余的小文抄写于一个大十六开的本子上,不几年就找不见了。因常常发表史志类的文字,外县不认识我的人,常常以为我是一个老夫子。

县志使我小有进步。从事县志工作的第二年,我因工作积极,堪称骨干,被任为"责任编辑",并在首轮职称改革中被评为"助理编辑"技术职称。这也是我唯一一个专业技术职称。从事县志工作的第三年,分管县长、主任、主编都认为我有"顶梁柱"的作用,便由县志编委会任命我为县志副主编。1988年5月,我被推荐为县志编纂工作先进个人,受到安康地区行署表彰,奖品是一部厚厚的《辞海》,为此还涨了一级工资。只要努力,鲜花掌声都会来的。

县志终审是在省政府主楼里的陕西省地方志办公室会议室进行的。此时我已是县政府办公室副主任,按照安排,随分管县志工作的田副县长去西安参加评审会。《旬阳县志》的主审我记得好像是渭北或陕北一个县的县志主编，提前已通读了志稿，评审会时间不长，两个小时就结束了，在省政府广场外的一家餐厅招待了一下，便告完结。

县志的出版印刷是张沛找北京的朋友帮忙联系的，当时出版社太少，要出书办书号是要求人的。最后确定由位于北京的和平出版社出版，志书印刷是位于西安市南郊的西安美术学院印刷厂承接的，由张沛带着我去这个印刷厂考察联系。当时这个印刷厂位于一座快要废弃的校园里，厂房、设备显得破败，我一看心就有些凉，但是这个印刷厂的厂长很会说话，自我介绍他的"实力"，让我们看已出版的"样书"，又说这个厂即将搬迁重建，嘴能"煽惑"得很，几下就打消了我们的"轻视"。事实证明这个破烂的印刷厂真的有些实力。

志书排印出来后，需要详细校对，工作量大，这时，我已经在省委党校脱产上学。县上让我来承担这个活，辛苦多年即将成书，对这部志书真的很有感情，加之又是这部志书的副主编，就应允下来。用课余的时间校了一些，放假回到旬阳的家里又忙了一个假期，才告完成。对其中有些不成熟的志稿还做了改动。

县志印成，书运回县，县上在县招待所举行发行仪式，主编张沛从咸阳赶回来参加，我也应邀从关口镇赶回来参会。

这次县志编写从1984年年中正式启动，到1996年12月正式出版，用了十二年半的时间，真称得上"一轮"了。

十

全程参与第一轮新修县志，是机遇，也是幸运。历时十二年，倾注几百人心血的志书从基本成书到现在，已整整过去了三十年。现在回过头来审视、评判这部志书，或许有的问题会看得更清一些。

首先，应当充分估计这部志书的意义。这部志书编纂工作启动之时，正值改革开放拉开序幕。解放思想焕发出的活力正在各行各业竞相迸发，人们普遍认识到，我们正在创造辉煌的历史，"盛世修志"，记载历史、超越历史，地方志无疑背负着沉甸甸的历史责任。拨乱反正和思想解放运动，让一度义无反顾，把历史踩在脚下的"虚柱"冷静下来，重新回望历史、尊重历史。

追 影 记

百业勃兴，日新月异，为新方志提供了新课题、新内容、新挑战，由旧志到新志的跨越，是一个现实的课题；清末以后八十多年修志的中断，频繁的战乱，形成史料的丢失、断层需要抢救弥补，也急迫地摆在修志者的面前。

面对这些新命题、新挑战，当时的修志人边实践、边探索、边应用，逐一破解难题，遂使当时普遍困惑、极为迫切的问题一一化解。诸如，如何继承中国古代方志学的优秀成果，如何发挥新方志的"存史、资治、教化"功能，如何适应时代要求科学设置篇目，如何体现地方特色，如何确定新的编纂体例，如何做到秉笔直书，如何详今略古，如何记述政治运动，如何编纂人物传，如何构建马克思主义方志学理论等等。这时的方志学理论与方志实践齐步而行，百花齐放、百家争鸣，最终在一些关键问题上达到了统一认识，对修志实践起到了指引作用，正应了"摸着石头过河"这句话。

《旬阳县志》的编写也历经了这样的过程。一方面不断吸收消化上级的指导意见和外地的成功经验，一方面又立足自身实际，积极探索，从而消除了一个个疑虑障碍，县志工作在适应大局中开创出新局。

这部志书的意义在于它突破了旬阳历史上传统志书的编纂模式，在篇目设置、编纂体例上有了革命性的改革和进步，同时又充分继承、吸收了旧志书的优点；它的编纂过程是一次系统、空前的县情调查，超过了历史上任何一次综合和单项的县情调查；它的记述范围涉及县域历史、政治、经济、社会、文化各个方面，是了解县情的"百科全书"。从此，记述现代旬阳，有了一个权威而系统的"模本"；它唤起、唤醒了人们的历史意识，回望历史、尊重历史，知道了我们从哪里来，应该朝哪里去；它在无形中调动和团结了各阶层的力量，众多的"民国老人"纷纷响应，贡献"余热"，使这个庞大的群体及其后代一定程度上消除了与现实的政治隔膜，促进了"统一战线"；它调动了县内文化队伍的主力，使这支队伍进一步贴近现实，进一步锻炼了队伍、培养了人才。更现实的是，这部志书记述总结了中华人民共和国以后各行各业的正反两个方面的经验教训，积累了历史资料，形成了一大批成果，对指导现实工作、推动事业发展发挥了不可替代的作用。

其次，对于这部志书的特点也应有一个明确的认识。

繁简适度。 这部志书字数为 120 万字，全一册，各卷之间篇幅均匀。不似旧志那样只有几万字的"苟简"，也不似后来修志动辄几百万字，分卷分册那样冗长，篇幅适度，便于阅读和查阅应用。这部志书资料上限为人类在旬阳活动有记载之时，下限为 1990 年，部分资料下延了数年，举凡旧志资料、历史档案、个人著述、口碑资料、实物资料无不收集，具有"通史"性质。这也是应该特别说明的。

资料翔实。 所有入志资料都有出处，且经过考证。涉及引用的数字、数据准确。当然，这种准确来源于那个时代除"大跃进"外，尚没有"数字造假"这个社会问题。尽管用了很大的精力，动员了很多社会力量，收集了大量珍贵的口碑资料，但在入志时限于篇幅或缺乏考证，口碑资料最后入志的比较少，这也从另一个侧面印证编纂者对史料、史实的审慎态度。志书中的各类记载，几十年来经受住了时间的考验。

述而不作。 只记述史实，不发议论，不作引申，不作结论、定论，这是志书的一条"红线"。这部志书在这方面把握得较好，坚持了"用资料说话"，"让资料说话"，把"空泛"的东西降到了最少。即使是必须有所"作"的概述部分，在起草时也尽量避免一些概念性、结论性文字出现。旬阳在民国时期，各类人才集中涌现，其中不乏名人。在撰写这些人物的传记时，注重了客观记述人物经历的事件及在其中的作为，而没有一味戴着"有色眼镜"，把传记写成"批判文章"，挖掘保存了许多珍贵的历史资料，赢得了这些历史人物后代、亲友的肯定。

体现特色。 在陕西省地方志编纂委员会指导意见的基础上，深入研究县情，通过专业志的设置，加重一些富有特色行业、领域在志书中的"权重"。如通过文物志，体现旬阳战国置县，两千年间历经更迭，县名未改，一脉传承，地上地下文物丰富的历史文化底蕴。通过自然灾害志，系统收录有历史记载以来各类灾害资料，希冀从中找出规律，提高防范，让旬阳这个山区多灾县的生灵少遭涂炭。通过物产志，使旬阳这个地处秦巴山区"基因库"的县份的各类自然资源、历史积累的生产成果得以系统梳理、展示，加快资源开发和产业富民。

最后，要客观认识这部志书的作用。按照当时的说法，现代地方志有"存史、资政、教化"三大功能，三者既是目标要求也是内容要求，其中的"教化"后来更改为"教育"。三十年来，这部不会说话的志书具体发挥了哪些现实作用，很值得理一理。

存史的作用不必赘述。这部志书出版不久，县上以这部县志为"母本"，编写了一本《可爱的旬阳》的乡土教材，广为印发。新世纪初，旬阳开展富有特色的"农民教育"活动，编写了一系列教材，其中许多分册都引用了这部志书中的资料。此后，凡是编写乡土教材，1990年以前的资料莫不出于此书。过了二十年，开始编修二轮县志，二轮县志也搞了个"通史"模式，1990年以前的史料基本上引用了一轮县志的内容。

资政的作用不可量化，但不胜枚举。县志印刷出来后，除按规定发送一部分出去外，有大约一半的志书一直保存于县政府办公室备用。省市领导首次来旬阳，都要索要、查阅县志，以便迅速了解县情；凡有"新官"上任，也要在第一时间阅读县志。搞各类规划，各类专家来旬阳调研、咨询，县志是首要的参考书。这些备用志书五六年间便被索要光了。大致到了我任政府办公室主任的2000年左右，这部县志的存货已所剩无几。即便有了二轮县志，这部志书的作用也不可替代，故而在印刷二轮县志时，利用一轮县志的原版，把一轮县志又重印了一千册。新旧两个版本有细微的区别，但一般人看不出来。

"教化"比"教育"宽泛一些。县志"教化"的功能源于它的"存史"功能，不必多言。旬阳人有作诗作文的天赋，改革开放以来逐渐形成了一个庞大的作者群。县志是作者们了解本地历史的重要渠道，也为创作者提供了丰富的素材和线索。近年涌现出了一大批专注地方历史收集、挖掘、传承的群体，一度形成了乡愁热、寻根热、历史热，口述历史蔚然成风，演绎地方历史、描写地方历史名人的作品专著不断推出。这也与志书的最初发动、引导、启迪不无关系。地方志对文艺创作的"点睛"作用不可低估。

当然，这部志书也有明显的不足。资料收集挖掘有漏项，那时没有网络，没有如今海量般网上资源。资料采集的手段也较落后，只靠笔抄和少量的复印，从始至终，县志办公室没有照相机、录像机和录音机等设备，错过了很多保存一手资料的机会。在自然地理方面，只是局限于引用书本资料，没有条件和能力进行实地考察，所以作为旬阳主要山脉的羊山，在县志中连一张直观图片都没有。对旬阳丰富的汉水文化、移民文化、古村落文化也没有过多的涉及。各类史籍中留存有一定数量直接与旬阳有关的资料，在当时毫不知情，也就形成了"硬缺口"。总体来看，对历史人文方面的挖掘、整理、记述还是比较欠缺的。当然，也有回避敏感话题，片面遵循"宜粗不宜细"的规定，回避、删除了很多有价值的史料，让某些时段的历史变得有些模糊。还有，卷与卷之间质量参差不齐，在修改志稿时没有"填平补齐"。县志编纂过程中收集的大量各类资料，后期没有得到很好的保存、整理、运用，也是一大缺憾。

以上粗浅评说，只算是一家之言，也算是亲历者对这段经历的回首与审视。

庚子岁末参访念庵故里记

罗念庵（洪先）祖居江西吉水，其父罗循年轻时偕妻迁居陕西白河，并置家产。洪先妊于白河，生于京城，据县志记载，罗洪先为秀才时曾在旬阳城东的临崖寺读书。明嘉靖八年举进士第一，任翰林院修撰等职，因直谏削职为民，回吉水定居。博览群书，讲学交游，研习阳明心学，并涉猎地图、紫微斗数等百科，被尊为得阳明真传"归寂学派"代表人物，一代理学大师。开创性绘成"广舆图"，是与西方著名地图学家墨卡托齐名的地图学家。正如罗洪先的学生、曾任四川按察副使胡直《念庵罗先生行状》所述："方先生归田也，攻苦淡錬，寒暑跃马弯弧，考图观史，其大若天文、地志、仪礼、典章、漕饷、边防、战阵、车介之事，下逮阴阳卜筮，糜不精核。"

2017年、2018年，应白河县邀请，我曾两次前往白河，就打造洪先文化进行交流，为白河提供相关史料和建议方案。双方商定，择机赴江西吉水念庵先生故里参访。去岁，白河县在已修复改造的古街桥儿沟择一老院，辟为洪先故居，虽有附会之嫌，所好原定计划开始付诸实践，工作终于有了一些头绪。二十余年热衷收集整理罗洪先资料的执着，终于有了少许的结果。

上月，白河方面相邀，约定11月底结伴赴赣考察。时近出发，白河方面因某一项重要迎验无法脱身，而我的行程已经确定，不便改期，便决定先行前往。同时顺道看望十余年前结识的九江武宁杨叶青和易斌两位朋友。

11月30日午，结束武宁行程，驱车南下三百余公里，抵吉水县，入住赣江畔一酒店。吉水县人大常委会主任刘龙林及副主任袁小标、周寿厚、郭忠桂拨冗作陪。是晚，沿赣江河堤漫步。此为第一次近距离亲近赣江，水大流急，汤汤北去，不由遥想当年洪先及父辈由此登舟北行，出鄱阳湖，入长江，过汉口，溯汉水而上，达于秦巴腹地的情形。古时由赣江达长江，转而去汉水上游，全程有舟楫之便，行旅当不是一件难事。如今，我等由汉水上游顺流而下，过武汉，溯赣江而上抵吉水，与当初罗氏的旅程轨迹几乎重叠。只不过，过去走的是弯弯曲曲的水道，而今走的是几近直线的旱路，当初需要月余或者更长，现今沿高速公路飞驰，只需一天即可到达。

12月1日早8时，从酒店出发，吉水县人大常委会副主任江路庚陪同。穿过城内一条狭窄的街巷，上到城中一个高阜之地，参访罗洪先当年讲学之地——龙华寺。寺分上下院，下院为佛堂，应为明或清代建筑，上院为大雄宝殿，系现代仿古建筑，上下院之间有一街巷相隔。先期来此等候的吉水县文物局局长、博物馆馆长叶翔介绍：罗洪先当年常来龙华寺讲学，并在寺内休憩。对此，念庵文集中有专文记载，亦有诗文为证，相关诗文在吉水为本次考察提供的资料册中也有引用。

据文献记载，龙华寺位于吉水城内的翠微山南麓，由元寂禅师创建于南唐保大九年（951年），初称"龙光寺"，宋理宗赵昀曾为寺院题写"皇觉宝殿"匾额，明正统年间改名为"龙华寺"，明末寺院毁于战火，其后历经多次修葺。这座名字充满美感的翠微山，如今已被密密麻麻的民舍所覆盖，四周已是热闹的街衢。

接着乘车出城，过赣江，抵十余里外的黄桥镇政府，在办公楼一楼参观"人大代表工作联络站"和服务大厅，了解人大代表接待选民情况。黄桥镇党委书记王峰、镇人大主席李明瑾陪同介绍。参观毕，驱车朝西北方向前行，抵盘谷镇谷村，此地即念庵文集中经常出现的黄橙溪，罗洪先生前最后一个定居地。从镇上提供展示的航拍照片中可知，这个村子占地极大，洪先故居处于村子的边缘，院门前有一个宽敞的场坝，近旁不足两百米便是一条干线公路。故居只留存下一个青砖院门，上面罩满了荒草。门砖为长方体青色大砖，与如今的小砖明显不同。入院门，是一块一二亩地的空地，长满了超过一人高的荒草。正对院门是一条直直的通道，可以笔直通往另一条街巷。通道的一侧是荒草空地，另一侧是两家现代模样楼房的后背墙。从这个布局观之，洪先故居的大门处于这一小块废墟的边缘，正对的是别家的背墙，原来的院落地基抑或被侵蚀去了一半，不敢贸然揣测。同行的文物专家叶翔先生介绍，此处为洪先夫人娘家所在，洪先原来并不住此处，此宅系罗洪先归乡后中途迁居所建。叶先生说，他在数年前曾见过院门上方嵌有"松原别墅"砖雕或石雕匾额，惜不知遗落何处。又有同行者说，好像看到过半块匾额架在院门上面。我建议说，将来修复时可以搞正规考古挖掘，说不定匾额之类的老物件就在地底下埋着呢。

穿过院内通道，从对面的巷道绕到废墟院子的边沿，这里残存着一座老房子，房子的外墙有修复的痕迹，但整体显示出的是原装状态，奇特的是房子的后墙正中开有一门，被后墙外面的土壅去了四分之一的样子，问之，答曰这叫有前有后，寓意"有钱有后"。这种形制，我还是第一次见到。

开门入内，三间两层，木架支撑，柱头较细，柱下垫有圆鼓状石墩柱石。堂屋正面为一整面板壁，板壁后面与背墙之间是只容一人通过的通道。房间以石灰覆面的竹笆隔断，地面系土夯而成，因无人居住长出了一株株小草。叶先生介绍，这座房子的架构、布局明代特征明显，应为明代遗存。显然，这座较为罕见的明代遗物已纳入文物部门的保护范围，这倒可以为以后罗宅的修复提供一个方便的蓝本。院内堆有两大堆明砖，可用于将来的故居修复，洪先故居保护工作显然已引起了当地的足够重视。

这座故居所在的盘谷镇正如其名一样，着实不简单。是著名的状元故里，进士之乡。自宋至清，共考中进士二百多人，所谓"一门三进士，百步两尚书，一家八尚书，十里九布政，九子十知州"，父子进士，兄弟进士，祖孙进士，叔侄进士。盘古镇下辖的这个谷村，一度村民都为李姓，宋朝至清朝，考中进士七十八人，举人一百一十五人，被誉为"天下进士第一村"。

正看期间，盘谷镇党委书记吴卓、镇人大主席谢永忠至，展图介绍谷村保护规划，以及罗宅修复方案，其中罗宅修复方案为一张手绘草图。赞许又感动，于罗宅残门前合影留念。

这个谷村，据说是中国最大的村庄之二，初为李姓单独所居，开基于后唐，方圆20公里，现有人口11000人，在明代属于吉水县同水乡六十一都所辖（转引自张艺曦《阳明学的乡里实践——以明中晚期江西吉水、安福两县为例》，北京师范大学出版社，2013）。查阅《罗洪先集》相关文献得知，谷村的这所宅子，是罗洪先的第三个居住地。

罗洪先被贬回乡后的第二年，即明嘉靖二十一年（1542），二弟要求分家，罗洪先把先世所传田宅都给了弟兄，另行在舍外新建一宅居住，自题为"芸馆"。罗洪先撰有一篇《桐皋芸馆上梁文》，应该指的就是这座新居。

  伏以环堵四十年，初何温饱；古书三万卷，素所珍藏。偶徙流以饮牛，因采芸而辟蠹。地邻南亩，可听歠齮；门对北山，无劳移檄。某窸寐先哲，生长太平。貌不逮乎中材，愚莫化于上智。早亲铅椠，粗窥孔壁之文；骤玷班行，谬作周南之史。歌《白华》以连蹇，抚青阳而居诸。载奉宠光，计何禆于宗社；旋蒙解泽，恩且贲于丘园。皓首弗谖，甘勤四体；清时希遇，愿受一廛。念稼穑之艰，岁不可缓；顾松菊之径，日已就荒。幽卜林塘，工尊梓匠。短檐向暖，可冬日不炉；乔木借阴，虽夏畦乎何病。率妇子入此室处，乐天命将复奚疑。流水知音，识灌园之有道；白云为侣期出岫以无心。卜筮种树之书，赖以俱存；金石款识之文，幸以遍阅。无以立，无以言，趋庭可训；请学稼，请学圃，侍坐何？先成击壤之歌，共助索绚之力：

  东　杨柳深林溪水通。不用桔槔动机事，坐看风雨布春功。
  西　小圃新成草树齐。杞菊开时人易醉，杏桃熟处鸟争啼。
  南　山色悠悠静与参。四尺长镵怜暮雪，孤舟横处见春潭。
  北　结茅旧旁崆峒侧。春至宁歌十亩间，年登愿供千人食。
  上　善恶无私人所仗。清献何劳夜有香，尧夫本是天为量。

下　主人原属无为者。已拼身世等蜉蝣，肯为儿孙作牛马。

伏愿上梁之后，人歌帝力，世训王言。朝出耕，暮归读古书；下无湿，高不苦乾亢。藏焉，修焉，息焉，游焉，夙夜匪懈；博也，厚也，高也，明也，天地同流。某水某丘，吾所旧游；一箪一瓢，终不改乐。可传永世，勿负斯言。

由此推断，洪先在吉水的祖居应位于"桐皋"这个地方，抑或是在桐江边的一处高地之上。据罗洪先《同江水次仓上梁文》《橙溪嘉会堂上梁文》，可知"桐江"又作"同江"，这是赣江中游西岸的一条支流，发源于分宜县同岭村，全长112公里，经吉水县阜田、枫江、盘谷注入赣江，在吉水县内流长仅13.5公里。1975年治理同江时被截弯取直，原来曲折迂回的河道已经不复存在。(《吉水县志》，新华出版社，1989年9月)

容易让今人混淆的是，赣江吉水县城以北的一段河流也叫"同江"。道光《吉水县志》卷五"山川"载："同江水即赣水。赣水北流，经县治会永丰水，为文江；又北过三滩、白沙、槎滩，西北过元潭、小江，东流为同江。邑诸水皆入焉，故名同。又东达于峡江。"

据《罗洪先：凄苦悲凉的杰出学者》一文作者钱汉江2007年实地采访，黄橙溪在距离谷村不到两公里处，已变成了一片稻田，有两条溪水绕稻田平缓流过，找不到任何历史遗迹(《深圳商报》2007年1月27日A14版)。

钱文中所述这处已经没有遗迹的遗址，是罗洪先的"桐皋"故居所在，或是下文的"阳田"故居所在，尚待考证。

明嘉靖二十五年(1546)十月，罗洪先在乡里近处辟石莲洞，"洞故虎穴，荆莽蓊郁，不知年矣。先生异之，遂加攘剔，阅其中，容百余人，远望类莲花，故名"(胡直《念庵罗先生行状》)；"余归田之六年，得石莲洞于敝庐之北，自是顿息山水，之兴如醉者遇芳醪，无复羡慕，诚不自知其何也"(《夏游记》)。罗自此多静居石莲洞。

十余年后的明嘉靖三十二年（1553），罗洪先迁居阳田。嘉靖三十四年（1555）春，罗洪先起身西游，准备远赴陕西白河游历，探访父亲罗循所遗旧宅，因病滞留楚山，居数月，静久大觉，发生著名的"楚山悟道"哲学事件，此为罗洪先心学思想成熟的标志性事件。也就是说，罗洪先在白河县城另有一处祖业房产。嘉靖三十二年（1553），赣江涨水，阳田房屋被淹毁，只好借住于田姓人家。对于阳田这个地方，以及导致再次迁居的那场大水，罗洪先留下了"两吟"。

其一，《阳田吟，寄殷春庄虚白盛桃渚二子》，描写了阳田这个地方的自然风光：

> 一室阳田中，阳田爽以亢。青山落四野，烟云互相荡。
> 微月向夕生，初旭东林上。道人方独醒，仿佛虚白象。
> 阳田带两溪，溪畔多汀渚。四野旷无人，泉室得新主。
> 春来杨柳生，桃花乱如雨。桃花岁岁开，鸡犬迷归处。
> 借问盛范乡，君家在何许？

其二，《避水吟》，描述了水灾的凶险与避水的无奈：

> 玄冥太阴恣出入，烛龙走匿羲和泣。岂无蠛蠓与招摇，束缚尽被丰隆役。病夫朝来睡正牢，只厌檐溜声嘈嘈。不知阳侯潜入户，一夜阶阤生烟涛。长须袒跣呼避水，败屋颓垣声满耳。漂杵浮甖不解收，独上高楼抱经史。三老船头恣笑谑，堂上上船堂下泊。晶莹浩渺镜光寒，洞庭彭蠡风初落。海门潮满静不流，浸淫驾陆远沈丘。四野浮云接天际，千峰尽没垂云头。昼树蝮蛇留不惧，夜窗蝼蝈鸣如诉。虚檐真同蜃气浮，曲房常恐鲛人住。岂须岁月更沧桑，昨日我阅今八荒。连年版筑成底事，自古岩穴堪深藏。一身利害不足计，变故频仍自何至。深林僻野愁且多，傍泽临渊可奈何。扣舷极目悲

追 影 记

复歌，世无禹稷将如何！

阳田住宅水毁后，罗洪先一度租住于田姓人家，一时穷困无力建房。状元受困，惊动江西承宣布政使司。巡抚马森（1506—1580）行文至县，令从吉水县库存"建坊"资金中拨款资助罗洪先建房。

罗洪先高中状元后，依照惯例，由中枢安排资金兴建纪念牌坊，罗洪先力辞。又拨下"坊价"，建坊资金积累至数千金，存于"有司"。抚台行文到县时，这笔资金早已被"墨吏"侵吞。洪先顾忌细究起来连累地方官吏，就致信马抚台，称钱已悉领，从而避免了一场可能引发吉水官场"地震"的风波。罗洪先的气度和做法，闻者无不叹服。

关于这段不寻常的插曲，胡直《念庵先生行状》和顺治《吉安府志》均有一段记载：

> 先生自登第后，台省建坊，咸力辞。则又馈坊价，多至百余金，先生仍却之，然有司乃帑藏积凡数千金。抚台钟阳马公某，知先生家故窭，又以水废，檄理前金将并致，然已入墨吏私囊久矣。先生惧为官属累也，致书马公，已悉领为辞，事遂得寝，闻者莫不叹服。（胡直《念庵先生行状》）。

> 赣江水涨，先生宅舍漂没，假宿田家。抚院马公森以先生家故窭。而尝却台省馈坊数千金，贮县帑。檄县取助先生构室，先生竟却之。（顺治《吉安府志·理学传》）

又据道光《吉水县志》，在卷三"牌坊"内载：状元坊"在文江门外，为罗洪先立"。这座状元坊建于阳田水毁屋舍之前或之后，尚不知其详。

《罗洪先集》卷二十六收录了罗洪先一篇名为"买居"的五言诗，诗曰："买居贵得新，买邻贵得亲。物新尚可乐，况此百年身。交亲尚可依，况此同袍人。古来有大宅，在世不染尘。八荒共一闼，奚辨越与秦。万宝中自藏，四时常生春。君如未识径，先请问洪钧。"此诗无附注，是罗洪先为自己买居而作，或是为他人买居而作，不得而知，尚需求证，不可妄自揣测。

三年后的明嘉靖三十八年（1559），罗洪先徙居松原，将堂号自命为"体仁"，此即我们本次探访的这个宅子。此时，罗洪先已经五十五岁了。松原新居落成，漂泊不定的罗洪先自是十分欣慰，亲撰《松原新居上梁文》：

伏以仲蔚园居，睹蓬蒿之三径；渊明粟里，纪岁月于再迁。岂为士而怀居，聊从吾之所好。石莲主人，才难适用，分甘退藏。尘网三十年，幸迷途之初觉；玉阶方寸地，笑春梦以何凭？请学老农，无踰我里。求田问舍，虽无温饱之心；剩水残山，偶有希奇之遇。思棠棣之室未远，顾桑梓之地可依。从者如归，卜之曰吉。盖南方卑湿，养生者之深虞；而厥土燥刚，堪舆家为称善。安犹置器，徙无出乡。蚁有移封，似欲善乎其后，雀能占岁，可以人而不如！伯夷树钦？伯夷筑钦？敢云廉士：鲍叔知我，鲍叔怜我，赖有故人。盘谷之车马频来，北山之猿鹤何怨？择风气，遗种类，敬遵考亭之言；相阴阳，观流泉，因识豳风之业。且人弃而我取，可朝耕而夕归，田家绝四邻，青山真如屋里；江村抱一曲，白鹤长傍人来。小子听沧浪之歌，清斯濯缨，浊斯濯足；白日到羲皇之上，饥来即饭，倦来即眠。门人勿谓墙卑，妇子率入室处，弟劝兄酬，及时为乐；鸡鸣犬吠，接境相闻。他日柳树五株，先生便堪作传；深春桃花夹岸，渔郎休更问津。任呼马与呼牛，能为鼠而为虎。万间寒士，付之奈何；一廛为民，得此亦过。苟饮水曲肱之可遂，即拱璧驷马以何加？占营室，在中星，正维今夕；举大木，呼邪浒，试听同声：

东　芸馆橙溪一径通。分付溪边旧桃李，春风原在满怀中。
西　楼头骋望众山齐。欲识主人凭几意，浮云更比曲阑低。
南　天畔晴峰染碧岚。莫拟虹桥接霄汉，十年早已谢朝簪。

追影记

北　红尘一骑来京国。偃武修文当盛时，直须击壤躬耕食。
上　明月清风任豪放。纵着羊裘把钓竿，江湖谁解干星象。
下　牙签万轴插高架。终岁如今学闭关，问奇载酒姑回驾。

伏愿上梁之后，丰年报国，多福宜家。群居者，闇室无欺；外至者，得门而入。户开亦开，户闾亦闾，善言无千里之违，道隆而隆，道汙而汙，正气塞两间之内。让耕让畔，里有仁风；学礼学诗，庭多暇日。空中楼阁，尧夫何意于品题；壁内经书，安国可传其删述。未遗善绪，益显文明。

在这座宅子里，罗洪先渡过了人生最后的六年，写下了《覞丁记》《松原志晤》《阳明先生年谱》等著述。

罗洪先修筑松原新居，延请泰和人氏张秋泉代为监工，历时三个月（八旬）落成。张督工完毕时，罗洪先作诗二首相赠（《余徙松原，泰和张秋泉代余督治八旬乃返，酬以是诗》）：

横流居尽拆，别业晚乃移。得遂庞公隐，深惭鲍叔知。
梓人挥凿处，圬者食功时。屋漏能无愧，将何报所期。

平生无远适，代役竟忘归。力尽如同舍，时移且敝衣。
草根甘不厌，木屑虑无违。版筑今无梦，空令邂者肥。

对于橙溪这个山环水抱景色优美新居所在，罗洪先在《橙溪嘉会堂上梁文》中描绘道："顾盘古之中，实据同江之上。橙溪汇碧，坳岭环青。诸峰罗列似儿孙，可登高而作赋，三月烟飞诸杨柳，足骋望以怡颜"，"门庭三五步，有田可耕，有水可渔，江村八九家，入山不深，如林不密"。

罗洪先在吉水的居住地，历经了上述三次迁徙。罗的好友、吏部尚书、后来成为首辅大臣的徐阶（1503—1583），在其为罗洪先所撰墓志铭中也说得很明白:"公讳洪先,字达夫,念庵其号,厥初豫章人,三徙而居吉水之橙溪。"

离开谷村,越过公路,沿西北方向前行,进入路面较窄的村道,渐有丘陵景观。浅丘间为稻田,谷已收割,田中不时可见一些黑鸭。听吉水朋友介绍,按照生态保护新规,禁止在水中养鸭,当地的主导产业鸭业已改为在岸上稻田里放养,水鸭都变成了"旱鸭子"。

前行约十里,地势渐高,至石莲行政村辖下的樟树村。村侧上方一石丘隆起,周有一里,四五层楼高。丘旁有一崭新仿古院子,院前的土地正在平整,一些工人正在铺设人行道砖。此石丘即为石莲洞所在的石莲山,新院子是罗洪先当年讲学的石莲书院。当然,这是一个现代复制品,当初的名字叫"正学堂"。

先移步去看石莲洞。为山丘底部的一个半圆形洞窟,十余步深,阔二十多步。洞窟的正中及两边陈设着菩萨和罗汉塑像。这种摆设与几年前在书中或在网上看到的情形已有不同,显然是近几年的设置。进洞寻找洪先当年纳凉的"石床",左顾右盼不得见。洞窟顶里边的右侧位置,还有一个套洞,这个套洞光线挺好,估计有另一个出口,惜没有继续探寻。

出白莲洞,从洞侧一石门出,石门外有一棵几人合抱、树干中空的罗汉松,十分苍劲。沿小径上行几十步至石丘顶,石丘顶正中有一座小庙,也供着菩萨,有香火,还有居士模样俩人在照看。桌上堆有香表,看来此处香火较旺。至庙前一悬壁处,叶先生指悬壁下一向外凸起的石头,说这就是洪先当年所用石床。此"床"位置在石莲洞的背后,伸头勉强看了几眼"石床",将信将疑。这"石床"犹如悬壁上生出的一块"舌头",着实奇特。又见"石床"岩壁下方,尖角状的石头簇簇竖立,才知这石莲山丘名字的来由。

站在小庙侧面俯瞰、拍摄那棵大罗汉松,树干凸凸凹凹,树冠浓密,郁郁葱葱。叶先生边走边说:后人附会此树是罗洪先手植。我和叶先生探讨,这棵树树龄应在千年之上,与罗洪先在世距今四五百年的时间显然不符。

由阜田镇年轻的镇长周丽峰引领,继续寻访。周镇长指认石莲洞口上方已湮灭不清但依稀可见的"石莲洞"三字，说要找人重刻，叶先生和江主任特别嘱咐道：切不可重新镌刻或者搞描红之类，否则就是破坏，所言极是。周镇长又谈及，准备做工作把石莲洞里的佛像迁于别处，还石莲洞本来面目。

入新建的石莲书院参观。四合院格局，分两个台阶，正厅比厢房高出数尺。左右厢房和正厅墙壁布满罗洪先生平图片展板。据介绍，资料整理是请叶翔先生及当地历史学者指导的，从洪先家世到主要经历一应俱全，看来下了一番功夫。逐版观看，唯洪先心学成就及紫微斗数方面似有缺失。看得不太仔细，直观感觉而已。江主任让谈意见，不便推辞，提了注重心学思想展示，注意征集实物两点，也答应提供手头掌握资料。

石莲洞是罗洪先的退隐地，也是罗洪先博览群书、考图观史、讲学授业的修炼地，也是罗洪先研习阳明心学，以"主静无欲，收摄保聚"为宗旨，形成自己创见（世上哪有现成良知），得阳明之真，被推崇为"归寂派"代表的哲学思想孕育地。石莲、石莲先生也就自然成了罗洪先的别号，明代印行的罗洪先文集书名就叫《石莲洞全集》。正是经过石莲洞这个清净之地长期的哲思，才有了后来赴白河途中"楚山悟道"这个哲学上的顿悟与飞跃。石莲洞在心学史乃至中国哲学史上的重要意义就在于此。

清道光《吉水县志》卷三十一《艺文志》内收录的罗洪先撰《辟石莲洞始末》，记述了石莲洞的开辟经过。

> 余性淡于世味，而山水之癖则莫能医。每闻人谈名胜，辄生羡心，即数千里外，不惮跋涉。归田以来，此兴益浓。丙午冬十月既望，治庄崆峒，循西北行，过高坑、竹园，至石排山下，纵观久之，无甚奇特。方欲言返，或告以前不数武有石屋庵，致颇寂雅，欣然往游。至则止见一老衲，询问何以无徒相从？答曰：庵下有石穴，为虎豹出入所，以故徒众畏而远避之。余笑谓老衲：出家人尚舍不得性命乎！遂命之导观其穴。
>
> 循石缝中而入，迂回数折，则空旷豁朗，迥异常境。已而出穴口，周览上下四旁，则怪石垒垒，惜其翳于奥草，蔽于尘埃。为募

土人锄而去之。未几，而石窍为土封者以开，窥其中，空洞无物，乃益募人掘治，不五日，而大洞之形毕露矣。

因叹曰：自有天地，即有奇观，乃待今始发得，非神物秘之，为老农圃终焉耶！因名曰石莲洞，而结怀濂阁于前，为藏息地。洞之前后山田，前此以虎豹故，竟成弃物，自余开洞后，旧主悉以归，余余一一以时值偿之，俱辞不受。于是植松、竹、梅、柳、枣、桂之属，而向之号为秽墟者，渐化为桃花源矣。因柬友人王有训曰：天下万物，抛在风尘中，往往皆是，何独石莲可慨也？夫年来问奇者日益众，不得已，有六秀堂、远尘楼、探月轩之构。

丁巳，王敬、所文宗分俸助修洞屋，而尹洞山亦有所赠。遂合两公惠，建正学堂于洞之南。又建观复阁于其北。盖自丙午冬至今，历十余载之经营，乃克有就。顾寻师访友之日，多匡居独修之日，少有负于斯洞也甚矣。

五台有天真山人者，墨名而儒行者也，招之住持石屋，并为志其始末，俾收而藏之。时庚申三月三日，念庵氏书于莲洞之梅关。

由此文可知，罗洪先是石莲洞的发现者和开辟者。明嘉靖二十五年（1546）十月十七日，罗洪先在吉水县西北部的崆峒山、石排山一带游历，探访位于石莲山丘顶部的庙庵，经老和尚导引，沿着石缝入洞勘查，发现洞中有洞，即罗文中所说的大洞。从罗文的记述推断，他们的勘查，或是从山顶，或现今石莲洞（大洞）的背部某处沿石缝而入，在深处发现大洞，大洞洞口为土所壅封，找人挖掘清理了五天，才在石莲山脚下显出今日所见的大洞。这就是说，罗洪先辟洞之前，现今的石莲洞口处于土壅之内，在外部并看不见。如今的石莲洞，洞口外的地势明显高出洞内许多，即是明证。

辟洞后，罗洪先又持续做了栽植树木，建造六秀堂、远尘楼、探月轩等诸多整治营造，遂使原来的一个乱石冈变成了幽美的"桃花源"。过了十一年，丁巳年（嘉靖三十六年，1557）的时候，得王敬、所文宗、尹洞山等人资助，维修了洞屋，在洞南兴建了正学堂。经过罗洪先十余年的打造，石莲洞周边形成了以莲洞为核心的建筑群，演化为颇具规模和吸引力的一方学术中心。

清道光《吉水县志·舆地·地图》、光绪《吉水县志·绘图》分别附有绘图"石莲洞图"。两图所绘内容高度相似，像是出自一人之手。从此绘图及图中的标注可知，石莲洞除我们看到的大洞之外，在平行的不远处，还有一个小洞。小洞之上岩石题为"梅关"。大洞外有一凹形院子，为"怀濂堂"，凹口正对大洞口，把石莲洞包在里面。洞西设有石门，题为"虎豹关"。据施闰章《石莲洞记》，"梅关"二字系罗洪先手书。彼时山中多虎，为防袭扰，"置短垣，署曰虎豹关，虎遂绝迹"（道光《吉水县志》卷三十一）。虎豹关外、怀濂堂西南侧近处，绘有"石莲书院"，为一个两进院子。第一进院子上房为"正学堂"，两边耳房为"探月轩""远尘楼"。在探月轩背后，有一偏院，上首房子题为"六秀堂"。第二进院子为"观复阁"，在正学堂的正背后，只有一栋正房。从图中可见，怀濂堂和石莲书院外，有一圈完整的围墙，大门似开在石莲书院大门处。这样，欲入石莲洞，必须经过书院大门，过虎豹关，才得以进洞。这是一个十分精到的布局。只可惜我们这次所见，除过已恢复的石莲书院，其他建筑在道光年间已荡然无存。

又过了三年，招来自五台的"天真山人"住持石屋。庚申年（嘉靖三十九年，1560）三月三日，罗洪先在石莲洞写下这篇《始末》，交于这位住持者保存。此时，罗洪先已五十六岁，上一年，他的松原新居落成。此后，罗洪先一直多病，多在松原静居。这篇《始末》，当是他对石莲洞的最后托付。

"三年枯坐作生涯，似入空林已别家。偶向春前轻指点，东风又动满园花"。"石莲洞里石床旁，岁岁春风枳橘香。今日墙根三四树，夕阳依旧对西窗"（罗洪先《后园杂咏》）。在孤愤失意的漫长岁月里，石莲洞自然成了罗洪先的精神家园，洞居中，或触景生情，或哲学思辨，或与友唱和，或送友话别，留下了数十首以石莲洞为题的诗篇。从这些题材广泛的吟唱中，可以窥见和还原罗洪先孤寂闲适、精神丰润的洞居生活场景。

日永洞中无事，泉来石下松边。不辨人间何世，熏风时醒闲眠。（洞中）

何物人间可醉醒，山林消得几丹青。一枝未许淹黄鹄，寸木还堪纳北溟。石室雨多逢处暑，草堂月出数残星。半生歧路今初定，却悔年光似建瓴。（出洞述怀）

岩栖拟远人间世，翻为山深到日稀。石室雨苔还绣几，洞门秋草欲钩衣。旧邻饷客穿松至，幽鸟惊人绕竹飞。留谢烟霞写青壁，此身来去本忘机。（丙辰十一月六日，与莆田洪元修、王生养明、族叔尔相、族弟惟亨至洞，别去几二年矣，慨然有思）

投身石室了生涯，服食年年待玉华。兢道大方能玩世，翻招小隐共移家。一庭黄叶闲明月，四壁青岩锁断霞。已被山灵留客稳，岂须勾漏说丹砂。（洞中次答戚南玄见招）

桃红李白莫相猜，只折芙蓉傍石栽。多少春风长荆棘，秋光何惜数花开（洞中种芙蓉）

石莲洞南有"正学堂"。眼前的这个"石莲书院"，位于石莲洞正前方偏上位置，据介绍建在原正学堂的遗址之上。罗洪先《石莲洞正学堂上梁文》对那所建于明嘉靖三十六年（1557）的学堂，有一番妙笔生花的精彩铺陈：

依月岩而悟主静，元公诣无极之先；入云谷以结幽栖，朱子大斯文之绪。在百工术业，尚且贵于专精；刻千古心传，可无资于游息？莲洞主人，质非狂狷，窃慕中行；心泯怨尤，未缘上达。不遑宁处，冀获异闻。三人必求我师，四方不忘有事。徜徉五岳，涉猎百家。启石室之丹书，夜窥海月；挟秋风之白鹿，手抉星河。永托

追影记

邻于太初，辞凿窍于混沌。思焉若起，近而易求。悔多闻之见欺，屏繁思而自守。地不爱宝，物有当机。偶逢岩洞之奇形，久秘荆榛于僻壤。未论太乙，身寄莲舟；空数三峰，花开玉井。行才踰里，望若层丘。金掌凌霄，沆瀣泛仙标之晴旭；碧涛翻海，珊瑚间鲛室之明珠。疑六丁雷斧之冥搜，俨九首天吴之呵卫。颇投夙好，遂罢远游，偕风咏于暮春，除茅塞于山径。辨种而艺木，已过十年；环堵以为宫，因周一亩。梅关待月，恍清明之在躬；竹牖披风，倏烦嚣之去体。始知枯槁，寂寞自与道谋；欲为砥砺，切磋当先默识。终焉之计，遂决于斯；乐矣何求，不知将老。愧逃名而未得，时好音之见怀。车辙频来，至无可避；户屦常满，多不能容。问俗使君，嗟其为异境；劝农明府，助之以结庐。捐俸为倡，累书相促。谓可藉以养士，且有契于乐山。朴斲梓材，岂望工师之木。旁求版筑，敢云夫子之墙？不出户庭，可窥天地。皋比久撤，非好为师；盘辟远来，皆能助我。《诗》可言，礼可立，趋而过庭者咸有闻；念则圣，罔则狂，譬如覆篑也吾自往。睹浮云之出岫，今复何心；甘饮水以乐饥，于焉卒岁。过我门，幸入我室，涂人谁非尧舜之归；读其书，想见其人，此身如在羲皇之上。业传乎不朽，古之配两间者无多；道传于无言，事有旷百世而相感。适宗族乡邻之骈集，牵门人小子以浩歌。暂息郢人之运斤，且听尧夫之击壤：

东　千峰深处号崆峒。若向广成求道脉，定教思虑莫憧憧。
南　秀岭层峦静与参。但愿文明启天下，岂妨高枕卧晴岚。
西　僻坞深林汇碧溪。爱惜涓涓常不舍，始知四海即涔蹄。
北　松杉影里藏阡陌。从此躬耕不出山，却向官租酬帝力。
上　秋阳皓皓无遮障。此是千年孔孟传，不用山天观易象。
下　六经诸子存高架。升堂欲辨异同间，只在此心诚与诈。

伏愿上梁之后，尘嚣不入，道气常存。答问向初平，一语胜十年之诵读；端坐如明道，四时对万物以静观。求州里蛮貊为可行，必视听动息之皆理。敬以修己，仁不让师。检名节以固藩篱，当使烟霞增气色；即辞章而为羔雉，莫教猿鹤漫移文。木石居，鹿豕游，终身与深山之野人无异；江湖身，庙廊志，诸生以名世之豪杰自期。世教少裨，山灵何幸！

这篇气势磅礴、文采飞扬的"上梁文"，为石莲洞这个充满魅力的精神家园和思想高地，作了最好的阐释。

石莲洞不远处的洪同山（古称崆峒山）下，有前文提到的崆峒山庄，是罗洪先在武功山的另一静修之地。还有距吉水城不远，罗洪先的讲学地白鹭洲书院，因时间关系，此行未能亲晤拜访，留下了一点遗憾。

亲晤先贤念庵故居，拜会石莲古洞，了却多年夙愿，实为平生一大幸事。

注：本文所引用资料，除特别标注者外，均原文引自徐儒宗《罗洪先集》（上、下），凤凰出版社，2007年。

小寨西路

一

社教归来，我的办公室副主任角色步入"正轨"，开始正式从事政务服务，分管秘书工作。办公室已新调来的几位年轻秘书，都是各单位的骨干和"写家子"。主任是一位心直口快的老领导，他只管大事，对我们副主任的工作很信任、很放手，故而大家都心情愉快，工作得心应手，一派生机景象。用老主任的话讲，这是办公室最好的一个阶段。这个阶段调来的年轻人，后来绝大多数都干到了县处级，有的到了厅局级。几十年后回头总结，人才的成长环境很重要，领导是关键。

时间很快过去了两年，到了1993年下半年。此时，办公室的人事发生变化，老主任去了县人大，新来了一位年轻的主任，单位气氛随之而变，加之长时间的文字工作，让我时有疲惫之感，肋下也经常隐隐作痛。去医院检查，抽血化验也查不出有什么病，估计还是精神状态方面的原因，就思谋着离开这个岗位。考虑自己前前后后在政府大院待了十年，多年来进修深造的想法一直没有放弃，周围的人也都知道。1994年开年后，机会来了，省委党校培训班开始招生，县委在确定人选时把我列入了，但能不能上，需要参加当年的成人高考。为保证"一发命中"，我在成人高考前，请了一个月的"病假"，在家复习。

小寨西路

当时我的住处已由政府大院的单身宿舍搬至旬阳卷烟厂家属区的一栋旧楼的顶层。这是爱人单位的内部福利房，花了四千七百元买到手的，没有产权，建筑面积不足四十平方米，一室一厅一厕一厨，小得可怜，可谓"斗室"。这一个多月，我将自己关在"斗室"之中，把要考的科目：语文、数学、历史、地理、政治复习资料一字排开，编排了一个到时到分的复习进度表，争分夺秒，一刻也不耽误，拼命朝前赶。功夫不负有心人，考试时便有得心应手之感。考试分数已记不清，印象是名列第一。在入学第二周省委党校组织的全校本、专科新生综合摸底的测试中，我名列全校第二，与第一名的一位本科生不差上下。

在等待中进入8月，不出意料，录取通知书终于来了。此时，我已年满三十一岁。

开学前，赶着时间，匆匆做了几件事。要离开这里了，领导像是忽然发现了我的可取之处，让我主持筹备全县的文书工作会议，此会的参会范围为县直单位和各区乡的文书，主要研究安排办公室工作，在历史上尚属首次。领导半开玩笑地说，筹备不好这个会议就不许去上学。在开学前，这个会议如期召开。

又专门回了一趟老家，向父母禀报上学事宜。此时弟弟正在北京大学上大二，年龄差十岁的兄弟二人同时都上"大学"，让一向尊崇读书的父母甚是高兴。我对他们吹嘘说"上了党校就能提拔当县长"的话也让他们感到值得一去。此时，大女儿已上完幼儿园大班，正好到了上小学的时候，在送她去小学开学报到后不几天，我也拿起行囊，奔赴省城，进到另一个学堂中去。

财务问题也很关键，需要筹备一番。斯时，先室在卷烟厂的质量检验室工作，因属国企，又是技术岗位，拿的工资比我要高。我们商议，我每月的工资二百九十几元，她再给添上几元凑够三百元，悉数寄给我，她的工资用于家用。这个方案意味着家里的开支因为上学几乎被"腰斩"，实际"运行"起来，先室所承受的压力可以想见。此后两年，我每月都按时收到老婆寄来的或托人捎来的三百元，一半用于购买饭票，一半用来购买生活用品、少量衣物及零用，精打细算中，也算衣食无忧。家里边老婆一个人的工资，显然

229

入不敷出。于是，难免有月月借贷的情况。同时，购买烟厂小套房向别人的借款也要慢慢归还。当时的财务制度允许职工在单位借钱，上学两年，每到年底，我在政府办公室的账上也有两三百元的账单。

财务窘迫，让我至今仍对那个小家和泼辣能干的先室心怀愧意。

以前，我只去过西安两三次。为了熟悉这个将要待上两年的地域，我去书店买了一本关于西安历史的书，抽空读了一遍，知晓了西安历史、地理的梗概。每到一个地方便收集这个地方历史、地理方面的书籍，此后成了我的一个习惯。

9月初的一天，政府办公室破例派了一辆小车把我送到了位于西安市小寨西路的陕西省委党校。十年前的夏天，我曾在这里参加全省地方志编纂人员培训班。今日回到了故地，发现建筑布局没有什么变化，还是一片青砖青瓦，古色古香，只是大门移了位置。原来的主楼被划了出去，成了另一个院子，据说最初设为某某军的军部，现在不知住着什么机关。隔壁的陕西省社会科学院，过去与党校的大院是相通的，现在也隔断了。

我的宿舍被安排在曾参加地方志学习的大院后边，与这个划出去的大院隔着一块绿地，从我所住的三楼宿舍的窗口，可以清楚地看见十年前我住过一个月的那间位于底层的房子。

在省委党校，我所上的班级为一九九四级培训大专班，专业名称为党政管理。这种类型的培训班，过去的培训对象为科级干部，毕业后经锻炼大部分会升任为县处级干部，是县级干部的"摇篮"。但20世纪90年代后，随着学历干部越来越多，干部来源多元化，毕业生受到提拔的机会越来越少，在人们心目中的位置及吸引力也随之降低。这一年，本县的一位副局长与我同时受到推荐，但他坚持不去，组织上也没有强求。与我们这样的培训班平行的，是"理训班"，属于本科，主要招收地区一级和县上的年轻干部，毕业的去向是做理论教员或理论干部。培训大专班、理训本科班和位于同一栋楼的西北五省区党校研究生班便构成了所谓的党校"长班"，这是国家认证的学历教育。

虽然不是正规的普通高校，但也算是正牌的大专院校，能在而立之年补上大学这一经历充满兴奋和期待，也暗下决心，在学识上来个"脱胎换骨"。

二

开学典礼是在党校大院东区的苏式大礼堂举行的。省委一位副书记参会并讲话，强调党校是"两个熔炉"：党性锻炼的熔炉，理论武装的熔炉。

这时的党校实行的是小班制，培训班共设两个班，我们这班为一班，称为九四级一班，共有二十五名学员，大部分是来自全省各县的县直单位和乡上科级层次，也有几位国有企业的中层干部。除陕南四位、陕北两位外，其余来自宝鸡、咸阳、渭南、铜川各县。西安空缺，也不知什么原因。班干部的选举按民主程序进行，竞争较为激烈，在推荐、自荐酝酿上互不相让，都在争取班主任和学员的支持，投票前互相游说，找人说项，暗流涌动。所好班主任见多识广，颇为老成，在照顾各地域和个人专长基础上搞了平衡，投票前又逐人开展谈话，征求意见，班委会经投票顺利产生。这个阵势我还是第一次经历，长了不少见识。

两年间，主课开设了二十二门，除马克思主义哲学、政治经济学、中国特色社会主义理论（取代科学社会主义）这方面的马克思主义理论课外，还有中共党史、党的建设、党务与思想政治建设、政治学、行政管理学、国际政治、中外近代史、国家公务员管理、领导科学、公共关系学、法学、逻辑学、管理心理学等基础课，也设有财政金融管理、现代科技、区域经济、市场学、干部写作、从政文选等应用型课程。对这些必修课程，我在课堂上铆足了劲拼命般听记，一节课下来，所有的讲授内容基本上都记在了本子上。每堂课后，老师都要布置大量的作业。对作业也绝不偷懒，完完整整解答。经过这一番听、写、答过程，知识要点也就掌握得差不多了。两年下来，我积攒下了几十本课堂笔记，有的我认为十分重要的课程，老师讲课的内容、板书的内容，我几乎是一字不落记了下来。这还不够，我还给自己定下了拓展学习的计划。

通过张沛老师的介绍，我认识了省委党校一位教历史的周教授。周教授的夫人是党校图书馆的管理员，有此便利，我一入党校就去图书馆办了借书证。从此，几乎每周我都要去图书馆换借一次图书。借阅的书目围绕当时所学课程拓展而变化，每次可借五本。这样一来，在主课之外，有了一个系统而持续的拓展阅读渠道。两年间，课外阅读了几百本书，对我帮助极大。

除此而外，我几乎参加了两年间省委党校开设的所有选修课的学习。毕业时，粗略盘点，供选修了十八门：中外变革史与中国现代化、现代西方思潮、系统科学、国民党史、新旧军阀史、西方哲学史、中国哲学史、国际共产主义运动史、学术论文写作、文学概论、证券交易与管理、运筹学、中国民主党派史、科技管理、中国经济地理、中国国情、陕西省情、农村经济学。考核、考查的成绩都为"优"。因时间"打架"，极少量的选修课无法选修，也有听了几节课因时间错不开而忍痛放弃的，如讲得很精彩的"唐诗宋词欣赏"。

也有很遗憾没有坚持学完的。此时的计算机课显得很"热"，我也报了名，因学员太多，教学就放在一个类似大会场的教室进行。当时计算机尚未使用"windows"操作系统，操作用的是复杂的英语计算机语言。我买了一本厚厚的计算机基础教材，听了两节课，似是而非、似懂非懂，在机房上了两次机器，按照老师的指导，输入命令，开机、关机，简单输入几行字，感觉太难，就不再去上课了。幸好过了几年，有了简单易学的中文操作系统。2000年，我费力从北京邮购回一台联想电脑，着迷似的学了一段时间，才补上了计算机操作这一课。

也想补上英语这门课。党校开办了一个英语讲座，在离宿舍不远的大阶梯教室上大课，从普通口语对话开始，朝商务英语方向教，虽然我在高中学过一年英语，但时隔十余年，早就忘了。老师半英半中的讲授，我根本就跟不上，听不懂。听了一次，就不敢再去了。

党校两年，最大的收获自然是在"理论素养"方面的提高。"指导我们思想的理论基础是马克思列宁主义"，"党校姓党"，所以视马克思主义的三大组成部分为主体和基础课。所谓掌握辩证唯物主义和历史唯物主义、政治经济学、科学社会主义三大理论体系，学会运用马克思主义的理论观点方法，思考分析问题，解决问题，指导实践，是学习这门课的目的。辩证唯物主义和历史唯物主义统称为"马克思主义哲学"，这门课由哲学教研室主任王教授亲自授课，整整上了一学期。这位资深哲学教授讲课的特点是阐述哲学概念、原理之后，附带大量的、恰如其分的举例，让哲学一下子走进了生活，是真正的"深入浅出""阳春白雪"。这门课意在灌输一种唯物、唯实，又符合现代科学原理的思维模式和方法，弄懂弄通，接受了这个思维体系，在立场、观点、方法上纳入自己的思辨系统，并在现实中加以运用，也便是实现了世界观的改造。这种改造，伴随着唯物辩证法各种原理讲授的展开，课程的进展，潜移默化，润物无声，最后达到"质变"，实现思想的"跨越"。对唯物论、辩证法的全部接纳，确立马克思主义哲学的思辨体系，是党校生活最大的收获。这种"守正"至今未变，也无须忌讳。至今，我仍然保存着这门课的完整笔记，还有课本中密密麻麻的批注，这些文字若整理出来，便可成为一本像样的《哲学笔记》。

政治经济学这门课，也整整学了一个学期，由三个老师接力讲授，可见其体系的庞大。绪论由陈副教授讲授，讲政治经济学的研究对象、生产力和生产关系及二者关系，经济基础和上层建筑及二者的关系、政治经济学的结构及学习研究方法等。这一整天讲下来，对这门课程有了梗概性的了解。也有同学大摇其头，感觉体系太大，实在难懂难学。

接下来由查老师接手，讲授资本主义部分。这部分分为"商品经济""资本和剩余价值""资本积累和私人垄断""资本的再生产和运行机制""平均利润和生产价格""资本主义利息和地租""国家垄断资本主义""战后私人垄断资本的发展"等八个部分，基本上是循着《资本论》的路子讲的。在讲了前四章即讲毕"资本主义生产过程"之后，还进行了一次回顾总揽式的"串讲"，然后才开讲后面的几章涉及"资本主义流通过程"的内容。可惜的是，因国庆节放假，我不知何因迟返校一天，错过了其中的一次授课："平均利润和生产价格"，至今，我看见只有标题而无内容的笔记，仍觉得十分可惜。

社会主义部分由赵老师接手讲授。当时，中央刚刚作出发展社会主义市场经济的决定。所以这一部分的内容原有的教材已不能用，也没有印发讲义，主要靠课堂讲，做笔记。所以这个阶段的讲课分为若干讲，开首为"社会主义市场经济"，重点讲市场经济的一般原理、社会主义为什么要实行市场经济、如何建立社会主义市场经济这几个问题，这里的核心概念是"资源配置"方式的变更。这位赵老师为了阐明这个问题，频频用"白水苹果产业发展"来举例，那真是堂堂讲、反复讲，以至于有的同学给他起了"白水苹果"这个外号。过后听说，赵老师一直致力于渭北苹果产业化体系的研究，并有不小的成果。

接下来便是"社会主义生产资料所有制结构""社会主义个人收入的分配制度""社会主义企业和企业改革""社会主义的流通与市场""社会主义的货币流通和金融""社会主义国民收入分配和财政体制改革""社会主义再生产和产业结构""社会主义国家的对外经济关系""市场经济与农村发展"等专题，从微观经济到宏观经济一路猛"灌"下来，老概念与新提法交织在一起，让人感到改革的紧迫和艰巨。

政治经济学这门大课，使我系统地了解掌握了经济运行的原理，对此后从事经济工作奠定了知识基础。

科学社会主义这门课此时已更名为"中国特色社会主义理论"。但开篇仍讲授了科学社会主义的创立与发展，唯物史观和剩余价值学说的创立使社会主义由空想变为科学等经典内容。接着便是邓小平中国特色社会主义理论的内容，包括理论概述、社会主义初级阶段及其基本路线、社会主义的根本任务、社会主义的改革和对外开放、社会主义民主政治建设、社会主义精神文明建设、社会主义的领导力量和依靠力量、爱国统一战线和"一国两制"、社会主义的民族宗教问题、社会主义国家的对外关系等主题。同样是体系庞大，博大精深。这门大课，从思想上解决了"举什么旗，走什么路，怎么走"的问题。

多年来，我一直以为"中国特色社会主义理论"的点睛和精髓是邓小平关于"社会主义本质"论述的五句话："解放生产力，发展生产力，消灭剥削，消除两极分化，实现共同富裕。"正是这五句话的引领，开创了一个伟大的新时代。

马克思主义的三大组成部分，让我耳聪目明。

三

"理论走在行动之前，就像闪电走在雷鸣之前一样！"

党校是藏龙卧虎之地。有几位老师堪称"名师"，也是"怪才"。

教授"财政与金融管理"的是一位薛老师。薛老师年过半百，不修边幅，戴深度眼镜，风趣幽默，像一位学究，有时又像是滑稽演员，大家都喜欢上他的课。他曾在省级机关和一家证券公司挂过职，有理论功底，又有实战经验，深奥而枯燥的财政金融理论从他口中出来，就变得通俗易懂了许多。课堂上又善举例，财政收支、金融存贷、税收构成等都引用全国、全省最新的数据，也有国外的资料数据对比分析。对于财政金融体制改革的最新进展，没来得及纳入教材的知识，如分税制、电子货币等，他编有专门的讲义，力求传递最新的知识。对于财政、金融实务中常用的工具模型，他都一一详细介绍、计算。为了说明个人所得税超额累计税率的算法，薛老师不厌其烦地在黑板上反复举例演算，用了好几副板书。同期，他还开了一门"证券交易实务"的选修课，讲授如何看股市行情，买卖当时十分时髦的股票。为了直观了解股票交易，一日，他带着我们一群人，到长安路上的一家证券营业部参观。当我们一帮人突然涌进散户大厅时，那些散户惊得直呼：黄牛来了！

讲课期间，薛老师也不失时机调侃起自己的"糗事"。一次，薛老师去北京办事完毕，乘火车硬座返回西安，不料在北京站外被小偷摸去钱包，顿时变得身无分文。他所乘的火车是慢车，一天一夜才能到达。吃饭成了大问题，幸好他的包里尚有一个烧饼，只是已发霉长毛，不好拿出来吃。一直挨到深夜，等邻座的旅客都睡着了，他才偷偷取出烧饼，用两个手掌捂着，小口小口地啃。因怕吃了上顿没下顿，每次只啃几口。就这样，一个霉毛烧饼，让教授支撑到了终点。讲毕，一阵哈哈哈大笑中，我们无不佩服教授的坚韧刚强。体面地挨饿，也是一种智力和功夫。

管理心理学的老师是一位中年副教授。他进教室，只带一根小教鞭，开讲后便口若悬河，逻辑缜密，一字不差地讲诵着心理学的各种名词、原理，中间插着精彩、贴切的例子，并每隔十来分钟，就有一个"兴奋点"，讲课颇能"抓人"，一大堂课下来，听者一点也不觉得累。课间，大家围着他交流，十分崇拜。上了一段时间后,他才告诉我们,那个小教鞭实际上是一个"记忆棒",他把讲课的内容赋予"存储"到了小教鞭的不同部位,讲到哪里,就把手挪到不同的位置,从教鞭的相应"存储"部位调出信息,故而可以做到讲授流畅自如,一气呵成。这位老师的大脑就像电脑,那个教鞭就像是电脑的键盘和鼠标,十分神奇。

中国近代史课的老师是一位年轻的讲师。他上课,两手空空,什么都不带。讲课字正腔圆,一气呵成,连一个多余的字都没有,大家十分好奇。课后交谈,年轻讲师说:他为了备好这节课,早晨四点多就起床了,对着镜子,把当天要讲的讲义齐齐背诵一遍或两遍,直至完全记住。这位讲师的敬业精神让我们感动不已,纷纷说,一定要认真学好这门课,不然就对不住老师的这番超出常人的辛苦。

党校教育也倡导"开门办学",开展社会实践,这是大家最感兴趣最欢迎的方式。开学不几天,我们就去了七贤庄的八路军驻西安办事处旧址纪念馆。瘦瘦的女馆长亲自接待,引导讲解,讲到动情处几乎流了泪,我很受触动。若干年后,我又去过几次纪念馆,但唯有这次感触最大,印象最深。

此后,我们还陆续组织去市内的超高压电器厂、卫星测控中心及省内的海鸥洗衣机厂、伟志服装厂等处参观考察。也搞暑期社会实践,时间是1995年暑期。我选择的课题是"贫困山区投资环境障碍与改善对策",洋洋洒洒写了一万多字,等级为"优秀",但没有获奖。当时最时兴的话题是农业产业化,关中的几位同学选了这个题目,都得了奖。最长的一次社会实践,是为期十天的宝鸡、汉中之行,来回程坐绿皮火车,除考察知名企业外,还顺道参观了周公庙、炎帝陵、古汉台、拜将台、武侯祠等古迹名胜,其中当时尚未开发的嘉陵江源头景区让一行人十分兴奋,同室的建军兄还即兴赋出了"驱车如在画中行,戏水还我儿时情"的佳句,在班上流传了好长时间。

考试过关,也是党校学习的一大考验。主修课学一门、考一门、结一门,类似于学分制。各科考试均为闭卷,各班老师交叉监考,以防舞弊。这种考试,考验的是记忆和理解的功夫。记忆对我们这些成年人来讲,确实是个难题,但也只得像小学生那样死记硬背。每当进入复习阶段,就拿着复习资料,在校内草坪上、树林里嘟嘟囔囔地背诵，虽然有些苦，但也觉得学生本来应该是这个样子。毕业时自我检阅了一下，二十二门主修课，考试成绩最高98分，最低80分，其中90分以上的占了十七门。十八门选修课的数量也是全班最高的。自然，毕业时被评为校级优秀学员，发了一个大红证书。

毕业纪念册上，书法极好的班主任卢老师一连给我题写了三幅赠言："读书破万卷，落笔超群英""宝剑锋从磨砺出，梅花香自苦寒来""为官一任，造福一方"。

朝夕相处同学习，分别更觉情谊深！

落款于一九九六年七月一日的"毕业寄语"出自班长宝仓之手，文采飞扬，似乎更能表达我们这个二十五人小集体的心声：

> 两年弹指一挥间，"梦里不知身是客，别时容易见时难"。在这依依惜别的时刻，多少往事漫卷心头。怎能忘记，在窗明几净的教室，大家欢聚一堂，学习各门功课，特别是哲学、中特理论、中外历史，大家亲切而热烈，心绪浩然而忧伤，充满了生命内在的冲动，闪动着丰润的灵性之光；怎能忘记，老师们的亲切教诲，恰如清泠泠的泉水，在我们心灵的河床里，潺潺流动；怎能忘记，在领略三秦名山风光的时刻，大家心花怒放，引吭高歌，留下了友谊的佳话……
>
> 人生是漫长而兴奋的旅程，带我们走过许多地方，而唯有这是一次造就，一次测验，是一种升华，一种锤炼。
>
> 如今，这几百个日日夜夜，已化作一行行进取的足迹。这二十五张音容笑貌，将载入永恒的人生记忆。
>
> 在这里您没有辜负党和人民的期望，你的进步就是思想升华的真实写照。今天的你，理想更加坚定，精神寄托更加高远，你在这里看到的党旗更加鲜艳，更加舒展，正昭示和辉映着21世纪的曙光。

追影记

　　今天我们畅谈离情别绪，互勉事业腾飞，这一美好的时光，将永远留在我们的记忆里。千言万语汇成一句话，让我们的生命，不仅在血气方刚时喷焰闪光，而且也在壮志暮年中流霞异彩。期待自己的人生乐章，更加钟灵毓秀，绮丽隽永。

　　等到山花烂漫时，我们再相会！

两次远行

在乡镇工作期间,我曾经因公出过两次远门。

一次是参加中央组织部举办的中西部地区基层领导干部培训班。这次培训的对象是中西部地区的乡镇党委书记,培训地点在江苏省江阴市。安康地区只给了五六个名额,我是其中之一。

这是一种带扶贫性质的对口实地培训,一半时间授课,一半时间组织参观。这种现场教学方式、方法灵活,对我触动很大。

从西安乘飞机抵南京禄口机场,由大巴车接至中共江阴市委党校。江阴市处于长江南岸,是无锡市下辖的一个县级市。市委党校的布局和设施与西部地区省级党校不差上下。授课老师中有中央党校、江苏省委党校、江阴党校各个层级的老师,也有江阴本地乡镇和村的干部,授课的重点是介绍江苏苏南一带发展乡镇企业、改革创新的经验做法。安排的现场参观比较多。去了以生产各类织布的阳光集团,生产中央空调的双良集团,"红豆生南国,当春乃发生"的红豆集团,还有天下闻名的华西村。

华西村当时的规模还不是很大,只兼并了周边的一两个村。据说现在已经扩至周边较大的区域了。在华西村村口的广场停车后,即可见一个巨大的牌子,上书现代华西村创始人、村党委书记吴仁宝的经典语录:家有黄金数吨,一天也只能吃三顿;豪华房子独占鳌头,一人也只有一张床位。顿时有

追 影 记

一种强烈的冲击感。进到村内,是一溜溜一排排的别墅。去了一户人家的室内,主人正在炒菜做饭。这样的参观他们似乎已习以为常,故也没有互动交流之类。

返回村口广场。转而上华西金塔参观。当时的金塔只有一座,听说现在已成了一片塔群。金塔的顶端是明晃晃的黄金顶子,金塔里面出售以华西村为主题的音像、纪念品之类,还有华西村发展历程的图片陈列。

站在金塔顶层俯瞰华西全景,联想这段时间在江阴各处的所见所闻,震撼之余,感到我们所处的西部与这里恍如隔世,不在一个发展阶段,至少落后了二十年。如今二十多年过去了,拿今日我们的现状与二十余年前的江阴比较,仍有很大差距。看来,我们当初对自身的期待还是过于乐观了。

观摩学习中得知,江阴的发展,有一种普遍的模式,走集体化、集团化的路子。土地没有分散使用,仍为集体经营,乡村两级就是一个集团公司,村党委书记、村长就是集团公司的董事长和总经理。这江阴市好像是依托数百个集团公司在运转经营,道路问题,体制问题,早已在现实中得以破解。这应是此地高速崛起的一个"密码"。江阴当地的领导在介绍经验时,也不时提及长三角中心城市上海产业转移扩散给他们带来的好处,还有濒临长江、出海便利的区位优势。

位于江阴市东边的张家港的名气也很大。利用半天时间,搭了一辆出租车去了一趟,惜时间太紧,只观赏了一下市容。

在江阴和张家港,我发现了一个现象,偌大的城市,街道上行人稀少,颇为冷清,询问才知,此地白日里闲人太少,人们都忙着工作了。这对我触动很大。在江阴,有一幅标语随处可见:发展是根本,精神最关键。

兴奋地回到我所任职的关口镇,在向班子成员和干部传达的同时,我以"发展是根本,精神最关键"为标题,把江阴所闻所见所感汇集起来,编排了一组图片展板,置于办公楼前的街道旁,以期唤醒大家的奋进意识。又以同样题目,写了一篇体会文章,题为《发展是根本,精神最关键——江阴之行的一点启示》,刊于《安康日报》和《旬阳报》。

金秋十月，江南风和日丽。我们来自欠发达地区的120名同志，来到长江下游的滨江城市江阴，参加中组部、国务院扶贫办举办的中西部地区基层领导干部培训班。在当地企业界人士和党政领导的辅导下，对这个位居全国百强县（市）第二、国家级卫生城市进行系统学习解剖，短短的十余天时间，我们初步领略了江阴从贫穷到小康再到富裕的不凡经历。展现在我们面前的江阴，城乡融为一体，企业集团云集，基础设施先进，环境整洁优美，人们举止文明，一派现代气息，已建成初步发达的社会主义。从贫瘠的西部走来，巨大的反差，使人恍惚中有隔世之感。

待思绪冷静，方悟出一浅显道理：物阜民丰的江阴是靠人干出来的。的确，江阴人在实干中形成了"人心齐、民性刚、敢登攀、创一流"的江阴精神，凭着这种精神创造了一个民富市强的新江阴，同时也塑造了一代江阴新人。认识江阴，应首先认识江阴的人；学习江阴，应重在学习江阴人的精神。

江阴人经常挂在嘴边的一句话是：世界上什么最难？实事求是最难。这是江阴人对自己走过的发展壮大之路的高度概括总结，是江阴人的"基本路线"，看似普通却内涵丰富，形似朴实却透出无尽的精明。江阴人的实事求是，一是聚精会神求发展，不因宏观环境的变化而放慢脚步；二是坚持从实际出发，走集体主义共同富裕之路；三是经营活动以实为本，做人诚实为先。凭着执着的求是求索精神，江阴人把国内生产总值从区区的数亿元提升到260亿元；乡镇企业产值达到600亿元，国家级和省级企业集团达110个。

有人说，江阴人现在普遍富有，但活得太累。在江阴的城市和乡村，很少见到无所事事之人，商场、饭馆白天空旷无人，人们行色匆匆，似乎有干不完的事，挣不完的钱。听经验介绍，开场白就是各自的创业史；津津乐道的是自己的艰苦创业经历和精神。言及陕西，皆说他的精神来自圣地延安，认真诚恳之态令人汗颜。位于江阴市华士镇的华西村，号称华夏第一村，产值20多亿元，工厂林立，别墅成群，人们说它的发展就像谜一样，其实这个谜底就是艰苦奋斗。江阴市镇办企业双良集团、村办企业阳光集体名扬世界，但有谁能想到当初是分别以9000元和200万元起家的。

江阴人抓精神文明建设的干劲不亚于搞经济建设，他们认为在"富口袋"的同时不能忘记"富脑袋"。没有精神文明的发展是残缺不全的发展。在江阴，我们时时处处感到初步发达的精神文明的存在，环境整洁优美，人们彬彬有礼，思想先进，勤奋敬业。对党的感情深厚，对社会主义、对江阴的发展充满自豪。华西人独树一帜，把精神文明建设当作一种产业来抓，专门成立了精神文明开发公司，被国内外誉为"创建性的实践"。

江阴给予我们的启示是多方面的，但唯有精神最使人震撼，发人深省，催人奋进，是学习的关键。这正如海涅所言：思想走在行动之前，正像闪电走在雷鸣之前一样！

另一次远行，是参加省乡镇企业管理局组织的培训学习。这次培训由省乡镇企业局下属的乡镇企业干部培训中心组织，地点在云南昆明，参加者共有二十人左右，乡镇企业搞得好的乡镇才有资格参加。旬阳除盛产铅锌的关口参加外，盛产汞锑的公馆乡也派员参加。

飞抵昆明后，入住云南省乡镇企业培训学校。此校位于昆明市郊区，一个民族文化村的近旁，学校不大，只是一座主楼一个院子。上了两天课，便由学校的一位副校长带队，由昆明前往畹町、瑞丽一带现场教学。

这位副校长是一位精干矮胖的中年人，自我介绍刚从边防部队转业，原任瑞丽一线边防部队的情报处处长，对那一带十分熟悉。由他带队考察，大家都感到跟对了人。

出发前，副校长联系当地一个机构，为每个人申办了一个边境通行证。照片是找学校附近一个个体小照相馆拍的。由于摄影师傅一条腿有残疾，无法站直，机位太低，给我们每个人拍的大头照都是仰视的角度，加上冲洗颜色有些泛红，边境证上的照片看起来有些怪异，大家都说像是毒贩。不过一路走下来，无任何障碍。有前情报处长领头，那个边境证似乎只是个摆设。

当时，昆明到畹町一线并无高等级公路，只有勉强能达到三级路标准的干线公路，很多地段仍在沿用民国时期中缅公路的老路。这些老路的路面以小石子覆面，与现今有些景区、公园的石子路相似，车行走在这种路面上，车体颤动不停，像是坐在按摩椅上，体验奇特。

由昆明到畹町，整整走了两天。沿途多为山路，植被茂密，景色优美，尽显彩云之南之美。第一天走到保山市，在保山城内一家酒店办理入住时，同行者问前台女接待员，保山最有特色的餐饮店是哪一家，请推荐一下。女接待员说：在城西某某处的大路边有一家，很有特色，并详细指明去的路径。去房间放好行李，大家便上车出城，向西驶出老远，好长时间还未到达。同车的一位忽有所悟，说这么远的路，餐馆该不是那个女的家开的吧。大家都说不会吧，不可能。几十分钟后抵达大路边一个类似于农家乐的饭馆，点菜、吃饭，质量倒还可以。饭间，有谁不经意问上菜的服务员，城里酒店的接待员与这家餐馆是否是亲戚，服务员答，是这家的女儿，大家当时哄堂大笑起来。

越往南走，植被越来越密，不时出现成片的橡胶林、香蕉园。河流的水量明显增大，河水浑黄，气温也越来越高，空气湿度越来越大，山间的雾也越来越多，雨也不时而至，忽而又停，南国的特征越发明显。几道边境检查点上，武警荷枪带犬，上车比对身份，稽查毒品，靠近"金三角"边关地带特有的紧张氛围越来越浓了。

第二日晚，抵达与缅甸只有一河之隔的小城畹町。这个市只有区区一万多人，但因地理位置重要，设有口岸，有一座不太大的桥与对面的缅甸相通。我们被安排在畹町桥附近的山坡宾馆二楼住宿，站在室外走廊上，即可清晰看见小河对面近在咫尺的缅甸山水。与这边相比，那边只有零星的草棚建筑，其余都是空旷、飘满雾霭的山林。情报处长介绍说，对岸几年前被缅共游击队所控制，现在已被政府军收复。

神秘的异域，寂静的小城，让人兴奋，大家都在期盼第二日的出国之行。

第二天吃罢早饭，情报处长领着我们上车，车上多了一个会说缅语的男导游。经过简单的边防检查，车过畹町桥中线，便是出国到了缅甸。这一天的行程是参观缅甸的三个城市。这三个"城市"沿河流对面缅方一侧一字摆开，说是城市，实际观感上是一个村子，只是有着几座茅草房子的村落。遇见路边摆放着几个油桶，导游就介绍说，这是中缅合资加油站。到了中间的那个市，突然下起了暴雨，路上起了大水，连忙下车找了一草房躲避。草房内坐着几个穿绿色军装的人，介绍说这是缅甸海关。到了最后一个市，这里场面稍大，有几栋楼房，在这里组织观看了让人直起鸡皮疙瘩的"人妖表演"。随后就坐上一艘螺旋桨可以与船体分离的那种渡船，渡过汤汤的瑞丽江，到了北岸，经过气派的中方瑞丽口岸门楼，算是又回到了国内。

这里是典型的傣族风情，椰树、水田、寺庙，到处是穿着袈裟、拿着课本的小和尚，穿着傣族特有短裙的傣族姑娘。这里虽为中土，但在一个村子的边上，却有一块缅甸的"飞地"，从大路拐进一条小道，就算是第二次"出国"，村子里具有异国风格的一排竹楼伸出老远，竹楼前散坐着一些抱着小孩的女人、老人，不足为奇地看着我们越界。走了一小段，很不好意思，大家就自觉返身了。

在一个傣家风情院子里用过餐，起身上车。傍晚时分，便来到了这个地区的首府，也是最大的城市瑞丽。

瑞丽高楼林立。市区不远处有一块"飞地"，越过河伸入到了河对岸。如岛屿般的那块领土上，矗立着一大片高楼，与周边缅甸低矮稀疏的茅草房相比，确是天壤之别。

瑞丽市区极为繁华，中缅风情交织一起，人群熙熙攘攘，其中夹杂着许多明显来自缅甸的年轻小孩，一群一群，形似流浪。进城路上，导游和"情报处长"反复告诫，这里毒品盛行，出门上街一定要小心，要结伴而行。在街上行走，导游会指着角落、墙根处那些面色晦暗、目光痴呆的人，说那就是"瘾君子"，便感到一阵紧张。市场上公开出售着像菜籽那般的罂粟籽，介绍说这是当地人的一种日常美食，很是诧异。

入夜，结伴去市中心。市中心处有一棵大榕树，沿大榕树周边形成了一个不是很大的圆形街心广场。广场上人头攒动，三三两两在窃窃私语，可惜听得不真切。有人说，这是在搞毒品交易，也有人说是色情交易，吓得赶紧加快脚步离开。

这期间，发生了几件奇事趣事。

那天，刚下过一场雨，"情报处长"带着我们去参观当年周恩来总理与缅甸领导人在瑞丽合植的"友谊树"。这棵有名的"友谊树"位于一所公园的正门内，车驶入公园大门，老远就可以看见这棵葱绿的大树。树的周边是一圈一圈大理石台阶，共有十余级，形成了一个方坛，"友谊树"处于这个大理石方坛之上。

车尚未停稳，同车一人突然脱口而出：这有啥球看的！其中带有安康方言的脏字，大家一愣，都有看法但都未吱声。车停稳，大家依次下车，拾级上坛。刚才那个说话的人刚走了几步台阶，突然滑倒，一条腿的膝盖骨撞在大理石台阶的棱角上，当下膝盖骨迸裂，白骨外露，鲜血淋漓。一行人大惊失色，急忙搀扶送医，立即手术。第二天，大部队乘车离开瑞丽返回昆明前，我们结队去医院探望，见他难过流泪，都为这个意外感到难受。过了几日，他与护理他的同事乘机返回昆明，拄着双拐，与我们一道乘飞机返回西安。这位老兄遭此厄运，大家议论，千万不可亵渎那棵"神树"。

边境小城畹町与缅甸只隔一条小河，街上的地摊上充斥着来自缅甸、泰国等东南亚地区的商品，尤以壮阳之类的补品最多，功能吹得神乎其神。大家猎奇，一二十元买上一大包。如此廉价，就对其功能有所怀疑。同行一"拐人"出主意，先做一个"人体试验"。夜深临睡，叫来同行较年长、平时爱嘻嘻哈哈的老王，"拐人"拿出几颗药片说：这是刚才发下来的防疫药，明天要出境，每个人都要服。老王连连感谢，捧药而去，"拐人"及同伙一阵偷笑。

第二日清早起床，"拐人"问老王：昨晚咋样，没有不良反应吧？老王答：就是尿多，起夜了好几次。大家又是一阵偷笑，才意识到这可能是假药。过了几日，不知是谁在车上瞎聊时说漏了嘴，老王才知上了当，笑着把"拐人"骂了一顿。

从昆明到南疆一个往返，乘坐的是云南乡镇企业培训学校的中巴车。开车的是一位三十岁左右的年轻人，性格很闷，一路除默默开车服务之外，不太爱说话。一路走来，车上一直循环播放《我的老班长》这首歌曲，深情忧伤又悠扬的歌曲，与云南的红土地相映，倒有一番特殊的韵味与意境，以至今日每当提及云南，我的耳畔就会回荡起这首听了好多天和无数遍的歌曲。

一打听，才知道这位司机是位退伍军人，喜爱这首怀旧歌曲自有道理。播放的次数多了，车上的人也都学会了这首歌，每当上车，音乐一响，同车的十余人就同声高唱：我的老班长，你现在过得怎么样，我的老班长，你是不是还记得我……接着就是一阵会意的欢笑。

人太实在，混得熟了，难免就有人无聊，开这位老实司机的玩笑。

返程中，路过一个路边简易厕所，年轻司机照例停车让大家方便方便。这种过去常见的茅厕，男女分开，共用一个粪池，因车上都是男士，所以如厕时并不分男女，可以随意选择。众人上毕，司机最后一个入厕，进了一侧的女间。这时，车上的另一年轻"拐人"嬉皮笑脸起身下车，在路边搬了一块石头，进了一侧的男间。只听扑通一声，随即从厕所内传来司机气恼的叫骂声。"拐人"瞬间拔腿上了车，一脸坏笑。大家都明白了怎么回事，都怪他：你怎么这么短见，做的要不得。

过了一会儿，司机怒气冲冲出了茅厕，上车，开车，猛踩油门，在山路上一阵狂奔，一车人吓得脸色煞白。

两山之间

一

在汉江边的关口镇，我待了整整三年零两个月，跨了四个年头。

这里过去出名的是拥有全省最大的铅锌矿矿区，曾经的热闹程度堪称"西部大片"。现今的知名度来自拥有"汉江第一湾"即汉江回转180度而成的"乾坤湾"，以及那座长着神奇"天眼"的天门山。

关口镇的西北部，有一座高耸、形似骏马的马山。这匹巨型大马，头朝西方，面朝汉江而立，威风凛凛，气度不凡。在被派往关口镇任职前，我对此地的情况已有耳闻，在全县六十四个乡镇中，这个乡的财政收入率先突破一百万元，是经济发展中的一匹"黑马"。到此地工作，见到了这座马山，我才意识到，这匹"黑马"是有来头的。

"百万财政"所产生的轰动效应还未散去，全省的撤区并乡改革启动，天门山所在关口乡与马山所在的蒿塔乡合并为关口镇，两乡原来的上级——棕溪区撤销。区划、人员大重组中，我从任职仅仅三个月的县委办公室副主任"空降"而至，来到两山之间。

即将在关口镇上任的头天晚上，整夜失眠。原因可能是对陌生工作环境的担忧，对一个新设立的建置镇工作如何推进的焦虑。昏昏沉沉等到天亮，洗了一把冷水脸，打起精神下到烟厂宿舍楼下——一辆旧吉普车已在楼下等

追 影 记

我。我坐着这辆原属蒿塔乡政府的吉普车,沿汉江边的土路疾行四十余公里,在关子沟口的山脊处,钻进一个豁口,拐进关子沟,眼前便出现一小片灰色的房子——新关口镇的所在地到了。

区上分流下来的,蒿塔乡归并过来的,各方人士陆续向这个名为镇实际上像个村落的地方赶来,一个新组建的"家庭"事无巨细都要筹谋安顿。幸好这些都不用我操心。原关口乡、蒿塔乡的书记就地分别转任为镇长和人大主席,他俩人熟地熟,自然如东道主般负责,承担起此项工作。

这里只有一小栋三层青砖宿办楼,小楼后面有一个破旧的平房院子,一楼一院里面住着原关口乡的干部,已无空间可以安排,新来的干部只好就近租用民房。另外,把小楼对面属于县烟草局资产的烟叶收购站二楼借了过来,充作办公用房。几日之内,原区公所和蒿塔各处的干部职工携带着床板、桌椅,陆续进驻。我也从小砖楼二楼的临时住处,搬到不远处的一户人家三楼的一个单间。这栋小楼的主人是汉江对岸一个村的村医,长年在村不在家,把整栋楼租给了我们领导班子。二楼安顿镇长、主席,三楼安顿我和副书记。从此,这栋濒临关子沟的临水小楼便成了全镇的最高"官邸"。

这个单间房有十五平方米,可安一桌、一床、一柜,外带一个长排木椅。这家具是已调走的原关口乡乡长的遗留,从小砖楼里搬过来的。搬运时,因床板太沉太大,这个房间也容不下,就留在了原地未搬,其余的都搬了过来。

我是从县上下来的,自然不带床板,用的是过去乡上做"客铺"用的小席梦思床。这个小席梦思床一米二宽,带有脏兮兮的花布床头,弹簧已没有多少弹性,躺在上面就压出了一条槽。被子是我从家里带来的。桌、椅、长凳、柜子应是六七十年代的老物件,陈旧但显得极结实。这个宿办合一的所在,一边临街道,站在窗户边,可观看关口镇唯一一条街道的过往车辆和行人。一边临关子沟河道,可以俯瞰细细的沟水和布满垃圾、乱石的河道。沟的正对岸,是几个临时窝棚,有一对夫妻在那里养猪和做豆腐,时常可以听到猪的哼哼声,还能闻到豆腐才出锅的清香。只是猪的吃食声和叫声太吵,初来乍到,人生地不熟,听之任之。日子长了,慢慢混得熟悉了,便从街上年轻人手中借来一把当时政策许可使用的气枪,每逢猪的主人外出卖豆腐时,猪一闹腾，便端起气枪，对着大猪的肥臀射上几弹，那群猪便安静老实了许多。

最讨厌的是老鼠。这里的房子，房连着房，中间几乎没有空隙。我们的隔壁，一墙之隔，是一位本地小老板开的小酒店，那里可吃可喝的东西多，是老鼠的聚集地。故而我们租住的这个房子，成了老鼠的必经之地，一串一串从窗台上穿行疾走。

我的床临窗而设，枕头上方几寸就是窗户，好几次，可恶可憎的老鼠竟然跑错路，一头钻进了我的被窝，又飞快地在被子里从头钻到尾，疾行而去。害得睡熟中的我连击打的反应都来不及。

宿舍问题解决了。但位于烟站楼上的办公室，因没有桌椅迟迟无法投入使用，空荡荡的几间屋子闲在那里，我们只好窝在宿舍里办公。过了两个月时间，从县上要了一点钱，置办了桌椅，才始有办公场所。但因房子太少，镇上领导两人伙用一间，我与副书记搭桌对坐。办公与住宿的局促让人恼火，感到这个机关实在不像机关，住的四路八下、乱七八糟，丢人现眼。于是就筹划盖新的办公楼。此事谈何容易，我与镇长跑了省上、县上，前后要了五十五万元，耗时一年多才启动。炸开了汉江边锁住关子沟的山梁"关口"，费时一年后，才告完工，花费了二百多万元，一跃而成全县最"豪华"的乡镇办公楼。搬入新的办公楼，已是1999年的秋季，在新办公楼"享用"了不到三个月，我就调动了。

人一多，吃饭也成了问题。向紧邻的供销社借了两间平房作为伙房。这两间平房位于青砖小楼背后的山根，出门就是台阶，台阶下是一个狭窄的通道。平房侧面是一条上山的小路，路边堆着杂物、垃圾。两间伙房只有厨房和打饭的小厅，没有餐厅。这样，平房前的台阶、通道、上山的小路及路边的杂物堆，就成了"露天餐厅"。大家盛上饭，就端着碗，或站或坐或蹲，在"露天餐厅"边自嘲笑边进餐。长此以往，大家便面有难色，于是便拆了旧院子旁边的一个烂房子，用水泥块砖盖了三小间厨房，一间做饭，一间餐厅，另一间装修了一下，作为接待用的包间，大家进餐时的脸色好看了许多。

此间，新一轮的开发已掀起高潮，奢靡之风随之而起。虽然有了包间，但饭菜的档次太低，在外人面前已经拿不出手了。于是接待来人便渐渐转至街上的食堂。初始，多在农经站楼下那个小小的"珠珠食堂"。渐渐地，"珠珠"场面太小，就转至最大的"关口酒店"。这家酒店顺势而为，搞了全面装修，配置了餐饮包间、客房，又加盖了一层，整了一个装有转灯，配有卡拉OK的舞厅。接待陡然升级升格，成龙配套。经常是咥饱喝足，便上楼去嗨歌跳舞，一条龙的接待让这里一时名声大噪。

这家酒店如同镇上的接待定点饭店，兴盛了一段时间后，因老板去县上搞多元发展，加上接待费拖欠结算不及时，渐渐冷了下来。接待来人随即转入隔壁一家有特色的小食堂，不久也难以为继。女掌柜曾因镇上屡屡结算不及时，还拦过镇长的车头。接续搞接待的是镇上一位干部家属开的餐馆，实行的是制式菜单，谁来了都是一套菜品，上的酒都是清一色的三十五元的"紫泸康"。运行了一段时间，欠账欠得也够呛，问这位干部还能坚持否，他乐观地说：没问题，接待是政治任务，反正少不了我们的。听者很受感动。到我调走时，这个小店还在坚持。

"吃"这件"当家"过日子的大事，就这样一路演变下来。过了若干年，我见到关口的人，还在自我调侃：不好意思啊，吃垮了好几家食堂。

以上是住和吃的一些啰唆事。还有"行"也是一件难事。

镇上有两辆公务车，分别来自合并之前的两个乡。因人多车少，这两辆帆布篷吉普车，大家都谦让着用，即使一般干部下乡或进城开会，也可以派车。有大半年时间，316国道改造，原路基被炸得一塌糊涂，公路交通中断，便乘渡船绕至汉江对岸的棕溪镇，从那边的县道乘班车上县城或下乡，来回倒腾，费时费力，那两辆车有一段时间也就派不上用场了。

不久，其中的一辆车坏了，修了几次也没有修好，就停在那里，形同报废。急需再购置一辆车。要买车，县上是不给一分钱的，只能靠自己想办法。但当时实行的是分灶吃饭，镇一级要负担全体干部职工、教师、驻镇派出所等各方面人员的工资和运转经费，负担重得很，加之我们正在筹钱准备盖办公楼，哪里有闲钱购车呢。

机会突如其来，让人十分意外。

一日，企业站站长来报告，大泥沟内有一矿洞，开采权属于镇企业站，开了好几年，已确认里面没有铅锌矿了，准备闭矿。但不知谁偷偷进洞里看了一下，硬说是还有矿石，所以多个商人纷纷要求转让给他们继续开采。企业站给他们解释说，残存的矿体只是几个用于支撑矿洞、防止地面塌陷的矿柱，其余的已搜罗光了，确实无矿可采了。这些想买的人都不信，执意要买。其中一个渭南买主十分心切，说愿意掏最高的价格买这个矿洞，同时，他愿意把才买到手的一辆桑塔纳 2000 送给镇上，谈不成就不走。

企业站的人反复劝说这个"矿迷"放弃，他一再表示即使赔钱也一定要弄到手。没有办法，只好成交。这位年轻的老板亲自驾车，潇洒地把这辆桑塔纳 2000 送到了镇政府。

这样，关口镇这帮人，便率先在全县乡镇中坐上了小轿车，且是当时最流行的"高档车" 2000 型。每逢驾车进城开会，别的乡镇便投来羡慕的目光。

那位好心送车的老板，接手矿洞，使劲地挖了一阵，空空如也，潇洒地挥手而去。

二

关口真是一块宝地。

从邻近构园镇的西坡算起，依次而下排开的大泥沟、洞沟、火烧沟、铺沟、关子沟、小泥沟，每条沟里都有铅锌矿。这里是羊山背斜铅锌成矿带的中心地带。

在我去之前，这里的采矿热已兴起多年，各条沟、各个矿区，各个矿带均已"名花有主"，"圈地运动"已经完成。矿主来自省内外四面八方，军、警、国、民成分齐全，采、选、冶一条龙。主矿区关子沟大庙一带，矿洞密布，机器喧嚣，车水马龙，人声鼎沸，俨然已成一热闹的新市集。在矿区通往 316 国道的沿沟土石公路上，一队队重型卡车满载矿石，呼啸而过，卷起的一团团灰土黑尘，遮天蔽日。置身于此，犹如进入"战区"。道路太窄，矿车相遇错车，难免擦碰，矿车司机便在车厢的两侧焊上三角钢条，遇有挡磕，强行一拉而过，不会伤及车身，这种穿着盔甲的矿车显得十分"霸气"。

追 影 记

位于关子沟口山梁上的选矿厂，几大排浮选机日夜不停，刮抹出铅粉锌粉，厂房下面的一大排沉淀池里，铅锌矿粉在不断沉淀堆积，继而装袋、堆码，呈小山一样。选矿废渣从几根大管子源源不断排出，渐渐沉淀为一个白色的大坝，并在不断"长高"。为堆放选矿废渣，关子沟口原来的S形河道早已截弯取直，在垭口底部凿了一个隧洞，关子沟的水从此隧洞直泻汉江，省却出来的沟道摇身一变，成了这个尾矿库。有一阵子，因国道改造，矿粉对外运输中断，装着铅锌精粉的蛇皮袋子，越垒越高，越垒越大，甚至超过了山垭子的高度。多半年后，交通恢复，这堆矿粉"睡"在那里，竟然因价格波动净增了四千万的价值。

也有一个小炼铅厂，位于洞沟口的国道旁。一个小土炉子，活像一个石灰窑，整日冒着浓浓的黑烟，这是省内某个城市电视台一位分流人员创办的。因技术含量太低，周边群众投诉不断，不久就垮台了。

关子沟沟垴地形开阔，像一个巨大的"躺椅"，沟垴的顶端是八卦山主峰，经常云雾缭绕，主峰的东侧，便是著名的天眼"天门山"。躺椅的正中，凸起一个小山包，山包的正中，有一座庙，这里的地名便成了"大庙"。大庙的身子下面，早年地质队下了六个钻眼，据说获得了八十万金属吨铅锌储量。这个消息不胫而走，各方有志于矿者纷至沓来，很快瓜分了这个矿区，然后纷纷开矿洞、取矿石。矿石品位竟意想不到的好，加之矿价的一路走高，终于在我来的前后这个时段，形成了一轮高潮。

纠纷伴随着开矿的全过程。大庙矿区的主矿在那座庙背后的茅坡沟，据说是一个巨大的"矿窝"，因而各个矿洞，不管洞口开在哪儿，矿洞延伸的方向一律指向了茅坡这块"肥肉"。有的正向走，有的侧向拐弯走，有的走高，有的走低，彼此可闻炸石开路的炮声，像当年国共两军抢占摩天岭那样拼命向"矿心"掘进。不经意间，两家碰头打通了，或是让技术人员下井测量一下彼此的坐标，矿权纠纷便发生了。向矿管部门投诉，动用各自背后的资源出面协调施压，或者直接去法院起诉，请求法院封洞或强制执行。一片硝烟弥漫。

有实力者，则互相炫耀力量，压制对方。军方某部与警方某局矿界纠纷

两山之间

最激烈时，某部调来一个班的现役，驻扎下来，天天正规出操，吹号训练。某局针锋相对，调来特勤一队，天天在那里展示擒拿格斗之术。其中某局人士颇为高调，矿上喂有狼狗，一般人不敢近前。随行的后车厢也携有狼狗，狗随人走，很有震慑力。不经意间，他们也会故意掀一下制服的下摆，显露一下佩枪和明晃晃的手铐，或是故意在与人谈话间，像小孩玩玩具一样，随手把玩骇人的手枪。我到任不几日，某局矿山那个年轻高调的负责人来办公室说事，落座后的第一个动作，就是从腰间掏出一把乌黑的手枪，拍于桌面，企图给我一个"下马威"。

初来乍到，镇里的同事告诉我，矿区复杂水深，最好远离。不想，不久之后，不经意的一个举动，让我涉足"雷区"。

那天我带了几名干部，在大庙村查看秋播工作，先去了支部书记老龚家。老龚家住大庙前面的半山腰，当天看了老龚所在的这个村民小组，当晚就在老龚家住了下来。老龚两口子非常热情，照例是炒菜热酒，热闹了一番。饭后步出户外，可以俯瞰沟下矿区的一片灯光。第二天清早，吃了老龚夫妇熬夜制作的、当地"待贵客"的清浆豆腐，一行人下山来到矿区，镇企业站的随行人员介绍说，沟里边有一个镇上与县乡镇企业局合股的矿洞，可以看一看。于是，他们便领路来到茅坡沟口的一户农家。这户农家虽为土墙房，可室内的装修摆设像一个机关单位，有国家领导人会见外宾那个样式的整圈沙发，墙上贴有作战图那样的地图，上面有各种箭头标志，一问才知道这是省上某厅设在这里的矿部，派来的开矿指挥者为中央某台当红主持人之兄。如今矿已基本采完，加之与某局之矿有纠纷，人已暂时撤离，同行知情者还特意用手指了一下近处那个像是已废弃的矿洞。此后不久，这位与某知名主持人相貌酷似的矿主返回关口时，我还应邀与其同桌吃过一顿饭。

在这户农家的房屋背后不远处，有一个矿洞口，洞口栅栏门锁着，上面贴着法院的白色封条。见我诧异，同行的干部就说，经不住某局的压力，法院偏听偏信，硬说开采过了界，查封了此矿，洞子里面东西好得很。

我一听此话，就有点冲动，胆敢欺负到我们的头上来了，仗着刚从县委机关而来的"冲劲"，上前一把撕了封条，开了锁子，一行人打着手电筒进到洞内。洞内果然如他们介绍，矿体呈棕色，这是富含锌金属的颜色，品位在15%以上，矿带厚有两米，且连绵不断，开采中留下用于支撑的矿柱，几乎全是矿石，没有杂石。行进两里地，从另一端钻出洞体，洞口仍有封条，照例上前撕掉。

不几日，撕封条的事便风传起来，也传来撕法院封条是违法行为的说法。县上也有领导打来电话询问此事。初生牛犊不怕虎，我没有理睬。同事劝我还是不能把关系搞得过僵，于是我回到县上，在商贸街一家新开的火锅店请法院人吃了一顿火锅。觉得此事应该就此了结了。

不承想，那些原本较熟的人可不是省油的灯。镇上另一处矿山的一堆矿石一年前因销售上的纠纷，被法院查封了，冻结了十七万元的货款。最近这笔货款突然被法院以没收名义划转了财政，并说已划到法院账上，用于基建。听到此讯，镇上群情激愤。我急忙赶去协调，承办人员满口答应，就是不办。此后的情景颇有点像《亮剑》中楚云飞屡向李云龙讨要枪械无果的情节。最后不了了之。

还有矿石运输"出境"的纠纷。为了保证本镇的财政收入，建镇改革后，一直沿用过去关口乡的老政策，本镇地域出产的矿石，首先要满足本镇这个大选矿厂的供应。若有剩余，才能调运出镇境，并且要按吨位缴纳"出境费"。这是个土政策，执行起来，成本挺大。为此，专门在镇政府办公楼前的运矿必经道路上设了一道铁栅栏，由企业站职工轮流值班登记。一年下来，也能收上几十万元，最多一年收了七十多万元。这个数字在当时是个大数目，但与十年后推行的矿业"非税收入"比起来，倒也不算什么。新世纪初，全县实现"非税收入"新政时，关口镇有一年在税收之外，向矿上征收了八百万元的"非税收入"。

向采矿者征收"过路费"（正规叫法是企业管理费），引起了这些有背景企业的普遍指责和抗拒。有的唆使运矿的个别司机蓄意闹事，撞坏栏杆，有的久拖不交，有的组成长长车队，强行闯关，有的到处写匿名信。这点小钱收得十分辛苦、心酸。在当地人心目中，这些钱应该收，并且认为收少了，应该多收才是。其实，当时的情况大家都心知肚明。采矿者乱占滥采，实行掠夺式开发，采矿的废渣随意倾倒河道，致使关子沟的河道连年升高，农田被冲淹，矿洞内采空一处，便在回采时炸毁矿柱，形成地面塌陷隐患。运矿车都是经改装的重型车，五吨的车随意改为二十吨的载量，公路压得破烂不堪，连小车都不能通行，维护公路的费用也由镇上承担。凡此种种，都能说明收取费用情理上是可以的，只是名目上没有很好研究，缺乏过硬的政策依据。繁华散去，二十余年后，这个矿区当初留下的隐患和烂摊子至今还在发酵。

矛盾积累到一定程度，就会爆发。

三

一天，我位于烟站二楼的办公室突然来了一位"不速之客"。此人三十多岁的样子，长脸、瘦身、面色严肃。一进门就自称是九华山来的修行之人，刚从县上某某、城关镇某某处而来，专为官员看相、指拨前程，并在上述几处受到重视、接待云云。

我告诉他，本人并不讲究这个。此人并不理会，仍一脸严肃，坐在我的对面，侃侃而谈：办公桌应该正对什么方位，对你有利；从现在起，六年内必有升迁鸿运，应主动把握；在七月某日这天，你要离开此地避灾。神神叨叨一阵，说完这些，他便透出"真言"：给点烟钱。我的抽屉只有两盒烟，拿出来给了他，他又说应该有点"彩头"吧。此时当月工资还没发下来，身上真的没钱，于是就去隔壁办公室，向机关会计借了二百八十八元，拿来给他，他嫌少，我说只能借到这么多了，他这才起身离去。

经这个九华山"道人"这么一嘀咕，心里难免有点波澜。办公桌方位因系两人同室同桌，已成定局，已无法转动方向。六年"鸿运"之说，那不过是一种推测和"画饼"，也不在意。唯有这个道人所说的 7 月 23 日这个日子，引起了我的联想和注意。幼时黑蛋儿爷在教授我"乌鸦算命术"的同时，口授了我几句择日秘诀："每月初五、十四、二十三，年年月月在人间……"并解释说，出门办事，最好能避开这几个日子。这个神秘道人所说的日子，与黑蛋儿爷所授神秘口诀不谋而合。于是就记住了这个日子。

7 月 22 日，恰好要进城办事，我与同事交接了一下，回到县城家里。

追影记

　　下半夜，家里电话突然响起来，镇办公室主任在电话中急切告知：关子沟上游突降暴雨，暴发洪水，洪水裹挟矿区的矿渣，倾泻而下，矿区和关子沟冲的不成样子了。我连忙起身，驱车往镇上赶去。

　　洪水已经过去，但黑色的余流仍有一定流量，先看镇区，直直的镇区沟道被拉出一条大槽，幸好我所租住的临水住房的根基还稳在那里。人们形容着洪水肆虐时那种雷霆万钧的可怕情形。我又连忙步行去关子沟上游的矿区，沿途看到，关子沟的河道因这场洪水整体淤积抬高了许多。主矿区内，河道旁原来堆成山一样的矿石、矿渣及工棚、机器、架杆已荡然无存。

　　几个只穿着裤衩的矿区管理人员，见到我们就绘声绘色述说当时的可怕情景：暴雨似倾盆一般下了一阵后，山洪裹挟着泥石，扬着一丈多高的水头，呼啸而下，扫荡了沟道里的一切，临河工棚中的人连忙奔逃而出，只剩下身上的裤衩。矿区的地表被洗劫一空，所幸无一人伤亡。

　　接下来，连忙组织生产自救、生产恢复、修筑河堤、环保整治。

　　成千上万吨的矿石被冲散于河道之中。随即，便出现了当地群众捡拾矿石的风潮。他们提着篮子、背着背篓，又捡又挖，也有顺手到没有被冲走的矿石大堆中去搂一把。秩序已有些混乱，遭受洪灾的企业也渐有怨言。

　　一番商讨之后，决定由企业站出面，在矿区设置一个收购站，以市场价格收购散在群众手中的矿石，收购后由企业站出售，形成的差价作为镇上的预算外收入，用于矿区环保治理补助。这是一个方便群众、有利企业，两全其美的做法。

　　同时，针对当时全镇各矿区风行的，愈演愈烈的偷盗矿石问题，由企业站出面进行整顿。整顿的形式是宣传法规，边组织收购屯于群众门前屋后的散矿石。收购之后，门前屋后再出现矿石，就以偷盗论处。这项工作进展顺利。

　　但是，意外的事突然发生了。

　　企业站雇用了一辆卡车，专门用来装运收购的矿石。卡车司机又雇用了两个临时工装卸矿石。一天，这辆装满矿石的卡车行至一条沟时翻了车，卡车滚下沟底，一名临时工当场死亡，司机无碍。

这个本应由肇事司机担责的事故，点燃了关口这个"火堆"。

在别有用心的人明里暗里操纵下，本已拉回家即将下葬的死者被人从棺材里抬了出来，被披麻戴孝的人簇拥着，一路奔镇政府而来。在镇政府狭小的青砖小楼门厅里搭起了"灵堂"，摆上了花圈，燃起了纸钱和香表。镇上干部见状，吓得一哄而散，只留下几个班子成员没有离去。

急忙向县里汇报，要求派交警部门依法处理。交警队迟迟才派来一位说话木讷、穿便装的普通干部，干坐在那里，并不协调。一向视矿区为"肥肉"，平常比谁都来得勤、跑得欢的那个执法机关，也在屡屡汇报中一点动静都没有。向县上分管政法的那位口齿伶俐、嘻嘻哈哈的领导电话汇报，也在躲躲闪闪。面对冲击基层政府机关的违法行为，有关人士、有关机关，竟然集体失语了。

事出凑巧，让人不得不把最近发生的回想审视一番。自然便联想起前一段时间接连发生的几件事：

某局的矿洞发生塌方，将本地一矿工砸成重伤，拉到县城抢救，走到半路人死了，矿主把死者拖到汉江水里，擦洗干净，送回其家，给几千块钱，准备草草下葬。镇上闻讯，坚持上报安全监管部门，并要求追究隐瞒不报责任，给死者应有的补偿。此其一。

某局的矿山，欠交镇上管理费已有两年，每次企业站派员去催，竟放出狼狗恐吓，致使其他企业也纷纷看样子，抗费不交。镇上无法，就由镇长亲自出面，由镇机关六名退伍军人"护卫"，这六名军人身着民兵作训服，随身携带着防爆训练用的橡胶棍，并制定了一旦放出狼狗就扑杀的方案。去后，他们慑于"民兵"的威力，没有放出狼狗，并勉强答应尽快缴纳欠费。不久，便极不情愿地交了钱。此其二。

一天，同样是这家矿山，组织了二十多辆大卡车，装满矿石，浩浩荡荡闯过"关卡"，准备把矿石运往外地选矿厂。在垭口处，几名打头的司机被镇上派出的管理人员拖下驾驶室，挨了几棍。车队所载矿石被全部卸在了本镇的选矿厂。此其三。

这一连串的冲突矛盾，某局的矿和那个镇外的选矿厂便视镇上为"敌人"

了。车祸这个机会，自然要充分利用，兴风作浪了。

"抬尸"一事僵持了一天，见无动静，第二天一早，便有一辆可容四五十人的大客车从县城方向驶来，车上下来的是县城一带的一群穿着怪异、满脸横肉、走路横行的混混。这帮荟萃了各色人等的流氓一下车，便直奔镇领导的办公室，踢开紧闭的房门，"占领"了镇机关。为首的吉姓胖子，带着几个彪形大汉，四处寻找我们，要求"谈判"，被我严词挡了回去。这些人显然是花钱雇来闹事的。

是夜，天下大雨，刮起大风。我将武装部长叫至镇机关后面的河滩，商量对策。从两天来事情不断升级和县上的沉默看，他们的目标是压垮我们，然后他们便可以在这个地方为所欲为，肆意掠夺财富。现在已无退路，也无"援兵"。只有靠自己，才能走出困境、险境。

风雨交加中，占据办公区的流氓们喝着啤酒，一片嬉闹。我召集在家的班子成员在青砖小楼的顶层开会，研究"破局"对策。简短商讨后，决定动员群众力量前来支援。我自认为这几年镇上在发展产业和改善农村基础设施上做了很多事，群众是拥护我们的。具体方案是，连夜动员附近的两个村，组织两百人的民兵队伍，对这批占据机关的流氓实施"包围"。计划将这些民兵四人一组，一组人对付占领者一个人，将其制服后用绳索捆绑起来，扭送执法机关惩处。为防止人员混淆，还为每个民兵准备了白手巾绑臂标识。负责动员的干部连夜出发去了村上。

天还没亮，两个村的人员陆续赶来。群众听说镇政府被侵占，群情激愤，一拥而来，人数超过了预期。

在几个食堂用餐后，两百余人整队于中学操场。我到场作战前动员，要求勇猛向前，同时要求掌握分寸，不要造成人身伤害。此时，关口镇唯一进出的通道——关口垭子的垭口道路已调来两辆卡车封死，用于现场指挥的高音喇叭已经架好。这些占据镇政府的狂徒已成"瓮中之鳖"，"关门打狗"之势已经形成。

开毕动员会，民兵们就地待命。我急速回到镇会议室，拿起电话拨通县委书记的号码，向领导汇报详细处置方案。书记听完大惊，对我讲：你的人不要动，不然要出大事，我马上安排。

两个小时后，由县委常务副书记带队，公安局、刑警大队、交警大队的大批人马浩浩荡荡而来。在群众的围观和嘲笑中，那帮占据镇政府两天的混混们，灰溜溜一阵风跑了。那具被他们当作工具的可怜尸首，被装上一辆柴油车厢，在一阵鞭炮声中离开，当天就下了葬。

神秘道人的一席话，是真是假，直到现在我还没有搞明白。

四

话说回来。

建镇之初的第一次全镇干部会议上，我重点谈了这个新建置镇工作如何搞的问题。因下车伊始，手头只有来前摘录有关两个乡的一些基本数据，并不了解过多的具体情况，就只谈了一个梗概。提出要实现"1＋1＞2"，即两乡合并，不是简单的几何相加，而是要发挥两乡优势，取长补短，整合资源，融合发展，借改革动力，实现飞跃式发展，实现一年迈大步，三年大变样。后来经过一段时间的调研，我们把发展思路确定为实现"四镇"目标：经济强镇、乡镇企业大镇、人口小镇、文明新镇。

此言不虚，三年之后的关口镇，以一个强镇的全新面貌呈现在人们面前。当时的《旬阳报》，在一版刊登了一篇长篇通讯报道，题目便是：《某某某的1＋1＞2》。

干部强才能工作强，干部是决定因素。在镇村两级干部中开展了"素质提升工程"。与安康地委党校联系，在镇机关办了一个函授大专班，镇干部从领导班子成员到一般职工，凡是没有大专学历的都参加这个学历教育，教学点就设在镇机关，把大会议室略做装修，布置成了一个教室，每个月接来地委党校老师授课三天。两年后，镇机关所有干部都拿到了大专文凭。同时，又联系县农业广播学校在镇机关办了一个中专班，村上的支书、主任、文书和年轻后备干部都参加了这个班的学习，也有定期的函授。两年后，村干部都拿到了中专文凭。我倡导的"镇干部大专化，村干部中专化"目标顺利实现。镇村干部文化素质全部达到大专、中专水平，在当时的全省，也显得稀奇。

还正规建起了镇机关业余党校。有兼职的教师配备，编有系列教材，有系统的授课。运行了一段时间后，引起省市县的关注，省委宣传部派员专程前来总结，并命名为全省乡镇业余党校示范点。

系统正规的教育，提起了干部的精气神。

改革前，关口、蒿塔两乡各有优势，两乡都有铅锌矿，关口是个大矿区，蒿塔矿区稍分散，产量也小一些；都有烟草产业，两乡旗鼓相当；蒿塔黄姜产业起步早，发展正旺，花椒产业独树一帜。两乡合并后，发展思路也随之整合，以求相互借鉴、扬长避短、齐头并进，发挥出整体优势。

矿产业的主管权在县上，加之"水太深"，镇上插不了手，只能用蛮办法搞一点"管理费"。

产业单一，一矿独大问题是比较突出的，铅锌矿开完了怎么办？产业转型，培育新的增长点很快提上日程。

烟草产业强调扩大面积，发展大村、新区，制定了对村干部的激励政策。财政所一班人马和烟草技术员主抓，面积扩大到了六千亩。

泥沟村是全县黄姜产业发展最早的两个区域之一（另一个是十里乡），这里一些黄姜大户因种黄姜盖起了楼房，买了昌河车，很有示范意义。于是就推广这里的经验，也以这个村作为扩种的种子基地，黄姜热很快兴起。头脑发热中，镇上组织干部亲自上手建黄姜基地，一方面可以增加镇上收入，另一方面可以起到带头作用。

由镇人大主席牵头，在棕溪火车站对面的姜坡（原来地名叫礓坡，种黄姜后地名随之演变）开了几百亩荒山，买来姜种种了下去。又在浦沟口上面的山上，挖掉了一大片灌木，开了地，也种了下去。各村一看镇上这样大的动作，黄姜种得更欢了。这一场下来，全镇黄姜从不足一千亩一下跃升到七千亩。由于起步快、动作早，在全县、全地区以至湖北十堰一带兴起黄姜热时，关口镇的黄姜已经长大，成了车水马龙的黄姜种子输出地。来调姜种的车辆不计其数，姜农大赚了一笔。黄姜种最紧俏的时节，连姜带土一块七八元一斤，其中的土就能占三分之一，但调种的人仍在不管不顾地疯抢。

这里的农户素有栽地坎花椒的习惯，也有当时很罕见拿出整块耕地栽花椒的。也是在泥沟村，一位姓邓的村民，种有十来亩地的连片花椒，每年卖花椒的收入有两万元。这是一个重大的典型，我去这家走访查看，老邓从箱子里拿出两沓百元票子，说这是今年卖花椒的收入。我嘱咐他说，以后谁来看花椒，你就把这几捆钱拿出来展示，用这个来激发带动大家。

于是便开会做了一个"决策"，建设万亩花椒基地。

镇上租了一辆大巴，由镇长带队，组织镇村干部去花椒之乡韩城县参观。考察团见到韩城遍地的花椒林，个大饱满的"大红袍"，大为震动，兴奋而归。人还没回来，高涨的情绪已通过电话传了回来。村干部返村，便被沿途群众围了起来，询问情况。宋坪村的支部书记进村后，接连遇到村民要求他停下来讲花椒，走走停停，走了大半天才挪回家。

镇上因势利导，先从韩城调来一些苗子发了下去。接着去韩城调来几大卡车花椒种子，自己育苗。当时水田比较多的几条沟的平地里，都育上了花椒苗。第二年这些苗子出圃，就不需要再外出调苗了，成本也大为降低。号称万亩的花椒基地就此形成。只可惜，这个特色产业后来没有保持巩固下来。

集镇建设也有"大动作"。

说是一个建置镇，实际上看起来像一个村落，名实不符，让人抬不起头。要像个镇的样子，就要打破现有封闭关口内的现状，走出"关口"。

把原来只能容一辆车通过的垭口两旁山梁整体推掉，打开了关口。口子两边，一边建镇政府新楼，一边建邮电所楼。把口子里边原来的泥水路铺成了水泥路。又借助316国道改造的时机，在垭口外的国道临汉江一面，动员一位本镇老板，建起"千米堤路结合工程"。这道濒临汉江的千米河堤，同时也是可供开发的房庄基，低价出售给进镇的村民，一时兴起了进镇建房热。这条临江街道与垭口内的街道形成了"丁"字形的布局，一个新型的城镇展现于汉水之滨，从而成为一个名副其实的建置镇。

由于这些或硬或软的"显绩"，各种荣誉接踵而来。关口镇被中共陕西省委命名为"六好乡镇党委"、被陕西省政府授予"先进基层行政单位"，我也被安康地区行政公署授予"优秀人民公仆"、被中共陕西省委授予"优秀党务工作者"称号，出席了1999年7月1日省委在西安人民大厦举行的表彰大

追影记

会，当晚，应邀参加了陕西电视台庆"七一"专题文艺晚会。

关口的各项工作，也得到了县上的充分认可。记得有一年的县级考核表彰会上，关口镇的各项工作都名列前茅，各种奖项都在其列，频繁上台领奖，搞得还有点不好意思。那年的奖品除奖金外，每个奖项都是一个精致的电热水桶，我们一连领了十几个。拉回去后，每个办站所发了一个。

1998年，全镇本级财政收入突破四百万元，《安康日报》头版头条做了报道。须知，当时一个近二十万人口的邻县，全县年财政收入也才八百万元。

一天下午，镇人大的赵主席、镇政府的几位同仁找到我说，今天你得回一趟家，我们想到你那里坐一坐。不好推辞，就驾车回家。到了我当时所住的卷烟厂的家属区，他们把我领到了一个餐厅，才告诉我：今天是你的本命年生日，祝你生日快乐。我才想起，今天是我三十六岁的生日，心里一阵感动。

后记

愿生命不再历险

时间回到2020年初。春节期间,突如其来的新冠肺炎疫情随着回家过年的浪潮传至这个地处汉江上游的小城。我充着疫情防控的主责人上了"前线",高速运转半个月,实现了隐患清零。与病毒的不期而遇,擦肩而过的陷阱,生命的渺小与无常,人性的光芒与隐晦,让我陷入了深深的思索。深层的记忆被一一触发,在不断顾望和内省中,便有了这本集子中的文字。

当然,我更多地把这次抗疫的经历视为一次历险。这让我不由想起早年几次几乎要命的经历。

这是冬季的一天。我在房檐下磨好了砍柴刀,戴上父亲复员带回来的"火车头"棉帽,去家门下的树林砍柴。

门下的这片林朳,处于陈家沟深涧之上,经过反复的砍伐,大多数地方只剩下矮矮的桦栎树茬和长着尖刺的洋腊刺,已无从下手。只有一处陡崖边还有少许的树丛。树丛之下是壁立的陡崖,砍柴人一般不敢涉足。我"求柴"心切,顾不上这些,拽住树梢,到了这个陡斜的树丛里,开始挥刀砍柴。只砍下几枝,不知怎的,身体突然飞起,顺着陡坡,连翻两个跟头。这两个跟头滚翻之快，来之突然，超乎想象。等我反应过来，双脚已经悬空在陡崖边上，"火车头"帽子还稳稳顶在头上，砍柴刀还紧紧攥在手中。因那顶厚实的军帽，我的头部毫发无损。假如再翻上半个跟头，我便会飞下悬崖，坠入深涧。回头看翻过跟头的这个陡坡，虚土上还有头部着地留下的两个圆窝。魂离魄动间，顾不上拍身上的灰土，连滚带爬，飞奔回家。

汉江与旬河交汇地带，有大片的沙滩，是夏日小城人天然的浴场。太阳西落，数以千计的人麇集于此，其场景不亚于如今当红的海滨浴场。

水性好者，聚集在水量较大、水面较宽、流速较快的汉江河段。水性次者，聚集于水量较小、流速平缓、河面不宽的旬河。我的游泳技艺是在三涧河小河沟里练出来的，自然要选择平缓的旬河了。

这天傍晚，我照例来到旬河口，顺着河滩，朝旬河上游走出老远，来到草棉社下的河段，这里的对岸是周家沟。由于周家沟内土石的冲积，在这一河段形成了一处不大的险滩。从滩上下水，顺滩逐浪而行，速度快，又刺激，常为年轻人所钟爱。

这天从滩上下水之后，可能是因为下午饭没有吃饱的原因，游出不远就感到体力不支。下滩后原本是要向刚才下水的南岸靠拢，结果被水流冲到了北岸。这北岸是一道向内弯曲的陡壁，其下水深不见底，并因曲水环流的冲击形成一个个漩涡。到了这个水域，只感觉流水在一阵阵向下拖你拽你，有些身不由己。返回南岸已无可能，只有就近摆脱漩涡上到北岸了。我使出力气，向近在咫尺的北岸冲击靠拢，几次搏击，都被直冲北岸的反流挡了回来。反复冲击，反复被拒，感觉下拽的力量越来越大，身体在与下拽的抗击中越发不支，死亡的恐惧已经充满周身，我似乎已经感到了死神的召唤。极度恐惧与不甘中，我使出最后的一点气力，猛向岸上一冲，双手紧紧抠住了岸上的岩石缝隙，爬上陡壁上凸起的一块岩石，呆坐发蒙，气如游丝，已顾不上鲜血直流的手指。

后记

还有孩提时，因食青封柿子濒死"落草"和差点被野狼吃掉的奇异经历……

多数时候，我把这种微不足道的个人历险当成是一种鞭策和警示。现实中的人无疑是十分脆弱与渺小的，生命的道路上充满了无奈和挣扎，压迫着你不断寻求物质和精神的能量，而不至于肉体消失或精神崩溃。生命不息，应自强不息。

孔子最有名的弟子有七十二位，列首位者是颜回（字子渊）。颜回居于陋巷，用粗碗盛饭，用木瓢饮水，不以为苦，好学仁人，向往内修己德、外施爱民之政，又坚守不仕。鲁哀公十四年，年轻的颜回早逝，孔子伤心欲绝：噫！天丧予，天丧予！颜子逝后，被尊为"复圣"，陪祭于孔庙。后世也有特别仰慕颜子，为他单独建庙的，处于汉南腹地颜子坡的颜子庙就是其中的一个。

从颜坡这个地方出发，涉过蜿蜒的三涧河，渡过汤汤的汉江，拉着长长的影子，一路走来，感觉生活就像一阵风，随风飘过的是一个个飞舞的碎片，散落开去，最终会化为尘土。在碎片尚未完全融化时，检视一番，自有五味杂陈的感觉。身处一个急遽变动的时代，这种感觉，当是痛苦与快乐，失落与欣喜交织在一起的。

这里要特别提及的是，本书的出版，得到了陕西人民出版社第三编辑部主任、资深编审、著名作家张孔明先生，资深编辑姜一慧女士的热忱帮助。孔明先生的睿智、博学让我受教不浅，他在繁忙中拨冗审阅全书、撰写序言，给予高水准的专业点评和阐发，使拙作增色很多，让我倍感荣幸和鼓舞。作为具有相似经历的"过来人"，孔明先生对拙作所述艰辛岁月的感同身受和真情顾望，体现了一位学者、仁者宽博的悯世亲民情怀，让我深为感动。本书责任编辑姜一慧女士人如其名，聪慧干练，她的认真、耐心和包容使我对自

追影记

己文字的忐忑降低到了最小程序。还要特别感谢美编蒲梦雅女士对全书的精美设计。感谢他们的关照和辛勤付出！

最后，还要特别申明的是，本书属文学作品，请勿对号入座，情节如有雷同，纯属巧合。

陈德智

2021 年 12 月 31 日

图书在版编目（CIP）数据

追影记/陈德智著 . —西安：陕西人民出版社，
2022.3
　ISBN 978-7-224-14451-2

　Ⅰ.①追… Ⅱ.①陈… Ⅲ.①散文集—中国—当代
Ⅳ.①I267

中国版本图书馆 CIP 数据核字（2022）第 039422 号

策划编辑：张孔明
责任编辑：姜一慧
整体设计：蒲梦雅

追影记
作　　者	陈德智
出版发行	陕西新华出版传媒集团　陕西人民出版社
	（西安市北大街 147 号　邮编：710003）
印　　刷	陕西天地印刷有限公司
开　　本	787mm×1092mm　1/16
印　　张	17.25
插　　页	2
字　　数	260 千字
版　　次	2022 年 3 月第 1 版
印　　次	2022 年 3 月第 1 次印刷
书　　号	ISBN 978-7-224-14451-2
定　　价	58.00 元